Helmut Orpel

Tintorettos Geheimnis

W0400848

HELMUT ORPEL

# TINTORETTOS GEHEIMNIS

EIN KUNSTKRIMI AUS WORMS

WORMS VERLAG

**Impressum**

Helmut Orpel
Tintorettos Geheimnis
Ein Kunstkrimi aus Worms

LEKTORAT
Usch Kiausch, Mannheim

HERSTELLUNG, GESTALTUNG UND SATZ
Schäfer & Bonk, Worms

UMSCHLAGBILD
Jacopo Robusti, *genannt* Tintoretto (1518–1594)
Männerbildnis, um 1580
Museum Heylshof, Worms
REPROFOTOGRAFIE Stefan Blume, Worms

ISBN 978-3-944380-15-5

1. Auflage März 2015

Alle Rechte vorbehalten.
© Worms Verlag 2015
Kultur und Veranstaltungs GmbH Worms
Von-Steuben-Straße 5 · 67549 Worms
www.worms-verlag.de

BIBLIOGRAFISCHE INFORMATION DER DEUTSCHEN NATIONALBIBLIOTHEK
Die Deutsche Nationalbibliothek verzeichnet diese Publikation in der Deutschen Nationalbibliografie; detaillierte bibliografische Daten sind im Internet unter http://dnb.dnb.de abrufbar.

Die Orte, an denen dieser Roman spielt, gibt es wirklich. Manche der Gebäude, die an diesen Orten stehen, sind frei erfunden, andere authentisch der Realität nachgebildet. Ebenso existieren viele der erwähnten Kunstwerke. Die Geschichten der Menschen aber, die hier vorkommen, ebenso wie die handelnden Personen selbst, sind frei erfunden. Ähnlichkeiten mit tatsächlich lebenden oder bereits verstorbenen Personen können daher nur zufällig sein und sind vom Autor nicht gewollt.

*Gewidmet meiner Frau Ana für ihre Liebe und Geduld.*

ERSTER TEIL

# Im Schatten des Wormser Domes

## 1

Die goldene Oktobersonne färbte die alten Steine der Stadtmauer goldbraun. Der alte Weidenbaum davor schien wie von Licht durchflutet. Ein schöner Weg. Vor zehn Jahren war er oberhalb des Stadtgrabens angelegt worden. Vorher wäre jenes romantische Fleckchen in Worms gar nicht ins Auge gefallen. Erst seitdem die Nibelungen-Festspiele so viele Menschen in die Domstadt lockten, hatten auch die Wormser die verborgene Schönheit ihrer Stadt entdeckt. Im Zuge der Erneuerung der mittelalterlichen Stadtbefestigung war der Stadtgraben, etwas unterhalb der Mauer, wieder ausgehoben und mit einer ansprechenden Bepflanzung versehen worden.

Von jenen komplexen kommunalpolitischen Erwägungen, die zur Aufwertung des optischen Erscheinungsbildes der Stadt Worms geführt hatten, ahnte Serena Houseman nichts, als sie an jenem schönen Herbstabend zum ersten Mal diesen Weg entlangging. Sie war damals gerade einen Monat in Deutschland. Ein Studium im Ausland, das ihr durch ein Stipendium der Stadt Newark in New Jersey ermöglicht worden war. Die amerikanische Regierung war mittlerweile zu der Einsicht gelangt, dass die Studierenden der US-Universitäten mindestens ein Semester im Ausland verbringen sollten, um fremde Sprachen, Sitten und Gebräuche kennenzulernen.

Natürlich war Heidelberg in diesem Programm der erste Anlaufpunkt und nicht Worms, wohin Serena an jenem Oktobernachmittag mit der S-Bahn gefahren war. Sie war überrascht, dass die Fahrt von Heidelberg nur eine knappe Stunde gedauert hatte, obwohl die Bahn an mehreren Bahnhöfen hielt, um müde Angestellte in ihre Heimatorte zu bringen. In New Jersey war der öffentliche Personennahverkehr kaum entwickelt und man brauchte dort unbedingt ein eigenes Auto.

Über die Breite des Rheins, den sie zwischen Mannheim und Ludwigshafen überquerte, war sie ebenfalls überrascht gewesen. Sie hatte ihn sich nicht so breit vorgestellt.

Serena ging es in Heidelberg gut. Sie war mit ihrer Unterkunft in einem ziemlich neuen Studentenwohnheim auf dem ehemaligen Bahnhofsgelände im Großen und Ganzen zufrieden. Nur die Feierlaune ihrer Kommilitonen störte sie. *Campus Viva* hieß dieser Komplex aus Wohnheimen und Freizeitgelände, in dem sie untergebracht war, nicht zu Unrecht. Dieser Name war Programm, denn es ging dort ziemlich lebendig zu. Vor allem nachts feierten die Studenten, die aus aller Welt kamen, ausgelassene Partys, sodass Serena kaum ein Auge zumachen konnte. Sie stand nicht auf Partys und ging zu Hause normalerweise früh ins Bett. Außerdem waren die meisten der Bewohnerinnen und Bewohner des *Campus Viva* wesentlich jünger als sie.

Einige Tage hatte sie gebraucht, um sich überhaupt erst einmal zurechtzufinden. Dabei wunderte sie sich über die Hilfsbereitschaft auf dem Campus, im Studentenwohnheim und am Institut. So viel Freundlichkeit hatte sie in Deutschland nicht erwartet.

Sie hatte sich die Menschen hier verschlossener vorgestellt, trauriger und auch irgendwie bösartig. Aber das traf zum Glück nicht zu, bis auf die Pöbeleien abends in der Straßenbahn. Aber das waren hauptsächlich betrunkene Studenten und meistens nicht nur deutsche, sondern ein ziemlich internationales, buntes Völkchen, das in den Heidelberger Gassen zum Schrecken der geplagten Anwohner permanent Party machte.

Serena kam sich ihren Kommilitonen gegenüber sehr erwachsen vor. Abends ging sie kaum aus und verbat sich auch die permanenten Einladungen eines jungen Mexikaners, der in den Staaten lebte und ihr allzu offensichtlich »den Hof machte«, wie es ihr Großvater ausgedrückt hätte.

»Aber sicher«, so dachte Serena, »wird dieser Ausdruck heute in Deutschland nicht mehr benutzt und man sagt etwas anderes, hat vermutlich einen englischen Ausdruck dafür.«

Sie machte diese Erfahrung in der letzten Zeit häufiger. Deutsch wurde nicht mehr so gesprochen wie zur Zeit ihres Großvaters. Sie kam sich mit ihrer Sprache manchmal ziemlich antiquiert vor. Manchmal wurde sie deswegen bewundert, manchmal sahen sie die Leute aber auch ziemlich ratlos an.

Einen Monat vor ihrer Ankunft in Deutschland hatte Serena ihren 30. Geburtstag gefeiert. Die ganze Familie war dazu im Elternhaus in Newark zusammengekommen. Die ganze Familie? Ihr Vater war vor fünf Jahren gestorben. Auch der Großvater lebte nicht mehr. Zum Glück erfreute sich ihre Mutter Rosa, die im Sommer 62 geworden war, noch bester Gesundheit. Serenas Schwester Amanda, die fünf Jahre jünger war als sie, promovierte jetzt in Berkeley im Fach Physik. Amanda war das Wunderkind der Familie. Sie hatte schon ziemlich viele Auszeichnungen für ihren studentischen Fleiß erhalten und war natürlich Jahrgangsbeste am College in New York.

Serenas Karriere war nicht so glatt verlaufen wie die von Amanda. Sie studierte Geschichte und wollte nach dem Auslandssemester in diesem Fach promovieren. Das Interesse an Geschichte und an der deutschen Sprache hatte sie, so wurde ihr immer wieder bestätigt, von ihrem Großvater.

Dieser Großvater, der nun schon seit über zehn Jahren tot war und den sie immer noch so sehr vermisste, hatte in Worms eine Buchhandlung besessen, eine der größten der Stadt sogar, bis – ja bis zu jener schauerlichen Herbstnacht des Jahres 1938.

Da war seine Buchhandlung nämlich vollkommen verwüstet worden. Dann, im Zuge der »Arisierung«, wie es damals hieß, wurde der Besitz an einen parteitreuen Handelsmann verkauft. Der Großvater wusste sogar den Namen dieser Familie, die schließlich auch sein Haus übernommen hatte. Das sei eine Familie Nothelfer gewesen.

Der so zu Vermögen gekommene Arier hatte jedoch nicht lange Freude an seinem Besitz, den er für wenig Geld erstanden hatte. Das Haus ging in den Bombennächten des Februar 1945 in Flammen auf. Er selbst war, soweit sie recherchiert hatte, irgendwo in der Sowjetunion umgekommen. Natürlich gab es Erben, die das Trümmergrundstück übernommen hatten. Die Familie Houseman erhielt eine kleine Entschädigung aus einem treuhänderisch eingerichteten Fond, ein Vorgang, den man im Deutschland jener Jahre zynisch als »Wiedergutmachung« bezeichnete.

Serena wollte das Haus sehen, das einst ihrer Familie gehört hatte. Das Haus war, wie sie herausfand, nach dem Krieg wiederaufgebaut worden. Gleich nachdem sie den Brief mit der Zusage für das Stipendium geöffnet hatte, entschloss sie sich, mit den heutigen Besitzern des Hauses ihres Großvaters Kontakt aufzunehmen. Sie war gespannt, wie die reagieren würden.

Serena hatte Deutsch von ihrem Großvater gelernt und sie sprach die Sprache mit einem deutlich hörbaren amerikanischen Akzent, weil sie bis dahin noch nicht in Deutschland gewesen war. Auch ihr Großvater hatte, nachdem er nur mit knapper Not den Nazis entkommen war, dieses Land nie mehr besucht.

Mit einem Koffer und seinem Sohn Ed, Serenas Vater, an der Hand machten sich Jacob und seine Frau Amanda, nach der später die Enkeltochter benannt werden würde, auf den Weg in die Freiheit und kamen über Bremen in die Vereinigten Staaten. Ende November 1938 erreichten sie New York. Wenige Monate später wäre dieser Fluchtweg verschlossen gewesen. Und auch über Holland wäre, nachdem die Nazis im Sommer 1940 das Land kurzerhand überfallen und okkupiert hatten, die Flucht unmöglich gewesen.

Im Jahr 1940 lebten noch viele Verwandte von Jacob in Deutschland, Hitlers Geiseln. Von diesen Verwandten überlebten nur wenige den Holocaust. Die meisten wurden in Theresienstadt oder in Auschwitz ermordet, nachdem man sie zunächst mit einem Sammeltransport durch ganz Frankreich ins Lager Gurs, nahe der spanischen Grenze, geschleppt hatte. Als sich das Ende des Krieges abzeichnete, wollte man die unfreiwilligen Zeugen des Naziterrors beseitigen und schaffte sie von Gurs aus in eines der zahlreichen Vernichtungslager in den besetzten östlichen Gebieten.

Serenas Großvater ließ sich in New Jersey nieder. Dort führte er die Buchhandlung weiter und wollte nichts mehr von dem Land wissen, dessen verhetzte Ausgeburten ihm damals nach dem Leben getrachtet hatten. Die Abneigung, die er mit gutem Grund gegen die Nazis und ihre Mitläufer hatte, übertrug Jacob Houseman allerdings nicht auf die deutsche Dichtung und auch nicht auf die Philosophie, obwohl in den Texten seines Lieblingsphilosophen Hegel, wie Serena nach und nach herausfand, allerhand Antisemitisches auszumachen war.

Als Serena auf dem Frankfurter Flughafen gelandet war und von dort aus mit dem Zug nach Heidelberg fuhr, kamen ihr die Bilder wieder in den Kopf. Filmdokumente, die durch die Erzählungen des Großvaters eine sehr persönliche Färbung erhalten hatten. Serena bekam von ihrem Großvater den Koffer, in dem er das wenige aufbewahrte, was ihm aus seinem früheren Leben noch geblieben war, vererbt. Dies waren neben den Dokumenten unzählige Briefe und vor allem Fotografien.

Auf einer dieser Fotografien sah man das schöne Haus mit dem maurischen Garten in der Wormser Krimhildenstraße. Die Familie lebte seit der Jahrhundertwende nicht mehr im Judenviertel, wo noch Jacob Hausmanns Vater zur Welt gekommen war, sondern hatte ein Haus in der Nähe des Doms erworben, das damals, kurz vor dem Ersten Weltkrieg, an dem Isaak Hausmann, Serenas Urgroßvater, teilgenommen hatte, ziemlich heruntergekommen war. Isaak hatte es renovieren und modernisieren lassen. Er hatte viel Geld hineingesteckt, sodass es zu einem der schönsten Privathäuser von Worms geworden war.

Im Traum war Serena schon oft dort gewesen und hatte im Garten des Hauses gespielt. Schon zu ihren Kindertagen waren die alten Fotos aus dem Besitz des Großvaters ganz abgegriffen, so oft hatte sie sie in der Hand gehabt.

Die Stadtvilla der Hausmanns in Worms war nicht im historisierenden Stil des 19. Jahrhunderts wie die anderen Häuser im vorderen Teil der Krimhildenstraße gebaut. Isaak Hausmann war ein aufgeklärter, kulturell gebildeter Mann, der für die neue Kunst offen war. Er engagierte einen jungen, später sehr angesehenen Architekten.

Von seiner fortschrittlichen Einstellung der modernen Kunst gegenüber zeugte auch seine erstaunliche Kunstsammlung. Im Zentrum dieser Sammlung standen die Expressionisten. Er hatte frühzeitig Werke der *Dresdner Brücke* und des *Blauen Reiter* erworben, um die ihn damals zahlreiche Museen beneideten. Ein Teil seines Kunstbesitzes war immer irgendwohin ausgeliehen. Sogar bei der berühmten Ausstellung *Neue Sachlichkeit* in der Kunsthalle Mannheim gab es Arbeiten aus der Sammlung Hausmann zu sehen.

Und neben den Gemälden der Moderne besaß er auch Meisterwerke früherer Epochen. So war der besondere Stolz der Familie ein Porträt, das der venezianische Meister Tintoretto geschaffen hatte. Dieses epochale Werk wurde von Generation zu Generation vererbt. Großvater Jacob vermutete, dass es sich schon seit dem frühen 17. Jahrhundert im Besitz der Familie befand. Komplett hatte Isaak Hausmann seine Sammlung 1933, bevor er starb, dem Sohn übergeben. Der tat alles, um diese Sammlung durch die schwere Zeit der Verfolgung zu bringen. Aber es gelang ihm nicht. 1938 musste Jacob Hausmann fliehen. Von der Sammlung behielt er kein Stück.

Vor allem nach dem Verbleib des Tintoretto-Porträts wollte Serena während ihrer Zeit in Worms forschen. Vielleicht bestand die Möglichkeit, es zurückzubekommen. Für ihren Großvater hatte dieses Bild einen besonderen Wert gehabt, denn er sagte einmal, dass das Glück und der Wohlstand der Familie eng mit der Geschichte des porträtierten Mannes zusammenhinge. Dieser habe in Venedig gelebt und sei sehr reich gewesen. Intrigen und Verdächtigungen hätten ihn gezwungen, Venedig fluchtartig zu verlassen. Er sei nach Böhmen gegangen und habe dort Glasmanufakturen besessen. Aber auch in Böhmen war sein Glück nicht von Dauer gewesen. Alles, was er dort nach seiner Flucht aus Venedig aufgebaut hatte, wurde ihm in dem Krieg, der dreißig Jahre dauern sollte, genommen.

Ursprünglich, so konnte sie auf den Fotos sehen, hing das Porträt über dem großen Schreibtisch des Urgroßvaters. Und wahrscheinlich hatte es auch schon über dem seines Urgroßvaters gehangen. Es zeigte einen bärtigen Greis, dessen Statur im Halbdunkel verschwand. Im Hintergrund rot leuchtender Brokat in einem Timbre, wie es für Tintoretto nicht untypisch war.

Als Jacob vor seiner Flucht sein Haus an Nothelfer hatte verkaufen müssen, war Isaaks Sammlung nicht im Kaufpreis inbegriffen gewesen und der neue Besitzer hatte versprochen, sie zu veräußern und den Hausmanns das Geld nach Amerika zu schicken. Aber Jacob Hausmann hatte niemals auch nur einen einzigen Cent für die Sammlung erhalten, obwohl sie sicher zig Millionen Dollar wert gewesen war.

Bereits unmittelbar nach dem Krieg stellte der Großvater Nachforschungen an. Nothelfer war an der Ostfront gefallen und von seinen näheren Verwandten wusste angeblich niemand über die Gemäldesammlung Bescheid.

Jacob Houseman bekam den Namen eines Münchner Kunsthändlers heraus, mit dem Nothelfer, wie Jacob aus dem Briefwechsel wusste, Kontakt gehabt hatte. Jacob hatte sogar mit diesem Kunsthändler telefoniert. Aber der wimmelte ihn ab. Auch er habe alles verloren, erzählte dieser Mann. Alle seine Schätze seien Ende 1944, während eines alliierten Luftangriffes, in Flammen aufgegangen.

Nach vielen Anstrengungen und vergeblichen Mühen fand sich Serenas Großvater schließlich damit ab, dass die einzigartige Kunstsammlung seiner Ahnen verloren war. Besonders grämte ihn der Verlust des Tintoretto-Gemäldes. Aber mit der Zeit verblasste diese Trauer, bis eines Tages ein Artikel in der *New York Times* über eine Ausstellung in Rom erschien.

Triumphierend war der alte Mann ins Frühstückszimmer gestürmt. Serenas Mutter erinnerte sich noch ganz genau an diesen Morgen. Der Großvater hielt die Zeitung in der Hand. Darauf war eine große Abbildung seines Tintoretto-Gemäldes zu sehen.

»Hier ist er, der Wohltäter unserer Familie«, hatte er gerufen. »Er lebt jetzt in Rom. Wir wollen ihn dort besuchen.«

Leider war der Artikel von der Ausstellung ein Nachbericht. Jacob konnte nicht mehr nach Rom reisen und direkt vor Ort Erkundigungen über das Bild einziehen. Damals hätte er noch reisen können, denn er war noch ziemlich rüstig. Später ließen die Kräfte nach und mit ihnen auch die Reiselust.

In Heidelberg forschte Serena Houseman nach dem Namen Nothelfer und fand auch tatsächlich heraus, dass Leute dieses Namens in der Krimhildenstraße wohnten.

Serena wählte die Nummer. Am anderen Ende der Leitung meldete sich eine Dame. Als die Amerikanerin ihr Anliegen in ihrem noch nicht ganz perfekten Deutsch vortrug, verstand die Dame sofort. Nach einem Augenblick des Schweigens sagte sie: »Natürlich, Sie können gern kommen. Ich kann Ihnen auch alle Unterlagen zeigen. Sie können sich das Haus gerne ansehen. Alles ist rechtmäßig erworben. Wir haben nach dem Krieg viel Geld hineingesteckt. Im Februar 1945, kurz vor Schluss, haben die Alliierten die Stadt noch total zusammengebombt. Da war kein Stein mehr auf dem anderen. Die ganze Krimhildenstraße war ein Trümmerfeld. Auch unser Haus war bis auf die Grundmauern zerstört. Da stand nichts mehr.

Wir haben die Trümmer mit bloßen Händen weggeräumt und wir waren damals alle noch Kinder. Unsere Väter waren alle im Krieg, viele sind nicht mehr zurückgekommen, auch mein Vater nicht. Der ist in Russland gefallen.«

Am Heylshof bog Serena in die Krimhildenstraße ein. An der Ecke der Straße war die Stadtsparkasse, ein ziemlich verwinkelter, unzusammenhängender Bau aus neuerer Zeit. Dann folgte eine hohe Mauer und danach eine Querstraße. In der Querstraße stand die Villa, die einst der Familie Hausmann, die jetzt Houseman hieß, gehört hatte.

Serena war von dem Eindruck überwältigt. Das Haus schien gerade renoviert worden zu sein. Ein echtes Schmuckstück in der belebten Straße, in die Serena von der Stadtmauer aus eingebogen war. An der harmonisch ausgestalteten Fassade fehlte der übliche Kitsch der Epoche, wie er vor allem in der Provinz ins Kraut geschossen war. Reinen Jugendstil wie hier gab es kaum. Höchstens in einer Stadt wie Mannheim. In Worms war der Jugendstil mit historistischen Einsprengseln versehen. Das Hausmann'sche Anwesen bildete hier, wie in manch anderer Hinsicht auch, eine löbliche Ausnahme. Geometrisch, rational und betont funktional nahm dieser Bau in seiner Schlichtheit die Architektur des Bauhauses vorweg. Man bemerkte die Meisterschaft.

Die junge Frau zögerte, bevor sie den Fuß über die Schwelle setzte. Es fiel ihr schwer, schwerer als sie es sich vorgestellt hatte. Sie war befangen, als sie auf den Knopf der schmiedeeisernen Klingel drückte, wo der Name »Nothelfer« eingraviert war. Die Besucherin erschrak, als sie das laute Schellen der Klingel im Hausflur vernahm.

»Kommen Sie nur herein«, sagte die ältere Dame, die ihr öffnete, und schaute sie dabei freundlich an. Serenas Unsicherheit nahm im dunklen Flur weiter zu. Die Dame ging voraus. Trotz ihres Alters, sie hatte die Achtzig offensichtlich bereits überschritten, wirkte sie elegant.

»Damals muss sie wohl noch ein Kind gewesen sein,« ging es Serena durch den Kopf. »Wahrscheinlich ist sie Mitte der Dreißigerjahre geboren«, rechnete sie nach.

»Sie sehen noch ziemlich jung aus. Ich habe Sie mir älter vorgestellt, von Ihrer Stimme am Telefon her. Und Ihr Vater …«

»Er war mein Großvater. Er ist bereits vor einigen Jahren gestorben«, antwortete Serena und bedauerte ihren, auch für sie bemerkbaren, deutlichen amerikanischen Akzent.

»Entschuldigen Sie«, fügte sie hinzu. »Wir haben zu Hause nie Deutsch gesprochen.«

»Dafür sprechen Sie aber ziemlich gut«, lobte die Dame und lud ihre Besucherin ein, am Wohnzimmertisch Platz zu nehmen. Darauf stand ein altmodisches Kaffeeservice und eine Kuchenplatte, die sehr wahrscheinlich aus der Zeit stammte, als das wunderschöne Haus gebaut worden war.

»Den Kuchen habe ich selbst gebacken«, verkündete die Dame stolz. Sie schnitt ihn an und so verstärkte sich der behagliche Duft im biederen Wohnzimmer.

»Setzen wir uns doch«, unterstrich die Hausherrin die bereits ausgesprochene Einladung. Serena nickte und nahm auf dem zugewiesenen Stuhl Platz.

»1940, als mein Vater das Haus aus städtischem Besitz gekauft hat, hieß es überall ›das Judenhaus‹. Sie unterbrach sich, als ihr klar wurde, was ihr da gerade herausgerutscht war. Wahrscheinlich hatte sie diese Einleitung in die Geschichte ihres Hauses schon hundertmal in der gleichen Art und Weise dahergesagt und die Bedeutung dessen, was sie sagte, war ihr gar nicht zu Bewusstsein gekommen. Jetzt erschrak sie. Der Kontext ihrer Rede war ja angesichts der Jüdin, die da vor ihr saß, ein anderer. Sie fühlte sich peinlich berührt.

Ein Moment des Schweigens. Dann fuhr die Frau fort.

»Nach dem Krieg haben wir es dann rechtmäßig bei der amerikanischen Militärverwaltung deklariert und an den Fond bezahlt, was man von uns verlangt hatte. Es war eine ziemliche Stange Geld. Wir haben das gemacht, obwohl kaum was von der einstigen Pracht übrig geblieben war. Die Bombennächte, wissen Sie. Mein Vater ist in Russland gefallen«, sagte sie wie zu ihrer eigenen Rechtfertigung.

Sie schenkte Serena Kaffee ein. »Greifen Sie zu. Ich habe ihn heute extra für Sie gebacken. Nach dem Rezept meiner Großmutter, ein altes Familienrezept.«

Die alte Dame kam Serena selbstbewusst vor. Sie hatte das nicht erwartet. Meistens kamen ihr die Deutschen ziemlich schuldbewusst vor, wenn sie erfuhren, dass ihre Familie aus Deutschland vertrieben worden war und große Teile ihrer Verwandtschaft die Vernichtungslager nicht überlebt hatten. Die Nachfahren der Täter waren entweder schuldbewusst oder abweisend. Aber diese Dame hier war weder das eine noch das andere.

Ihr schlechtes Gewissen besänftigte wahrscheinlich die Vorstellung, dass ja alles bezahlt sei und die Geschädigten entschädigt. »Wiedergutmachung« nannte sich das.

Die Unschuldsmiene der Frau stieß Serena ab. Und von dem positiven Eindruck am Anfang ihrer Begegnung war nicht mehr viel übrig geblieben. Ekel stieg in ihr auf.

Sie bemühte sich, ihr negatives Gefühl zu unterdrücken und auf der sachlichen Ebene zu bleiben.

»Meine Großmutter hat auch gerne gebacken«, antwortete Serena leise. Sie schaute dabei aus dem Fenster des Wohnzimmers. Das beruhigte sie etwas. Fremde Erinnerungen stiegen in ihr auf, Sitten und Gebräuche, die sie nur aus den Erzählungen kannte, denn bei ihnen zu Hause in den Staaten wurde das jüdische Leben kaum gelebt. Auch in Worms hatte sich Jacob Hausmann nicht als Jude gefühlt und als Jude verhalten. Er wurde zum Juden gemacht.

Der Blick aus dem Wohnzimmerfenster rief diese Bilder in ihr wach. Jom Kippur im Garten dieses Hauses, verschwommene Bilder vom Laubhüttenfest. Dieser Garten scheint sich kaum verändert zu haben. Genau so hatte sie ihn sich vorgestellt. Die alten Steine, die von der Mauer der Stadt übrig geblieben waren, bildeten eine Art künstliche Ruine, über die sich Efeu rankte.

Ein orientalischer Brunnen stand in der Mitte des Gartens. Die hohen Eiben spendeten Schatten im Sommer, waren aber schlecht für das Wachstum der Blumen und Pflanzen. Deswegen war die Erde zum größten Teil von Rasen und niedrig wachsenden Bodenpflanzen bedeckt.

Serena wurde aus ihren Gedanken gerissen.

»Nehmen Sie doch noch ein Stück. Oder schmeckt er Ihnen nicht?«, drängelte die Gastgeberin, die schon den Tortenheber bereithielt.

»Danke«, sagte Serena und lächelte angestrengt. Die Stimme der Frau holte sie in die Gegenwart zurück.

Sie sah sie feindselig an. Das spürte die Frau. Es rührte sich in ihr doch so etwas wie ein Gewissen.

»Ich habe die Papiere für Sie vorbereitet. Sie liegen drüben auf dem Schreibtisch. Sie können sie einsehen. Auch die Kopien des Grundbucheintrags liegen dabei, ebenso die Dokumente der französischen und amerikanischen Militärbehörden.

Meine Mutter war damals vor dem Entnazifizierungsausschuss. Es wurde alles genau untersucht. Das können Sie alles nachlesen. Sie können ja gut Deutsch. Sie wurde nicht verurteilt. Und der Vater war ja in Russland gefallen. Ja, er war in der Partei, aber das war damals fast jeder. Wenn man weiterkommen wollte, musste man in der Partei sein. Mein Vater hat aber nichts Schlimmes getan. Er wurde als Mitläufer eingestuft. Und Mitläufer, das war damals praktisch jeder.

Was wollte er auch anderes machen. Er hatte Familie! Die Nazis haben jeden verhaftet, der gegen sie war. Es gab ein KZ, Osthofen, nicht weit von hier. Einen Nachbarn von uns haben sie dort hingeschleppt. Er konnte seinen Mund nicht halten und hat auf Hitler gescholten, abends im Wirtshaus. Am nächsten Tag haben sie ihn geholt. Drei Monate war er weg. Dann kam er wieder zurück.

Nix hat er mehr gesagt. Er war ganz verstört. Er durfte auch nichts erzählen. Sonst hätten sie ihn wieder dorthin gebracht. Wir haben ihn auch gar nicht gefragt, obwohl wir alle Bescheid wussten. Aber ihn zu fragen, hat sich niemand getraut. Wir wussten ja, er durfte nichts sagen.«

Sie schien Serena mit einem Male sehr aufgeregt. Verlegen zerrupfte sie ein schon zerknülltes Papiertaschentuch.

»Nehmen Sie noch ein Stück Kuchen«, sagte sie, vielleicht ein bisschen zu heftig.

Serena wollte in diesem Moment nicht einlenken. Sie stand auf und ging zum Tisch, wo die Dokumente lagen. Es waren teilweise vergilbte Blätter, mit Schreibmaschine geschrieben und mit einem Hakenkreuzstempel versehen. Ohne die Details im Einzelnen zu verstehen, wusste Serena genau, was sie da vor sich hatte.

Natürlich war alles sehr korrekt ausgefüllt und würde vor einem Gericht kaum anzufechten sein. Die Deutschen waren gründlich in der Dokumentation, auch damals. Auch die Akteneinträge der Behörden nach 1945 waren sicherlich korrekt. Sie bestätigen das, was die Dame gesagt hatte.

Nothelfer besaß eine Spiegelfabrik und hatte das Haus 1940 aus städtischem Besitz erworben. Der damalige Besitzer, Jacob Hausmann, hatte das Haus verkauft und war mit seiner Familie ins Ausland gegangen. Die Grundstückspreise waren damals nicht hoch, und das Haus sei schon ziemlich verwohnt gewesen, stand in dem Gutachten. Deshalb belief sich der Quadratmeterpreis auf etwa die Hälfte des in Worms üblichen Verkehrswertes. Die amerikanischen Behörden hatten diese Interpretation im Großen und Ganzen, wie Serena den Papieren entnahm, akzeptiert und nur eine Zahlung in Höhe von etwa 3000 US-Dollar an einen Ausgleichsfond verlangt. Nach der Währungsreform wurde diese Zahlung in mehreren Raten von der Familie Nothelfer geleistet.

»Mein Urgroßvater hatte auch eine große Kunstsammlung«, sagte Serena ruhig in die Stille hinein. »Wissen Sie, was aus dieser Sammlung geworden ist?«

Frau Nothelfer sah Serena konzentriert an.

»Ich weiß nicht, ob Sie es wissen, Ihr Großvater hat seinen gesamten Besitz meinem Vater treuhänderisch anvertraut und mein Vater hat versucht, die Gemälde zu verkaufen. Das war damals illegal, denn viele dieser Gemälde galten bei den Nazis als ›entartete Kunst‹. Es gab bestimmte Händler, die verkaufen durften, dazu gehörte aber mein Vater nicht. Trotzdem hat er es gemacht. Er wollte ihrer Familie helfen und das Geld aus dem Erlös in die Staaten schicken. Ihr Großvater und mein Vater hatten ja noch nach 1938 Verbindung.«

Die Gastgeberin hielt inne und blickte auf Serena, eine Reaktion erwartend, aber der Gast zeigte keinerlei Regung. Dann fuhr sie fort:

»Mein Vater wurde beim Verkauf eines Gemäldes erwischt. Er konnte sich rausreden, indem er sagte, er habe das Zeug auf dem Speicher seines Hauses gefunden, wisse gar nicht, was das eigentlich wert sei.

So hat er sich verteidigt, aber geglaubt wurde ihm nicht. Er kam um das Gefängnis zwar rum, aber nur, weil er sich freiwillig an die Ostfront gemeldet hat. Eigentlich war er als Unternehmer, und er war ja auch schon etwas älter, vom Militär freigestellt.«

Frau Nothelfer begann zu weinen.

»Wir waren keine Nazis, glauben Sie mir«, schrie sie fast, wobei sich ihre Stimme beinahe überschlug. »Und auch wir haben viel gelitten«, fügte sie hinzu.

Sie weinte.

»Dieser verdammte Hitler!«, schluchzte sie. »Wir haben das alles nicht gewollt.«

Serena ging auf die Frau zu. In diesem Moment spürte sie so etwas wie Mitleid. Sie legte die Hand sanft auf ihre Schulter. Dann verabschiedete sie sich.

## 2

Die Luft war ziemlich abgekühlt und es war schon stockdunkel. Im Park zwischen dem Städtischen Museum und dem Dom brannten noch einzelne Lichter, die die eigenwillige Fläche beleuchteten, wo einst der Bischofspalast stand, in dem Martin Luther Kaiser Karl V. so trotzig widersprochen hatte. In den Revolutionskriegen des Jahres 1792 war dieser Palast in Flammen aufgegangen. Nur noch das Kellergewölbe war erhalten geblieben und zeugte von der einstigen Größe und Bedeutung des Bauwerkes, dessen Dimension man aufgrund des eingemauerten Grundrisses im Park erahnen konnte.

Dass es unter jenem idyllischen Park ein solches Gewölbe gab, wussten nur wenige Eingeweihte. Oliver Treschko war einer von diesen. Er ging an diesem noch warmen Herbstabend durch den halbdunklen Park in Richtung der großen, schwarzen Silhouette des Domes. Treschko war seit vier Monaten Direktor des Städtischen Museums Worms.

Er war unbefristet eingestellt und bezog ein regelmäßiges Gehalt. Ein regelmäßiges Gehalt in einer einigermaßen angemessenen Position zu beziehen, war in Treschkos bisheriger beruflichen Laufbahn nicht oft der

Fall gewesen, obwohl er hervorragende Zeugnisse besaß und eine beachtliche Liste internationaler Museen aufführen konnte, für die er im Laufe seines Berufslebens tätig gewesen war. Als er die Stelle am Wormser Museum antrat, hatte er sein fünfzigstes Lebensjahr gerade überschritten und konnte sich ausrechnen, dass es mit der ganz großen Karriere jetzt wohl nichts mehr werden würde. Dabei hatte sein Berufsleben so hoffnungsvoll begonnen: Nach seiner Promotion über den niederländischen Maler Gerrit van Honthorst am Kunsthistorischen Institut in München hatte er mehrere Jahre in Rom gearbeitet und dort in der *Bibliotheca Hertziana* geforscht. Die damit verbundene Hoffnung, über eine Habilitation zu einem Ruf an eine Universität zu gelangen, hatte sich zerschlagen, nachdem der Professor, der die Arbeit betreute, bei einem Skiunfall ums Leben gekommen war. Im selben Jahr siedelte Treschko nach Madrid über und arbeitete dort mehrere Jahre im Prado.

Auch dort kam er nicht recht weiter, weil er kein Spanier war und auch nicht in der richtigen Partei. Aus politischen Dingen hielt sich der Kunsthistoriker grundsätzlich heraus und wollte sich auch nicht einspannen lassen. Das geriet ihm zum Nachteil. Er wurde bei Beförderungen regelmäßig übergangen und in größere Ausstellungsprojekte nur selten einbezogen. Die jüngeren Kollegen und vor allem Kolleginnen zogen auf der Karriereleiter an ihm vorbei, obwohl seine Kompetenz auf vielen Gebieten allgemein anerkannt wurde.

Er schrieb sogar regelmäßig für angesehene Kunstzeitschriften, die in Großbritannien und in den USA erschienen. Seine Artikel brachten ihm Ansehen und

Bekanntschaften mit Fachkollegen aus aller Welt. Aber innerhalb der strengen Hierarchie des Prado verbesserten sich dadurch seine Chancen weiterzukommen überhaupt nicht. Eher im Gegenteil, die internationale Reputation des deutschen Kollegen rief sogar den Neid einiger Vorgesetzter hervor, was sich entsprechend ungünstig auf seine Stellung im Haus auswirkte.

Als eine seiner vormaligen Praktikantinnen zu seiner Vorgesetzten berufen wurde, reichte es ihm.

Er bewarb sich bei anderen Museen und wäre zu allem bereit gewesen. Sein Freund Pierre Bonnard, Kurator für Glas am Louvre in Paris, unterstützte ihn bei seinem Vorhaben, am Louvre unterzukommen. Aber auch daraus wurde nichts.

Die Stelle im Fachbereich holländische Malerei des 17. Jahrhunderts, eines von Treschkos Spezialgebieten, wurde von einer dreißigjährigen jungen Frau, der Nichte des Kulturministers, besetzt. Eine weitere Enttäuschung, die seinen Enthusiasmus bei den Bewerbungsschreiben bremste. Auch bezüglich Worms hatte er zunächst nur geringe Hoffnung, und er wunderte sich schließlich sehr, als er dann tatsächlich zu einem Bewerbungsgespräch eingeladen wurde.

Trotz des Mobbings im Prado ging Treschko nicht gerne von Madrid weg. Madrid mit Worms zu tauschen schien wirklich wie ein Abstieg. Er lebte im Zentrum der spanischen Hauptstadt, ein paar hundert Meter von der *Puerta del Sol* entfernt, in einem 100-Quadratmeter-Apartment, das er sich von seinem Einkommen im Prado niemals hätte leisten können. Nachts war in dem Viertel immer der Teufel los, aber Treschko war gerne unter Leuten und er genoss das Nachtleben, war häufig unterwegs, besuchte viele Bars. Er kannte vor allem junge Leute. Seine Mutter machte ihm bei ihren seltenen Besuchen deswegen manchmal Vorwürfe. Geld war bei der Familie Treschko nicht das Problem. Die Nachkommen preußischer Militärs mit Landgütern in Norddeutschland nagten trotz der Verluste, die sie durch die Abtrennung der ehemals deutschen Ostgebiete gemacht hatten, nicht am Hungertuch.

Die Vorwürfe bezogen sich eher auf das, wie sie sagte, Studentenleben, das ihr Sohn, wie sie fürchtete, offenbar bis ins Greisenalter fortzuführen gedenke. Wie andere Mütter auch hätte sie ihn am liebsten in den Händen einer loyalen Schwiegertochter gesehen, mit eins, zwei kleinen Nachkommen vielleicht.

Ihre Tochter hatte ihr die Freude des Großmutterseins bereits beschert, obwohl der Schwiegersohn, der aus Texas stammte, auch nicht standesgemäß war und in keiner Weise dem Bild entsprach, das sich ihr Vater von dem Gatten seiner Enkelin gemacht hätte. Aber Treschkos Mutter hatte dazugelernt und war mit den Jahren toleranter geworden.

Ein solches Leben wie in Madrid würde Treschko in Worms sicher nicht führen können, das war ihm von vorneherein klar gewesen. Aber verglichen mit seiner Arbeit am Prado, wo zahlreiche Vorgesetzte mit ihren Eitelkeiten über ihm standen, war die Stelle in Worms ein Paradies. Hier konnte er sich beruflich endlich vollkommen ausleben, Ausstellungen planen, Ideen verwirklichen und die reichhaltige Sammlung, von deren Qualität er sich bereits vor seiner Bewerbung überzeugt hatte, in einem angemessenen Licht der Öffentlichkeit präsentieren. Der Oberbürgermeister der Stadt, Dr. Franz Kolberg, vertraute ihm spontan.

Tiefere Beziehungen, die er von Worms aus nicht hätte aufrechterhalten können, hatte Treschko in Madrid nicht aufgebaut. Was sein Verhältnis zu Frauen betraf, war er eher scheu und spröde. Während der Studienzeit hatte er eine langjährige Beziehung gehabt, die aber zerbrochen war, als er nach Madrid ging. Estelle hieß sie, war Kunsthistorikerin und hatte damals eine sehr gute Position in den Vatikanischen Museen. Ab und zu schrieben sie sich noch Briefe. Sie lebte jetzt in New York und hatte schon erwachsene Kinder. Wie die Zeit vergeht, dachte er manchmal, wenn er einen Brief von Estelle bekam mit den Berichten über die beruflichen Erfolge ihrer Tochter.

In Madrid hatte Treschko als Single gelebt und gelegentliche Affären, kurzlebige Abenteuer mit Kolleginnen gehabt, die ebenso egomanisch waren wie er selbst. Diese Bindungen zerbrachen, sobald sie auch nur den Schein von etwas Stabilerem anzunehmen drohten.

Zu seiner Mutter, der Vater war gestorben als Treschko dreißig war, hatte er zwar regelmäßig Kontakt, war aber immer bestrebt, Abstand zu halten. Ab und zu besuchte er die Mutter auf ihrem Gut im Wendland, vor allem an Weihnachten. Dann kam meist die ganze Familie zusammen, auch die Schwester aus Amerika mit ihren Kindern.

Treschko hatte bis spät am Abend gearbeitet. Er bereitete den Katalog für die nächste Ausstellung vor. Diese Ausstellung stellte ein Gemälde in den Mittelpunkt, auf das Worms mit Recht stolz sein konnte. Dieses Gemälde wurde keinem geringeren als Jacopo Robusti zugeschrieben, in der Kunstgeschichte besser unter dem Namen *Tintoretto* bekannt.

Worms hatte diese Gemälde bisher sträflich vernachlässigt, fand Treschko. Außerdem gab es in der exzellenten, aber kaum beachteten Handzeichnungssammlung des Museums einige Tuschen, die ebenfalls Tintoretto zugeschrieben wurden.

Die Arbeit war zäh vorangegangen. Auch Zusagen über einen Ausstellungsetat hatte er noch nicht und es stand auch noch kein Eröffnungstermin fest. Alles war so vage. Das ärgerte ihn und er war schlechter Laune.

Der Kunsthistoriker spazierte an der Herkulesgrotte vorbei und blieb einen Augenblick stehen. Im Dunklen erkannte er die Figur des schwarzen Mannes, des »Mohren«, wie er wahrscheinlich im 17. Jahrhundert genannt worden war. Jetzt stand er, mit einer großen Keule bewaffnet, in einer künstlichen Grotte. Die Skulptur war im vergangenen Jahr für viel Geld restauriert worden, sonst wäre sie in den folgenden Jahren sicher total zerfallen. Dem Vorgänger von Treschko, Dr. Bernardus, mittlerweile im Ruhestand, lag diese Skulptur besonders am Herzen. Er hatte sich zäh und schließlich doch ziemlich erfolgreich um Sponsorengelder bemüht, die es ermöglichten, dieses barocke Kunstwerk zu restaurieren. Seit einigen Wochen war die Skulptur im Park. Treschko lächelte, als er sich an den Streit erinnerte, welcher die Namensgebung »Mohr« hervorgerufen hatte. Kaum waren die Feierlichkeiten vorüber und die Presseartikel gedruckt, regten sich nämlich Proteste. Eine antirassistische Initiative verteilte Flugblätter gegen die Wiederaufstellung dieses ehrverletzenden Machwerks, durch das der kolonialistischen Unterdrückung Afrikas gehuldigt würde. Das müsse aufhören! Außerdem sei die Bezeichnung »Mohr« sehr diskriminierend und müsse geändert werden. Der Rassismus habe in Worms eine lange Tradition. Schluss damit!

Die Skulptur blieb zwar in der Grotte und wurde durch Kameras bewacht, aber bezüglich der Namensgebung wollte die Stadt Worms dann doch nicht anecken und benannte das Kunstwerk kurzerhand um. Es hieß nun also nicht mehr »Mohr«, sondern wegen seiner Keule »Herkules«, weil man ja niemanden beleidigen wolle, und die alte »Mohrengrotte« sollte von jetzt an »Herkulesgrotte« genannt werden.

An diesen Namen gewöhnten sich die Wormser erst allmählich und widerwillig, wie Treschko bei einem Besuch im Weinhaus Weis feststellen konnte. Dort kannte ihn niemand. Er wurde für einen Touristen gehalten, der mehr oder weniger zufällig auf das Weinhaus gestoßen war. Man plauderte frei von der Leber weg und dabei ging es auch um den »Mohren«.

Ein leichter Nieselregen setzte ein und Treschko ging langsam weiter. Schon sah er die Westfassade des Wormser Doms. Sie hatte noch am erfolgreichsten den Wirren des Jahrtausends, den Kriegen, Feuersbrünsten und Bombenhageln getrotzt. Im Vergleich zu den anderen Gebäudeteilen des Doms sie wirkte in ihrer romanischen Ehrwürdigkeit am authentischsten.

Treschko ging an der Nikolauskapelle vorbei und die Stufen vorm Dom hinunter. Mittlerweile war es dunkel geworden über der Nibelungenstadt. Er überquerte die Straße und schaute zur Jugendherberge hinüber. Vor dem dunklen Grau im Hintergrund erblickte er die niederen Türme des Andreasstiftes. Er ging zielstrebig weiter und bog kurz vor dem Stift rechts ab, ins *Ambiente*. Dort pflegte er allabendlich zu speisen, ein Ritual, mit dem er den Tag abschloss.

Als der Wirt Treschko zur Tür hereinkommen sah, begrüßte er ihn freundlich.

Giuseppe Calvino war ein sehr kreativer Mensch, der in den 70er-Jahren als Gastarbeiter nach Deutschland gekommen war. Er hatte schon eine Reihe italienischer Restaurants geführt und war im Laufe seiner Entwicklung zur Überzeugung gelangt, dass Originalität und Kreativität einen Preis haben, der in Deutschland auch gezahlt würde. Als die evangelische Freikirche, die in den 1960er-Jahren gegenüber dem Andreasstift gebaut worden war, abgerissen werden sollte, erkannte er seine Chance, nahm einen Kredit auf, machte daraus ein modernes Restaurant und schrieb Wormser Gastronomiegeschichte. Die Terrasse war im Sommer bestuhlt und ebenso der Platz davor. Das *Ambiente* verströmte italienisches Flair über den ganzen Platz. Treschko wusste das sehr zu schätzen.

Freundlich kam Calvino auf seinen zahlungskräftigen Stammgast zu und empfahl ihm eine Tagliatelle mit Trüffeln, die ganz frisch eingetroffen seien, und dazu einen Rotwein aus der Gegend von Siena, den er ebenfalls mit den schönsten Worten lobte. Treschko sprach mit dem Wirt Italienisch. Das erinnerte ihn an seine Zeit in Rom, wo er regelmäßig in einem Restaurant an der Fontana di Trevi gespeist hatte. Das Gespräch mit dem Wirt, die offenherzige Freundlichkeit, die warme Atmosphäre im *Ambiente* besserten die Stimmung Treschkos. Nicht nur der langsame Fortschritt der Ausstellungsvorbereitungen zerrte an seinen Nerven.

Die nagenden Zweifel an der Herkunft des Porträts und die Jahreszahl 1950, die er gelesen hatte, machten ihn stutzig. In jenem Jahr war das Gemälde zum ersten Mal in einem Verzeichnis des Wormser Museums aufgetaucht.

In den zurückliegenden Tagen hatte Treschko jedes Stückchen Papier umgedreht und gehofft, doch noch einen Hinweis auf die Herkunft des Gemäldes zu finden, vergeblich. Mit dem Restaurator zusammen hatte er das Porträt aus dem Rahmen genommen und die Rückseite überprüft. Das Gemälde schien mehrfach restauriert worden zu sein, die Leinwand wurde in früherer Zeit dubliert, an einigen Stellen zeigten sich Brandspuren.

Sicher war der Firnis mehrfach erneuert worden, was darauf schließen ließ, dass die Vorbesitzer von dem Wert des Gemäldes wussten, denn sonst hätten sie diesen Aufwand nicht getrieben.

Aber alle diese Spuren führten nicht weiter. Auch der Rahmen lieferte keine zusätzlichen Informationen, an die man hätte anknüpfen können. Es handelte sich hierbei um einen flämischen Edelholzrahmen, furniert und dunkel gebeizt. Die Stäbe waren vergoldet, was die Würde des Werkes auf dezente Weise betonte. Nirgendwo waren Reparaturen feststellbar. Man konnte also annehmen, dass der Rahmen, wohl einige Jahrzehnte nach der Entstehung des Bildes, passgenau angefertigt worden war.

Treschko tappte im Dunkeln, hatte aber einen Verdacht, der ihn quälte. Schließlich hatte er Dr. Bernardus angerufen, um zu erfahren, ob der etwas über »Arisierungen« in Worms wisse, von denen das Museum eventuell profitiert haben könnte. Manche dieser erpresserischen Enteignungen waren später legalisiert worden, sodass man in solchen Fällen erfolgversprechend auf den juristischen Eigentumstitel pochen konnte. Aber bezüglich des Tintoretto-Porträts hatte er trotz seiner intensiven Suche keinerlei schriftliche Belege dieser Art gefunden.

Dr. Bernardus redete zwar freundlich mit seinem Nachfolger, aber gerade bei diesem heiklen Thema merkte der sensible Treschko doch, wie verletzt Bernardus war, weil er genau wegen einer solchen Geschichte vorzeitig hatte in Ruhestand gehen müssen. Bei einer Rückgabeforderung war Bernardus nämlich ganz anderer Meinung als der Oberbürgermeister gewesen.

Auch damals hatte es sich um ein sehr hochrangiges Gemälde aus dem Besitz des Städtischen Museums gehandelt, um ein Werk von Arnold Böcklin, das zu dem Zyklus *Toteninsel* gehörte. Dieses Gemälde wurde den ursprünglichen Besitzern, die es 1940 zu einem sehr geringen Preis an die Stadt Worms hatten verkaufen müssen, zurückgegeben.

Dr. Bernardus war sauer, wie illoyal der Oberbürgermeister damals gewesen war. Entsprechend einsilbig waren die Auskünfte, die der Vorgänger Treschko bezüglich »Arisierungen« in Worms gab, aber dennoch genügten diese Informationen, um Oliver die Laune noch weiter zu verderben und bewirkten, dass er sich nach dem Telefongespräch noch mieser fühlte als davor.

Im *Ambiente* waren an einem Herbstabend unter der Woche nur wenige Gäste. Ein Pärchen saß an einem Tisch neben der Tür. Eine Gruppe, offenbar Geschäftsleute, hatte etwas zu feiern. Der Wirt brachte den Wein. Treschko nickte ihm lächelnd zu, als dieser gekonnt und mit viel Theater servierte. Draußen wurde der Regen stärker.

Treschko hatte gerade zu essen begonnen, als die Eingangstür geöffnet wurde und eine junge Frau den Raum betrat. Sie schien vom Regen überrascht worden zu sein und hatte offenbar keinen Schirm dabeigehabt. Ihre hellbraunen Haare hingen etwas zerzaust im Gesicht. Sie hatte nur eine leichte Sommerjacke an und schien zu frieren. Der Wirt kam ihr entgegengeeilt.

»Setzen Sie sich hier an die Heizung«, lud er ein. Die junge Frau schien ihn zunächst nicht zu verstehen. Als er in Richtung des kleinen Tisches in der Ecke, unweit dem von Treschko, zeigte, nickte sie und ging zielstrebig auf den Tisch zu.

»Hier, nehmen Sie Platz«, Calvino war ihr vorausgeeilt und rückte ihr den Stuhl zurecht. Die Frau nahm Platz und schaute sich um. Treschko nickte ihr zu. Sie, so sein Eindruck, mied den Blickkontakt und schaute in eine andere Richtung. Durch die Augenwinkel beobachtete er sie eine ganze Weile.

Agostino, so hieß der Kellner, der seit Anbeginn im Restaurant angestellt war und der sich ebenso hervorragend wie sein Chef in der italienischen Küche und auch bei den Weinen auskannte, bediente den neuen Gast sehr zuvorkommend. Die junge Dame sprach Deutsch, aber mit einem deutlich vernehmbaren amerikanischen Akzent.

Treschko fand die Frau sympathisch und wäre gerne mit ihr ins Gespräch gekommen, aber die Gelegenheit dazu ergab sich an diesem Abend nicht und er wollte nicht aufdringlich erscheinen. Deshalb bezahlte er nach dem Espresso, verabschiedete sich und sah noch einen

Sekundenbruchteil durch die Scheibe, als er am Restaurant vorbeiging. Durch die beschlagene Scheibe, im gelblich-warmen Licht, sah er schemenhaft das klassische Profil der jungen Dame, die sich über ihre Pizza beugte. Die Szene erinnerte ihn an ein Gemälde von Georges de La Tour, das er im Louvre gesehen hatte. Er ging rasch weiter, denn der Regen wurde plötzlich noch heftiger.

Treschko wohnte nicht weit, gerade um die Ecke. In der Seminariumsgasse hatte er eine Zweizimmerwohnung mit kleinem Balkon und einem Bad gemietet. Die Küche war groß genug für einen Tisch und vier Stühle. Er kochte nicht gerne und ging lieber ins Restaurant. So war in seinem Kühlschrank meistens nur das Nötigste. Aber er saß gern in der Küche und las am Küchentisch die Zeitung.

In seinem Arbeitszimmer stand ein riesiger Bücherschrank, der vollgestopft mit Büchern war. Auf seinem Schreibtisch lagen Stapel mit Zeitschriften, Broschüren, Mappen, alles etwas wild durcheinander, aber Treschko fand sich darin gut zurecht. Neben dem Schreibtisch stand ein großer Flachbildschirm für den Computer. Hohe Auflösung. Er hatte viel Geld dafür angelegt, aber sein Job erforderte seiner Meinung nach die bestmögliche Bildqualität, um die Pinselstriche auf den Gemälden genau analysieren zu können.

Er legte die Wohnungsschlüssel auf die Kommode und blickte zum Anrufbeantworter hinüber. Zwei Nachrichten waren darauf gespeichert. Eine von seiner Mutter, die anfragte, was er an Weihnachten mache und ob er die Weihnachtszeit mit ihr zusammen auf ihrem Gut im Wendland verbringen wolle. Seine Schwester Melanie komme auch und die ganze Rasselbande aus den Staaten.

Zur Hochzeit der Schwester war Treschko damals von Madrid aus nach Texas geflogen. Eine Woche war er drüben geblieben und hatte versucht, sich so weit wie möglich der Mentalität von Melanies neuer Familie anzupassen. Dies gelang ihm nur schwer. Die laute Art seines Schwagers stieß ihn ab. Er fuhr mit ihm durch die Gegend und Jack zeigte ihm einen Baum, an dem der letzte »Nigger« gehängt worden war. Das sei 1972 gewesen. Er habe ein Kalb stehlen wollte. Jack lachte dabei.

»Ihr Deutschen wart ja auch nicht zimperlich im Krieg«, erzählte er provozierend. »Wie viele hat wohl euer Großvater aufhängen lassen?« Treschko sah beschämt zu Seite und antwortete auf diese Frage nicht. Er hätte die Frage auch nicht beantworten können, denn er hatte seinen Großvater nie kennengelernt. Er war im Sommer 1944 an der Ostfront gefallen und mit seinem Vater, einem Bundeswehroffizier, hatte Oliver Treschko immer Streit gehabt, denn er dachte anders über Militarismus und Krieg als die ganze Familie, die sich etwas darauf einbildete, schon unter dem Alten Fritz gedient zu haben.

Der zweite Anruf kam von Pierre Bonnard. Treschko hatte ihn vor ein paar Tagen wegen einiger Tintoretto-Zeichnungen angerufen, die er gern für seine Ausstellung in Worms gehabt hätte. Er hatte diese Möglichkeit schon abgeschrieben und gar nicht mehr daran gedacht, bis er Bonnards Stimme auf seinem Anrufbeantworter hörte. Dieser entschuldigte sich sehr höflich, er sei einige Tage auf dem Land gewesen, habe aber schon alles in die Wege geleitet und die Kustoden auf die Anfrage aus Worms eingestimmt. Diese hätten geseufzt, denn sie verliehen ihre kostbaren Papierkunstwerke überhaupt nicht gern. Die seien überaus empfindlich, und er sei auch nur bereit, die Tintoretto-Tuschen gegen eine Gegengabe zu verleihen.

In der Sammlung des Städtischen Museums Worms befänden sich nämlich einige Skizzen, bei denen es sich mit hoher Wahrscheinlichkeit um Entwürfe von Leonardo da Vinci handele. Er habe, so vermutete Pierre Bonnard, für eine Werkstatt auf der Insel Murano Entwürfe geliefert, die dort in den Glaswerkstätten umgesetzt worden seien.

Treschko erinnerte sich an das tiefschürfende Gespräch bei Bonnards letztem Besuch. Im Sommer war der französische Kunsthistoriker nach Worms gekommen und hatte sich ausgiebig im Museum umgeschaut. Dabei sei er, wie er beim Abendessen, zu dem Treschko ihn in sein Stammlokal eingeladen hatte, eingestand, aus dem Staunen nicht mehr herausgekommen.

»Venezianisches Glas«, Bonnards Augen leuchteten regelrecht. Das Besondere an diesem Glas sei, dass es sich um farbloses Glas handele. Auch Leonardo da Vinci habe sich offensichtlich für diese Technik interessiert und sich einige Zeit in der Lagunenstadt aufgehalten, um hinter das Geheimnis der Glasherstellung zu kommen, aber vergeblich, wie Bonnard glaubte, aus den historischen Unterlagen nachweisen zu können. Die Technik, Glas zu entfärben, war bereits von den Römern entwickelt worden und nach der römischen Zeit vollkommen in Vergessenheit geraten. Selbst die Byzantiner, die das Geheimnis der Glasherstellung bewahrten, konnten Glas nicht vollkommen entfärben. Byzantinisches Glas habe einen Blauton, der vom Kobalt herrühre, das bei der Produktion eingesetzt würde.

Mit Kobalt farbloses Glas zu produzieren, sei unmöglich, erläuterte Bonnard. Dafür brauche man einen anderen Grundstoff, nämlich den manganhaltigen Braunstein. Dieser Stein wurde im 15. Jahrhundert von herumziehenden Mineraliensuchern in Böhmen entdeckt. Bonnard habe Zeugnis von einem Mann, Nachtrueb mit Namen, dem es gelungen sei, Mitte des 16. Jahrhunderts große Mengen Manganerz von dort nach Venedig zu schaffen.

Die Leute in Deutschland hätten damals keine Ahnung gehabt, was das für ein Zeug sei und wofür man es benötige. Dass es sich aber um etwas Wertvolles gehandelt habe, müsse ihnen, so Bonnard, klar gewesen sein.

Der Franzose hatte Unterlagen entdeckt, aus denen genau das hervorging. Offenbar wurde nach diesem Nachtrueb auch gefahndet. Aus genau diesem Grund interessierte ihn auch eine weitere Entdeckung im Wormser Museum, nämlich ein Prunkpokal aus venezianischem Glas, der einem gewissen Albogast Nachtrueb aus Anlass seiner Hochzeit, wie aus der Aufschrift zweifelsfrei hervorging, zugeeignet worden war. Sogar eine Jahreszahl gab es darauf: 1598.

»Die Bemalung wurde in Nürnberg angefertigt, etwa hundert Jahre nachdem jener Nachtrueb, der in meinen Unterlagen erwähnt ist, seinen Glasbetrieb in Venedig gegründet hatte. Also, Treschko«, schloss Bonnards Nachricht auf dem Band und die Heftigkeit, in der Bonnard dies sagte, holte Oliver wieder in die Gegenwart zurück, »ich möchte die Zeichnungen unbedingt haben. Schicke sie mir bitte umgehend. Du kannst dafür im Austausch die beiden Tuschezeichnungen von Tintoretto bekommen. Mit dem Glas von Nachtrueb wird es wahrscheinlich komplizierter. Hier brauchen wir einen Spezialtransport, den wir vom Louvre selbstverständlich bezahlen. Bitte kümmere dich darum, dass es von eurer Seite keine Probleme gibt.«

Treschko wäre am liebsten sofort in den Zug gestiegen, hätte Bonnard die Zeichnungen gebracht und dafür dann die beiden Tintoretto-Tuschen mitgenommen. Das wäre eine willkommene Gelegenheit, den fatalen Grübeleien über die Provenienz des Tintoretto-Porträts zu entkommen. Aber leider ließ die Arbeit am Museum diese spontanen Reisen, wie er sie sich früher des Öfteren gegönnt hatte, nicht mehr zu.

## 3

Der Regen klatschte an das Panoramafenster des Zuges. Draußen war es stockdunkel. Serena saß allein im Abteil der S-Bahn, die zwischen Mainz und Mannheim verkehrte. Sie blickte durchs Fenster hinaus und sah, wie Dörfer, gesichtslose Vororte, Industrieanlagen an ihr vorbeirauschten. Ihr Haar war zerzaust. Sie fühlte sich wie ausgebrannt, innerlich leer und frustriert. Zusammengekrümmt wie eine kleine Katze saß sie in ihrem Wildledermantel, den sie vor ein paar Tagen auf dem Handschuhsheimer Flohmarkt erstanden hatte, auf der Bank.

Die floralen Muster auf der Vorderseite hatten ihr zuerst gar nicht gefallen und unmittelbar nach dem Kauf hatte sie beschlossen, diese Muster herauszutrennen. Dieses Vorhaben hatte sie aber aufgegeben, als sie sich im

Spiegel sah. Sie war ganz überrascht und es kam ihr vor, als wäre der Mantel eigens für sie angefertigt worden.

»Du siehst aus wie eine russische Prinzessin«, hatte ein begeisterter Kommilitone am nächsten Tag gesagt, als sie mit der Straßenbahn Nummer 5 zum Bismarckplatz fuhr, wo sie beide ausstiegen und das Stück bis zur Uni zu Fuß gingen.

Das Kompliment hatte ihr gefallen: russische Prinzessin. Als kleines Mädchen hatte sie nie Prinzessin sein wollen und sich lieber mit den Büchern in Großvaters Bibliothek zurückgezogen. Aber mit dem Mantel begann sie, sich voll und ganz mit der Rolle einer russischen Prinzessin zu identifizieren. Sie überlegte sogar, ob sie sich eine Pelzmütze für den Winter kaufen sollte, und stellte sich vor, mit einem Schlitten durch die Rheinebene zu fahren.

Das war dieser Tage morgens gewesen und das Gefühl, eine russische Prinzessin zu sein, hatte sie durch die Tage begleitet. Aber jetzt, in dieser durch aggressive Schülerhorden verwüsteten Vorortbahn, fühlte sie sich sehr unwohl und abgrundtief traurig. Das Gespräch mit Frau Nothelfer würgte ihr im Hals.

Es war nicht Hass oder irgendein Gefühl der Vergeltung, das sich mit materiellen Dingen verband. Es war das Gefühl eines verlorenen Lebens, einer verlorenen Zeit. Die Energien von einst waren verschwunden. »Gut so«, dachte sie. Die Menschen, die jetzt in diesem Hause lebten, bestanden aus einem anderen Stoff.

Aber es war noch etwas anderes, ein Gefühl, das zu dem eben genannten sogar in einem direkten Widerspruch stand. Trotz der negativen Erfahrung, die sie bei ihrer Fahrt nach Worms gemacht hatte, fühlte sie sich so, als wäre sie dort zu Hause, als gehörte sie mit ihrem russischen Prinzessinnenmantel irgendwie hierher. Sie fühlte sich trotz dieser kurzen und teilweise unangenehmen Begegnung mit der Stadt und ihren Bewohnern in Worms daheim.

Nachdem sie das Haus in der Krimhildenstraße verlassen hatte, war sie ziellos durch die Stadt gelaufen. Sie ging über einen Marktplatz, bog in eine Fußgängerzone ein. Am Postamt bog sie erneut ab und gelangte auf diesem Weg bis zum Lutherdenkmal. Diesen Weg kannte sie schon und ging wieder an der Stadtmauer entlang zurück. Es fing an zu regnen und sie suchte nach ihrem Schirm. Erschrocken stellte sie fest, dass sie ihn wohl im Wohnheim vergessen hatte. Als der Regen noch heftiger wurde, suchte sie sich einen Platz zum Unterstellen. Sie fand schließlich ein italienisches Lokal, das von außen ganz nett aussah. Sie ging hinein und bestellte eine Pizza. Der Wirt kam ihr etwas aufdringlich vor und auch die wenigen Gäste, die im Lokal waren, drehten sich nach ihr um. Ein Herr am Nachbartisch suchte das Gespräch mit ihr, ließ es aber zum Glück bei ein, zwei Versuchen der Kontaktaufnahme.

Der Regen klatschte gegen die Scheiben des Vorortzuges. Sie blickte wieder hinaus in die dunkle, kalte Oktobernacht, auf den Rhein, der sich zwischen Ludwigshafen und Mannheim träge nach Norden wälzte. Ein paar verlorene Schiffe tuckerten einsam mit ihm davon.

In Mannheim stieg eine Gruppe lärmender Jugendlicher zu und okkupierte die Bank ihr gegenüber. Sie gaben unzusammenhängende Laute von sich. Die Bierflaschen kreisten. Schrille Schreie von zwei streitenden, an den bloßen Armen über und über tätowierten Mädchen. Serena konnte nicht verstehen, um was es bei diesen Gesprächsfetzen überhaupt ging. Das war aber auch nicht nötig, denn die Inhalte dieser Sprache waren gar nicht wichtig. Ausdrücke des Gefühls pubertierender Jugendlicher. Kraftmeierei bei den Jungs und bei den Mädchen, Balzgehabe, Rollenspiele.

In Serenas Kopf spukten Gedankenfetzen, Sequenzen aus Nazifilmen, die sie gesehen hatte. Sie bekam Angst, verdrängte diese Gedanken wieder, kuschelte sich enger in ihren Prinzessinnenmantel. Ein junges Mädchen aus der Gruppe lächelte sie freundlich an. »Na, so allein heute Nacht?« Alle lachten. Serena lächelte. Sie verstand nicht genau, aber sie kapierte, dass es nicht aggressiv gemeint war. »Ja, so allein«, sagte sie und versuchte den amerikanischen Akzent zu unterdrücken. Sie würde nächste Woche einen Sprachkurs besuchen, um besser Deutsch zu lernen.

Der Zug setzte sich wieder in Bewegung und hatte die Stadt bald hinter sich gelassen. Jetzt kamen noch einige kleine Ortschaften, von denen sie mittlerweile sogar die Namen wusste, und dann erreichten sie schon die Vororte Heidelbergs.

## 4

Am nächsten Morgen war Treschko früh im Museum. Er hatte lange nicht einschlafen können und anstatt sich unruhig hin und her zu wälzen, zog er es vor, zu seinem Schreibtisch zu gehen, auf dem sich aufgeschlagene Bücher stapelten.

Oliver hatte die Angewohnheit, Notizen zu machen und die Zettel in eine Schachtel einzusortieren. Die einzelnen Sachgebiete waren mit Karteikarten voneinander abgetrennt. Die meisten der aktuellen Notizen bezogen sich auf die Tintoretto-Ausstellung und die damit zusammenhängenden Versuche, Licht in die geheimnisvolle Herkunft des Porträts zu bringen.

Die Beweiskette, die der Zuschreibung des Gemäldes zugrunde lag, war in keiner Weise schlüssig. Sich allein auf stilistische Merkmale zu berufen, war ziemlich riskant. Treschko hatte bis jetzt noch keine Belege über den Ankauf des Gemäldes gefunden und auch Dr. Bernardus konnte oder wollte ihm nicht weiterhelfen.

Das Zeichnungskabinett war einer der Schätze des Museums. Diese Abteilung hatte Treschko bis zum Besuch Bonnards ziemlich unterschätzt. Die Tuschezeichnungen von Tintoretto daraus waren für die geplante Ausstellung ziemlich wichtig, aber für die Enträtselung des Gemäldes selbst erwiesen sie sich als wenig hilfreich.

In den letzten Wochen hatte er versucht, mit anderen Museen, die im Besitz von Tintoretto-Gemälden waren, Kontakt aufzunehmen, um über diesen Weg Spuren der rätselhaften Herkunft des Porträts zu finden. Aber vergeblich. Er hatte zwar immer noch sehr gute Verbindungen nach Rom, Madrid und über Pierre Bonnard zum Louvre, aber die Kollegen hatten genug mit ihren eigenen Projekten zu tun und wollten sich nicht unbedingt noch zusätzliche Arbeit aufhalsen. Sie rissen sich nicht gerade ein Bein aus, um Treschko zu helfen.

Der kalte Regen trommelte gegen das Fenster. Es war schon halb drei, als er total übermüdet zu Bett ging und auch gleich in einen schweren Schlaf fiel. Unruhig wälzte er sich hin und her und im Traum erschien ihm jene unbekannte Dame, die am Abend im *Ambiente* aufgetaucht war, mitten in Wind und Regen.

Im Museum sah er die Feuilletons der Zeitungen durch und las über die Ausstellungen in der näheren und weiteren Umgebung. In der Kunsthalle Mannheim wurden Werke von Otto Dix und Max Beckmann gezeigt. Bestände aus internationalen Museen. Eine einmalige Ausstellung, die er sich unbedingt anschauen wollte. In Frankfurt, in der Schirn, gab es eine Dürer-Ausstellung und im Städel Bilder von Lovis Corinth.

Das Gediegene in der Kunst war wieder auf dem Vormarsch. Die Menschen hatten die Effekthascherei satt. Das gefiel ihm, denn die zahlreichen Besuche der Kunstmessen in Basel, Köln, Miami und London hatten ihn müde gemacht und seine ursprüngliche Aufgeschlossenheit dem Neuen gegenüber war der Skepsis gewichen. Er wollte sich an künstlerischen Werten orientieren, die über den Tag hinaus Bestand hatten.

In Worms hatte Treschko bereits einige Ausstellungen mit Werken zeitgenössischer Künstler, die zu dem Bestand des Museums passten, realisiert. Er hatte immer noch den Ehrgeiz, den Betrachtern sowohl ästhetisch als auch thematisch etwas Besonderes zu bieten, und wollte, so hatte er dem Oberbürgermeister pathetisch versichert, das ›Dornröschen‹ Museum, das ihm da anvertraut worden war, aus seinem hundertjährigen Schlaf wachküssen. Der Oberbürgermeister hatte ihm versprochen, ihn mit allen Kräften zu unterstützen und die finanzielle Ausstattung des Museums zu verbessern, was bis jetzt leider noch nicht im erforderlichen Umfang geschehen war.

Frau Steiner kochte Kaffee. Sie war bereits die Sekretärin von Dr. Bernardus gewesen und kannte sich in Worms sehr gut aus. Vor allem wusste sie über die Intrigenspiele bei der Stadtverwaltung bestens Bescheid und hielt Treschko immer auf dem Laufenden. Sie verfügte über eine Vielzahl von Verbindungen und war allgemein beliebt, was sie sowohl ihrer Intelligenz als auch ihrem guten Aussehen zu verdanken hatte. Knapp Mitte dreißig, gute Figur, lange, dunkle Haare, immer gepflegt und dezent, aber fantasievoll gekleidet, repräsentierte sie das Museum der Stadt Worms in optimaler Weise, wie Treschko fand.

Aber Frau Steiner achtete nicht nur auf ihr Äußeres, sondern auch auf ihren neuen Chef, den sie von Anfang an sympathisch fand. Deshalb wollte sie ihn vor dem Schicksal seines Vorgängers bewahren, der im Machtkampf zwischen den verschiedenen, gegeneinander agierenden Interessengruppen in der Verwaltung buchstäblich zerrieben worden war.

Auch Dr. Bernardus hätte sie helfen können, aber leider hatte er nicht auf sie gehört und war aus diesem Grund ins offene Messer gelaufen. Sie hatte ihn lange vor dem entscheidenden Prozesstermin davor gewarnt, dass der Oberbürgermeister, trotz der Beweiskette, die Dr. Bernardus mühevoll aufgebaut hatte, es sicher für besser halten würde, das Böcklin-Gemälde an den Klagenden zurückzugeben. Politische Interessen wurden hier über juristische Erwägungen gestellt.

Frau Steiner legte Treschko den Bestandskatalog auf den Schreibtisch, um den er sie gebeten hatte. Das Böcklin-Gemälde, um das es damals gegangen war, hatte zu den Glanzstücken des Städtischen Museums gezählt. Treschko wunderte sich deshalb nicht, dass Dr. Bernardus so sehr an diesem Gemälde gehangen hatte. Es handelte sich schließlich um eine Vorstudie zur *Toteninsel*.

Oliver Treschko hatte sich in seiner Zeit an der *Bibliotheca Hertziana* intensiv mit diesem Zyklus beschäftigt. Er kannte jene Studie von Abbildungen her, bekam aber erst durch den Skandal mit, dass sich diese Studie viele Jahrzehnte lang in Worms befunden hatte. Er hätte dieses Bild, so musste er sich eingestehen, auch nicht ohne Widerstand weggegeben.

»Ja, irgendwie doch verständlich«, bestätigte Frau Steiner nachdenklich.

»Aber eben nicht opportun, wenn man den Oberbürgermeister gegen sich hat, der damals auf keinen Fall den Eindruck erwecken wollte, dass eine Stadt, die das jüdische Kulturerbe so hoch schätzt, Arisierungen der Nazis gutheißt oder bagatellisiert.«

Treschko nippte an dem Kaffee, den ihm Frau Steiner gerade serviert hatte. Er würde auf sie hören, sollte sie ihn warnen, nahm er sich vor. Angesichts seiner Recherchen zum Tintoretto-Porträt konnte er sich des unangenehmen Gefühls nicht erwehren, bald in eine ähnliche Lage wie sein unglücklicher Vorgänger hineinzugeraten.

Als die Sekretärin wieder ins Vorzimmer gegangen war und er seinen Kaffee getrunken und die Zeitung ordentlich auf einen Stapel gelegt hatte, nahm er den Telefonhörer in die Hand und wählte eine Nummer, die zum weitverzweigten Netz des Pariser Louvre gehörte.

»Ah, Treschko.« Bonnard erkannte die Stimme seines deutschen Kollegen sofort und hatte, trotz der vielen Gespräche am Vormittag, im gleichen Augenblick parat, worum es ihm am Vorabend gegangen war.

»Ja, wir bräuchten die Zeichnung von Leonardo ziemlich rasch. Wir möchten sie natürlich im Katalog abbilden. Bei dem Glas, das wir hier haben und bei dem wir vermuten, dass eure Entwurfszeichnung diesem zugrunde liegt, geht es um eine Sensation. Es handelt sich hierbei um das erste farblose Glas, das nach den Römern in Europa hergestellt wurde.

Dieser Herstellung liegt ein spezielles Verfahren zugrunde, das damals in Venedig den Rang eines Staatsgeheimnisses hatte. Dieses Geheimnis zu verraten, war lebensgefährlich, denn auf Industriespionage stand in Venedig damals die Todesstrafe. Deswegen ist es auch ziemlich erstaunlich, dass später, im böhmischen Krumau, ähnliches Glas aufgetaucht ist.«

Trotz seines großen Interesses an den Forschungsergebnissen des Freundes fühlte sich Treschko unter zeitlichem Druck.

»Bis wann braucht ihr die Zeichnung?«, fragte er kurz angebunden.

»Die Zeichnung bräuchten wir möglichst rasch, da wir hier noch einige Untersuchungen vornehmen müssen, um sicherzugehen. Mit dem Prunkglas hat es noch Zeit. Den Transport der Zeichnung stelle ich mir ziemlich unproblematisch vor. Das Glas müsst ihr schützen. Dazu braucht es spezielle Vorbereitungen.«

Frau Steiner kam herein und unterbrach das Gespräch für einen Moment. Der Museumsdirektor hielt den Hörer mit der Hand zu und beantwortete die Fragen seiner Sekretärin. Dann wandte er sich wieder seinem französischen Kollegen zu und entschuldigte sich für die Unterbrechung. Dieser war wieder voll bei der Sache:

»Wie gesagt, möglichst bald. Wenn ihr uns die Zeichnung für die Ausstellung überlasst, bekommt ihr dafür nicht nur die Papierarbeiten, sondern sogar ein Gemälde von Tintoretto«, erhöhte Bonnard das Angebot.

»Das wird euch viele Besucher in euer kleines Museum bringen. Das kannst du mir glauben. Wir versichern es sogar für euch. Solche Versicherungsprämien wie die, die für ein einigermaßen anständiges Gemälde fällig sind, habt ihr bestimmt nicht in eurem Etat.«

Treschko ärgerte sich natürlich über Bonnards typisch französische Überheblichkeit. Aber im Grunde genommen war ihm ja klar, dass der Louvredirektor mit seinem Spott Recht hatte. Trotz der bei seiner Einstellung gemachten Zusage eines höheren Etats musste Treschko um jedes einigermaßen gute Ausstellungsplakat betteln und wurde vom Oberbürgermeister oft genug gefragt, ob es nicht auch ein Plakat täte, das von der Tochter irgendeines Mitarbeiters entworfen werden könne, die an der Mannheimer Hochschule Kommunikationsdesign studiere.

Im Louvre konnte man in ganz anderen Dimensionen planen. Er nickte stumm und voller Einsicht und Bescheidenheit. Er tröstete sich dabei mit der Aussicht, mit Pierres Unterstützung doch noch zu einer einigermaßen gut bestückten Tintoretto-Ausstellung zu kommen.

Seine anfängliche Euphorie für Worms hatte sich gelegt. Überall stieß er an räumliche und finanzielle Grenzen. Das Städtische Museum war zu klein, um auch nur die besten Zeichnungen aus den eigenen Beständen ausstellen zu können. Außerdem waren die Lichtverhältnisse nicht die besten und Treschko fürchtete, dass die aggressiven Lampen Löcher in das kostbare Papier einbrennen würden. Deshalb ließ er sämtliche Zeichnungen, die sein Vorgänger in teures, reflexionsfreies Glas hatte rahmen lassen, abhängen und verstaute sie bis auf weiteres in Grafikschränken. Dort befand sich auch die besagte Zeichnung von Leonardo da Vinci. Sie lag gut verpackt zwischen garantiert säurefreien Kartons und Japanpapier in einer gut verschlossenen Mappe.

Er ging die Treppe hinauf, durch das Vestibül und gelangte in die hinteren Räume des Museums, wo die beiden Grafikschränke mit dem kostbaren Zeichnungen standen. An den Wänden des Museums waren noch die hellen Flecken zu sehen, die die einst dort platzierten Grafikrahmen nach ihrer Entfernung hinterlassen hatten. Der Museumsdirektor zog sich die weißen Stoffhandschuhe an, nahm die Entwurfszeichnung von da Vinci aus der Mappe und legte sie auf die flache Deckplatte des Schrankes, die den Restauratoren als Arbeitstisch diente. Mit dem Fadenzähler, den er vorsorglich aus seinem Schreibtisch mitgenommen hatte, untersuchte er die Zeichnung.

Unzweifelhaft der Strich Leonardos, wie er ihn schon des Öfteren an einem seltenen Original hatte studieren können. An der Zeichnung selbst entdeckte er zunächst nichts Besonderes. Ein Pokal mit einem birnenförmigen, weit ausladenden Kelch, der sich nach oben hin verjüngte. Dieser Kelch war auf einem zylinderförmigen Fuß aufgesockelt, der an seiner Kante durch eine Art Ring vom Kelch abgesetzt war.

Treschko besah sich diese Stelle mit dem Fadenzähler ganz genau und entdeckte, wie organisch dieser Übergang zwischen Fuß und Kelch gestaltet war. Seine Bewunderung für Leonardo wuchs noch mehr, als er diese Feinheiten in Augenschein nahm und dabei entdeckte, dass sich der große Meister selbst bei solchen scheinbaren Kleinigkeiten keine Schlampereien erlaubte. Er mochte wohl zehn Minuten so gestanden und geschaut haben, als ihm plötzlich ein Einfall kam: Irgendwo hatte er so einen Kelch schon einmal gesehen.

Gar nicht weit entfernt, nicht in Rom oder in Madrid, sondern hier, hier im Museum. Es durchschauerte ihn. »Etwa in der Glassammlung?«, fragte er sich.

Rasch ging er ins Vestibül zurück. Dort standen, ordentlich aufgereiht, die Kostbarkeiten der Glassammlung. Er warf einen oberflächlichen Blick darauf, war sich aber bald sicher, dass sich der Leonardo-Kelch nicht unter diesen Exponaten befand.

Es verweilte einen Augenblick bei den Kostbarkeiten aus der frühen venezianischen Zeit. Einem Becher mit orientalischem Golddekor widmete er etwas mehr Aufmerksamkeit. Der Beschriftung nach stammte er aus dem frühen 15. Jahrhundert. Der kurze konische Fuß mit aufgeschlagenem Rand war mit einer Borde verziert. Dass auf dem Bogen, der sich wie ein Fries um das Glas zog, Tiere abgebildet waren, war ihm noch nie aufgefallen. Er schaute genauer hin und entdeckte zwischen den stilisierten Zweigen Elefanten, Dromedare, Hirsche, sogar Löwen und Pferde.

Im Morgenlicht kamen die Farben besonders gut zur Geltung. Beim Weitergehen erinnerte sich Treschko daran, dass Bonnard diesen Becher als ein hervorragendes Zeugnis der engeren Verbindung zwischen Byzanz und Venedig hervorhob. Es gebe mehrere ähnliche davon im Louvre.

Im Gemäldesaal brannte schon Licht, das heißt es gab bereits Besucher in der Ausstellung. Eine Gruppe amerikanischer Touristen hatte sich vor der Rubens-Madonna versammelt, ein Gemälde, das Angelika, die neue Praktikantin, sachkundig erklärte.

Treschko grüßte kurz und ging rasch weiter. Er durchquerte den Holländersaal und stand plötzlich vor einem Stillleben von Cornelis de Heem. Freude durchzuckte ihn. Tatsächlich, das war es. Hier stand der Kelch. Es handelte sich, deutlich zu erkennen an dem Ring zwischen Sockel und Kelch, um ein Gefäß in der Art, wie es Leonardo entworfen hatte. Weit ausladend und auf einem festen Zylinderfuß ruhend.

Wie konnte es sein, dass ihm diese Ähnlichkeit nicht sofort aufgefallen war. Selbst die sanfte Tönung des Glases, durch die ein silbriges Licht fiel, schien der Leonardozeichnung entnommen. Großartig! Cornelis de Heem hatte bei seinem Gemälde den Kelch in ein Ensemble, bestehend aus einer fein getriebenen Silberschale und einer geschälten Zitrone eingebettet, um so den Effekt des klaren Lichtes weiter zu steigern, was ihm vortrefflich gelungen war. Dieser Effekt betonte die hauchdünne Stärke der Glaswand besonders und charakterisierte es als ein Luxusgut, das nur mit dem edelsten Metall aufgewogen werden konnte.

## 5

Serena fuhr wieder mit der S-Bahn nach Worms. Diesmal an einem Samstagnachmittag. Sie nahm sich vor, das Angebot von Frau Nothelfer, wieder in der Krimhildenstraße vorbeizukommen, nicht anzunehmen. Stattdessen schlenderte sie durch die auf den ersten Blick kühl wirkende Wormser Innenstadt. Hier und da hatte ein Bauwerk den Krieg überlebt, das von der einstigen Pracht dieser Stadt zeugte. Aber leider war allzu viel unwiederbringlich verloren. Nicht nur durch die unmittelbaren Kriegsschäden, die verheerend gewesen waren, war Worms zerstört. Vielleicht hätte man manches durch sensiblen Wiederaufbau retten können. Die Bausünden aus den 60er- und 70er-Jahren überlagerten jedoch das Zentrum wie die Sedimente eines Wüstensturms.

In den 60er-Jahren schien das Gefühl für Schönheit und Harmonie, für die organische Struktur der Städte in Deutschland vollkommen verschüttet gewesen zu sein. Nicht nur in Worms hatte Serena das feststellen müssen, auch in anderen Städten, wie Mannheim, Mainz oder sogar Heidelberg, das während des Zweiten Weltkriegs nicht zerstört worden war, aber durch eine ziemlich rigorose Stadtsanierung in den 70er-Jahren. Man hatte den Städten die Seele genommen und an deren Stelle Shoppingmalls gesetzt.

Serena spazierte zum Markplatz und entdeckte dort ein Eiscafé. Nach Tagen kalten Regens und Nebels war es wärmer geworden, so warm sogar, dass man wieder im Freien sitzen konnte. Vor dem Eiscafé waren noch ein paar Plätze frei, aber sie zog es vor, drinnen Platz zu nehmen. Durch die großen Fenster konnte sie die Szenerie beobachten und sah sogar den Dom, der allerdings durch ein überdimensionales Parkhaus verstellt worden war.

»Heute würde man einen solchen Klotz wahrscheinlich nicht mehr hierher stellen«, sagte der Kellner freundlich, der ihre Gedanken zu erraten schien.

»Sind Sie Touristin?«, fragte er interessiert.

Serena schüttelte energisch den Kopf.

»Ich studiere in Heidelberg Geschichte und habe ein Forschungsprojekt, das mit Worms zu tun hat«, antwortete sie in einem einigermaßen verständlichen Deutsch. Der Italiener schaute ehrfurchtsvoll und brachte ihr den gewünschten Cappuccino.

»Der geht auf Kosten des Hauses«, verkündete er freundlich.

Serena verstand die Bedeutung jenes Satzes überhaupt nicht und schaute offenbar etwas ratlos. »Gratis für Sie«, sagte er, auf den Kaffee deutend. Jetzt verstand sie.

»Danke!«

Im Hintergrund wurde die Radiosendung für eine wichtige Meldung unterbrochen. »Nelson Mandela ist tot«, hieß es. Im Alter von 95 Jahren sei er sanft entschlafen. Der freundliche Kellner seufzte.

»So ein guter Mensch und so lange hat er im Gefängnis gesessen. Fast dreißig Jahre!«

Serena war nicht klar, ob der Kellner allein in der Tatsache, dass er so lange im Gefängnis gewesen war, das Hauptverdienst dieses Mannes sah.

Sie zahlte und verließ das kleine Café.

»Kommen Sie bald wieder«, rief ihr der Kellner hinterher. Sie erwiderte den Gruß freundlich.

Serena ging am Dom vorbei, durch einen Park, in dem sie eine Grotte mit einer bizarren Figur entdeckte, die eine Art Keule in der Hand trug. Bei näherem Hinsehen erkannte sie in dieser Figur eine exotische Gestalt, ein Afrikaner vermutlich, der ein lächerliches Gewand trug. Sie konnte die Figur nicht zuordnen und ging weiter.

Wenige Schritte vom Park entfernt sah sie das Gebäude des Städtischen Museums, ein moderner Bau, aber nicht wie ein Klotz in der Art des Parkhauses vor dem Dom, das sie so hässlich fand. Die Architektur des Städtischen Museums wirkte, im Gegenteil, ansprechend auf sie, irgendwie einladend. Serena lehnte moderne Architektur nicht grundsätzlich ab. Das Wormser Museum fand sie wohlproportioniert und sehr gelungen in seiner Verbindung von Raum und Parkanlage, die dank der großzügigen Glasfassade in den Innenraum hineinwirkte.

Die Amerikanerin betrat die Halle und ging die Stufen hinauf. Dort war eine Art Vestibül. Links neben der Kasse befand sich die Garderobe. Nachdem Serena eine Eintrittskarte gelöst hatte, besuchte sie den ersten Saal. Die Aufsicht musterte die Besucherin etwas kritisch, weil Serena ihre Handtasche unbedingt behalten wollte, aber nachdem Serena der aufmerksamen Wächterin einen Blick in deren Inhalt gewährt hatte, konnte sie passieren.

Im ersten Saal befanden sich einige Vitrinen mit wertvollen Glasgefäßen. Sie ließ ihren Blick über die Ausstellungsstücke gleiten, interessierte sich aber nicht wirklich dafür. Dennoch sah sie sich einige Prunkgläser genauer an. Venezianisches Glas, mehrere mit bunten Malereien versehen. Emailfarbe, stand als Erklärung auf dem Schildchen, das neben den Gefäßen lag. An einem Glas blieb ihr Blick etwas länger hängen.

Es handelte sich dabei um einen Kelch aus farblosem Glas. Dies schien dem Schreiber des Informationsschildchens offenbar besonders betonenswert, auch der Umstand, dass das Glas aus dem 16. Jahrhundert stammte. Aber er hatte ein dickes Fragezeichen hinter die Jahreszahl gemacht.

Die Malerei: Ein Mann und eine Frau; er in schwarzem Ornat mit einer Kopfbedeckung, die sie an den Magisterhut denken ließ, den ihre ehrgeizige jüngere Schwester letztes Jahr mit nach Hause gebracht hatte.

Auch die Dame war sehr festlich gekleidet. Sie trug ein langes, aufwändig geschnittenes Kleid. Mehr als fünf Unterröcke hatte Serena einmal gelesen, waren nötig, um dem Unterleib die gewünschte Form zu geben. Dazu kam noch, dass die Taille ziemlich hoch angesetzt wurde, sodass der Oberkörper im Verhältnis zum Unterleib kleiner erschien. Im Gegensatz zu den in der spanischen Mode dominierenden dunklen Farben wirkte das Kleid auf dem Kelch allerdings sehr hell. Sie erinnerte sich an ein historisches Seminar während des Grundstudiums. Dort hatte sie gelernt, dass solche hellen Farben in jener Zeit vorwiegend in Frankreich oder Italien auftauchten. Auch der Kragen auf der Abbildung, der nach vorne offen war und den Blick auf das freizügige Dekolleté lenkte, legte eine solche Zuordnung nahe. Besonders verblüffend fand Serena die Frisur. Die dargestellte Person hatte nämlich das üppige lange Haar zu zwei kleinen Hörnchen geflochten, die wie Teufelshörner aussahen.

»Ob damit eine Bedeutung verknüpft ist?«, überlegte sie, fand aber keinerlei Hinweise auf diese Besonderheit auf dem besagten Schildchen. Sie sah zur Aufsicht hinüber, entschloss sich aber dann doch, diesen sie unablässig beobachtenden Menschen nicht nach etwaigen Bedeutungen von teuflisch gekleideten Weibern auf venezianischen Gläsern zu fragen.

Im nächsten Saal befanden sich Werke niederländischer Maler des 17. Jahrhunderts, darunter ein sehr stimmungsvolles Nachtbild von Aert van der Neer, vor dem sie lange verweilte. Unweit davon entdeckte sie eine Landschaft von Jacob Isaack van Ruisdael, die mindestens eine ebensolche Aufmerksamkeit verdiente.

Dann endlich traf sie auf den alten Bekannten, den sie in diesem Museum zu treffen gehofft hatte und nun auch tatsächlich traf: Jacopo Robusti, bekannter unter seinem Spitznamen *Tintoretto*. Dieses Gemälde hing etwas abseits, so als wolle man es verstecken, als schäme man sich, ein solch wertvolles Gemälde zu besitzen.

Dargestellt war ein Mann im dunklen Ornat, mit samtenem Käppi, nicht unähnlich dem auf dem Prunkglas, das ihre Aufmerksamkeit so lange gefesselt hatte.

Der Bart des dargestellten Mannes war schon grau und sein Gesicht leicht gerötet. Die dunklen Augen schauten etwas resigniert, so als hätten sie schon zu viel Elend und Leid gesehen. Der Mund dagegen drückte Kraft und Entschlossenheit aus.

Serena zitterte am ganzen Leib, als sie dieses Bild nun vor sich sah. Sie kramte in ihrer Tasche und holte schließlich das alte Fotoalbum hervor. Das Erbstück, das ihr der Großvater hinterlassen hatte. Sie wusste genau, auf welcher Seite sie das Foto finden würde und brauchte erst gar nicht lange zu suchen.

Auf dem Foto war genau dieses Bild. Es hing über dem Schreibtisch ihrer Vorfahren, blickte gewissermaßen von oben auf die Geschicke der Nachfolger herab, beargwöhnte kritisch, wie sie die Geschäfte führten, wie sie agierten in einer anderen Zeit voller Unwägbarkeiten, andere als die in seiner eigenen Zeit, aber gleichsam risikobehaftet und voller Gefahren.

Dieses Porträt hatte die Geschicke ihrer Familie seit Generationen begleitet und war auch in den schlimmsten Zeiten nicht aus den Händen gegeben worden, so hatte es der Großvater immer wieder erzählt und sich dafür geschämt, dass er dieses wertvolle Gemälde seiner Familie nicht hatte erhalten können.

Der Sage nach handelte es sich bei diesem Porträt um einen Vorfahren der Housemans, der sich als Kaufmann in Venedig verdient gemacht und neben Deutsch und Hebräisch auch Italienisch, Türkisch und Arabisch gesprochen hatte. Es hieß, er sei viel gereist und in Afrika und im Orient gewesen. Sogar nach Amerika sollte er im Auftrag der Fuggers einmal gefahren sein. Glas sei seine Leidenschaft gewesen. In seinen Fabriken auf Murano sei das beste Glas der Welt hergestellt worden.

Serena war schon als kleines Mädchen sehr beeindruckt von diesen Geschichten gewesen. Nun also stand sie vor dem Bild, nach dem der Großvater so lange geforscht hatte. Sie fühlte sich wie am Ende einer langen Reise, bei der sie plötzlich ans Ziel gekommen war, das sie im Grunde ihres Herzens selbst für nicht mehr erreichbar gehalten hatte. Der Großvater hatte die Spuren verfolgt, war sogar auf eine Ausstellung in Rom gestoßen, wo dieses Bild einmal gezeigt worden war. Alter und Krankheit hatten ihn dann jedoch gezwungen, die Suche schließlich aufzugeben.

Sie steckte das Fotoalbum wieder in die Tasche und verließ den Saal, ohne eines der wertvollen Gemälde in den Räumen, die sie auf ihrem Rückweg durchquerte, zur Kenntnis zu nehmen.

## 6

An dem Tag, als Serena das Städtische Museum besuchte, saß Treschko im Zug nach Paris. Nachdem er recherchiert hatte, wie teuer, umständlich und nicht zuletzt risikoreich es wäre, die Zeichnung mit einem Kurier nach Paris zu schicken, hatte er sich doch entschlossen, sie höchstpersönlich dem Freund und Kollegen vorbeizubringen.

Der Zug fuhr morgens kurz nach acht vom Mannheimer Hauptbahnhof ab. Er hielt in Saarbrücken, Metz, in Châlons-en-Champagne und traf gegen 13 Uhr am *Gare de l'Est* in Paris ein.

Treschko hatte die Zeichnung sorgfältig verpackt und stellte sie neben sich auf den Sitz im Großraumwagen des ICE, zweiter Klasse. Ihm gegenüber saß ein Student, der emsig auf der Tastatur seines Laptops herumhämmerte. Treschko schätze ihn auf Mitte zwanzig.

Oliver genoss die Fahrt und die Landschaft, die an ihm vorbeiflog. Es war ein wunderbar sonniger Herbstmorgen und die Lothringer Hochebene leuchtete in allen Farben. Da und dort erschienen kleine Dörfchen in einem freundlichen Licht.

Der Schaffner, der kurz hinter Metz die Fahrkarten kontrollierte, unterbrach das meditative Sinnieren, in das Treschko beim Anblick dieser Landschaft gefallen war. Umständlich kramte der Kunsthistoriker nach seiner Fahrkarte, die er in die Seitentasche seines Reisekoffers gesteckt hatte. Endlich fand er sie.

Gerne wäre er in den Speisewagen gegangen und hätte dort gefrühstückt, doch er traute sich nicht, sein wertvolles Gepäck nur einen Moment aus den Augen zu lassen.

Also wartete er, bis der Zugservice kam und ihm endlich einen Kaffee servierte. Zu seiner Enttäuschung schmeckte der schon etwas abgestanden und auch das Croissant, schien ihm keineswegs frisch. Er war froh, als sie endlich den *Gare de l'Est* erreichten.

Draußen nahm er ein Taxi und ließ sich direkt zum Louvre bringen.

Pierre Bonnard erwartete ihn bereits. Er nahm ihm das Paket mit der Zeichnung aus der Hand und eine Volontärin, wie Treschko vermutete, entwand ihm den Reisekoffer, bevor er ihn aus dem Kofferraum des Taxis hatte nehmen können. Dann brachte ihn der Kollege in sein Büro.

Vor Neid wäre der Deutsche beinahe erblasst. Von Bonnards Fenster aus hatte man einen weiten Ausblick über die Tuilerien bis hin zum *Place de la Concorde*. Angesichts seiner engen Kammer in Worms empfand er so etwas wie Sozialneid.

Bonnard legte das Paket mit der Zeichnung auf einen Arbeitstisch und schnürte es auf. Sorgfältig nahm er mit seinen behandschuhten Fingern das Blatt aus der Mappe heraus und hielt es gegen das Licht. Nach einer Weile lächelte er und nickte Treschko befriedigt zu.

»Ja, das ist das Originalpapier und auch der Strich stimmt mit den Zeichnungen überein, die wir aus der Periode um 1500 von da Vinci besitzen.

Leonardo hat nur kurze Zeit in Venedig verbracht. Er bewarb sich dort als Ingenieur, nicht als Künstler oder Architekt, und zeigte Entwürfe für Kriegsmaschinen als Referenz, darunter ein Taucheranzug für den Unterwasserkampf. Siehst du hier.«

Bonnard holte einen Bestandskatalog und zeigte dem deutschen Besucher einige Beispiele von Leonardos Entwürfen aus dieser Zeit, in die sich die Glasskizze nahtlos einfügen ließ.

»Gratuliere, da habt ihr eine richtige Rarität in eurem Bestand, die es noch nicht einmal in London oder in den Uffizien gibt. Weißt du etwas über die Provenienz?«

»Ja, natürlich«, antwortete Treschko mit gespielter Selbstverständlichkeit.

»Das ist alles sehr genau dokumentiert. Diese Zeichnung stammt aus der Sammlung des Hauses Ellenberg. Sie besaßen Glasmanufakturen, die während der Weltwirtschaftskrise in Konkurs gingen. Soweit ich weiß, hat diese Familie in der napoleonischen Zeit reüssiert. Ein Familienmitglied war sogar im diplomatischen Dienst des Kaisers, ich glaube in Venedig. Könnte sein, dass er die Zeichnung und andere Kunstschätze dort erworben hat. Wir haben einiges aus dieser Sammlung übernommen und zu meinem Leidwesen tut diese Familie jetzt so, als gehöre ihr mit diesen Schenkungen die ganze Stadt.«

Bonnard nickte nachdenklich. »Fälschungen gab es damals schon, nicht erst in unserer Zeit. Besonders bei solchen italienvernarrten Emporkömmlingen im 19. Jahrhundert kann man sich vorstellen, dass die sich gerne etwas andrehen ließen, was angeblich von einem berühmten Künstler kam.«

»Du hältst die Zeichnung für gefälscht?«, Treschko war entsetzt.

Bonnard lächelte versöhnlich.

»Du glaubst nicht, wie viele Fälschungen hier im Louvre hängen. Die Fälscher waren zu allen Zeiten ausgesprochen raffiniert und die Museumsleute, aber vor allem die reichen Sammler früherer Zeiten, handelten manchmal ziemlich naiv. Wir erleben fast täglich neue Überraschungen. Aber in deinem Falle möchte ich eine Fälschung ausschließen, weil es sich bei dieser Zeichnung eben um einen Entwurf handelt. Schau her, hier ist unser Heiliger Gral.«

Bonnard holte einen Ordner von seinem Schreibtisch und schlug eine bestimmte Seite auf. Treschko besah sich das Foto. Es handelte sich tatsächlich um ein gläsernes Trinkgefäß, das nach Leonardos Zeichnung, die daneben auf dem Tisch lag, gefertigt sein mochte.

»Aufgrund der Tatsache, dass es dieses Gefäß tatsächlich gibt, glaube ich an die Echtheit der Zeichnung. Wäre sie gefälscht, hätten wir nicht so viele Übereinstimmungen bei den Details.«

»Woher stammt denn dieses kostbare Gefäß?«, wollte Treschko wissen.

Bonnard brauchte nicht lange in seinen Unterlagen zu blättern.

»Es entstammte dem Besitz des niederländischen Königshauses, der Oranier. Wir glauben sogar annehmen zu dürfen, dass es sich um das Hochzeitsgeschenk einer englischen Prinzessin handelt, die in den Niederlanden im Exil lebte, Elisabeth Stuart, die mit Friedrich V. verheiratet war. Ein Glas wie dieses ist in einem Verzeichnis aufgeführt, das anlässlich einer Hochzeit erstellt wurde.«

Der Hinweis auf die niederländische Provenienz des Leonardo-Gefäßes verblüffte Treschko natürlich. Er dachte sofort an das Stillleben von Cornelis de Heem, in dem er vor kurzem zu seiner Überraschung ein solches

Glasgefäß entdeckt hatte, das ganz der Leonardo-Zeichnung glich. Er behielt seine Gedanken aber für sich.

Die Volontärin, also die junge Dame, die seinen Koffer getragen und im Vorzimmer von Bonnards Büro deponiert hatte, kam mit Kaffee und Gebäck. Pierre bedankte sich lächelnd und schaute ihr noch einen Augenblick lang geistesabwesend nach, als sie dem Zimmer entschwebte, einen Augenblick zu lang und zu geistesabwesend für den Blick eines Vorgesetzten.

Dann nahm der Franzose den Gesprächsfaden wieder auf und plauderte gelassen über den Stand der Ausstellungsvorbereitung im Louvre. Von der Planung bis zur endgültigen Ausführung lief hier alles generalstabsmäßig ab. Treschko hörte interessiert zu und wieder befiel ihn der blanke Neid, denn im Louvre gab es genügend Personal, ausreichende finanzielle Mittel, keine gestressten Lokalpolitiker, die sich profilieren wollten und dem Museumsleiter die Arbeit schwer machten. Es schien so, als liefe hier alles organisch, reibungslos und professionell Hand in Hand, ohne Reibungsverluste und Stress.

Sie mochten wohl eine halbe Stunde geplaudert haben, als die junge Frau wieder hereinkam und das Kaffeegeschirr abräumte. In diesem Moment klingelte das Telefon. »Lieber Oliver«, sagte Bonnard nach dem kurzen Telefongespräch, »ich muss mich jetzt leider entschuldigen, denn ich muss zum Ausstellungsaufbau zurück. Bitte sei mir nicht böse.« Treschko schüttelte verständnisvoll den Kopf.

»Wir sehen uns heute Abend bei mir zu Hause. Janine hat dir zu Ehren ein Essen vorbereitet. Wir erwarten dich um acht. Madeleine soll dir ein Taxi rufen.« Bonnard schaute zur Volontärin hinüber, die zustimmend nickte.

»Nein, nein«, wehrte Treschko ab. »Ich gehe gern zu Fuß und mein Hotel ist ganz in der Nähe.«

Er nahm seinen Koffer in die Hand und ging, nachdem er sich von Bonnard verabschiedet und noch einmal versichert hatte, dass er sich sehr auf das Abendessen freue, zügig die Treppe hinunter und danach mit leichtem Koffer und beschwingtem Gefühl durch den Hof des Louvre in Richtung *Pont Neuf*.

Als er die Brücke überquerte, warf er einen Blick auf das vergoldete Reiterstandbild von Henri IV., der diese Brücke hatte bauen lassen. Er bog in den *Place Dauphine* ein und ging am Justizpalast vorbei Richtung Notre-Dame. Bald darauf verschwand er im *Quartier Latin* und tauchte an der Sorbonne wieder auf.

Direkt neben der Sorbonne war sein Stammhotel, das er seit Jahren regelmäßig bezog, wenn er in Paris war. Der Hotelier erkannte ihn sofort und gab ihm ein Zimmer, das nach hinten hinausging, sodass ihn der Lärm des belebten Platzes nachts nicht störte.

Treschko packte den Koffer aus und legte sich aufs Bett. Seine Mission hatte er erfüllt. Er würde jetzt noch bei Bonnards Familie zu Abend essen, am folgenden Sonntag einige Ausstellungen in Paris besuchen und am späten Nachmittag zurückfahren. Gegen 23 Uhr würde er in Mannheim eintreffen. Dann würde noch eine S-Bahn nach Worms fahren.

Oliver hatte sich auf dem bequemen Hotelbett ausgestreckt und hing seinen Gedanken nach. Er fühlte sich im Vergleich zu dem Stress der letzten Wochen doch einigermaßen entspannt. Durch das geöffnete Fenster drangen die Geräusche einer Restaurantküche, die sich auf das

Abendgeschäft vorbereitete. Irgendwoher kam leise Musik.

Zwischendurch kam eine Nachrichtenmeldung. Nelson Mandela sei gestorben, 95-jährig. Nelson Mandela! Treschko horchte auf und versuchte den Nachrichtenkommentar zu verstehen. Er sei krank gewesen, lange Zeit, und nun schließlich sanft entschlafen.

Nelson Mandela. Er erinnerte sich an das Konzert, das damals weltweit übertragen wurde. Die berühmtesten Musiker der Welt feierten den Geburtstag dieses Mannes, der damals immer noch auf Robben Island im Gefängnis saß. »Ist das nicht erst gestern gewesen?«, fragte er sich.

Treschko hatte in jenem Jahr gerade seinen ersten Job bekommen. Er war Volontär an der *Hertziana* in Rom. Die Welt stand ihm noch offen, er brauche, so hatte er geglaubt, nur zuzugreifen. Damals wohnte er in einer Wohngemeinschaft in der Nähe des Bahnhofs Trastevere. Sie saßen im Hof, die ganze Wohngemeinschaft und die Studenten aus der Nachbarschaft. Sie machten eine Riesenparty, feierten und engagierten sich gegen das Apartheidregime.

Er war verliebt in Estelle, die ungemein aktiv war für eine bessere Welt. Mit ihr fuhr er zu jeder Demo, nicht weil er sich für Politik interessierte, sondern weil er mit ihr zusammen sein wollte.

Treschko merkte nicht, wie er langsam ins Reich der Träume versank. Bald war er eingeschlafen und glitt in einen chaotischen Traum. Inmitten seiner römischen Wohngemeinschaft erschien plötzlich die Frau mit den hellbrauen Haaren, klein und schlank, fast mager. Sie zog ihn mit sich fort, immer tiefer in einen unbekannten, unheimlichen Wald. Er spürte, wie er seine Füße in die Erde stemmte, sich wehrte und schließlich nachgab.

Im Traum wusste er, diese Frau war die, die da so plötzlich in jener regnerischen Nacht im *Ambiente* erschienen war. Zerzaust und gedankenverloren in der Ecke sitzend sah er sie vor sich. Warum war er nicht hartnäckiger gewesen und hatte sich gleich nach dem ersten gescheiterten Versuch der Kontaktaufnahme abwimmeln lassen? Warum hatte er so schnell das Feld geräumt? Er sah wieder ihr Bild durch das beschlagene Fenster des Lokals vor sich und die Szene erschien ihm wie einem Gemälde von de la Tour entnommen.

Schweißgebadet wachte er auf.

»*Mon Dieu*, schon halb sieben«, schoss es ihm durch den Kopf. Um halb acht war er mit Bonnard verabredet, und er musste noch irgendwo Blumen besorgen. Rasch duschte er und zog sich an. Um 19 Uhr ging er die Treppe der Metrostation hinunter und suchte die Linie *Porte d'Orléans*. Er fand sich rasch im Netz der Pariser Metro zurecht, denn er war häufig hier gewesen und die Metro war das probate Fortbewegungsmittel in der Weltmetropole. An der Kirche *Saint-Sulpice* stieg er aus.

Die Gegend rund um Saint-Sulpice kannte Treschko recht gut. Hier hatte Delacroix sein letztes großes Werk geschaffen, ein Fresko für die klassizistische Kirche. Damit der schon sehr gealterte Künstler den weiten Weg von seiner Wohnung nach Saint-Sulpice nicht jeden Tag machen musste, richtete er sich in der Nähe ein Atelier ein, das sich heute noch in dem Zustand von damals befand, so als würde der Maler jeden Moment zurückkommen.

Dort in der Nähe wohnten auch die Bonnards. Auf dem Weg zu ihnen fand Treschko noch einen offenen Blumenladen und kaufte einen schönen Strauß für die Gastgeberin. Kurz vor acht klingelte er an der Haustür, die gleich geöffnet wurde.

»Olivier«, grüßte der Glasexperte hocherfreut und stellte seine Frau vor. Janine wirkte etwas verstimmt. Sie hatte aparte Gesichtszüge und war von schlanker Gestalt. Im Vergleich zu Pierre, dem vor Jugendlichkeit strotzenden Mitvierziger, der gerade den Höhepunkt seiner Karriere durchlebte, wirkte sie allerdings älter, sogar schon etwas angegraut.

Es gab ein wundervolles *Bœuf bourguignon*, an das Treschko noch lange denken würde. Dazu einen wundervollen Rotwein aus derselben Gegend. Madame Bonnard hatte die Speisen alle selbst zubereitet, eine exzellente Köchin.

Pierre hatte die festliche Tafel im Stil des Rokoko gedeckt und dazu auch Originalfiguren aus der Manufaktur von Sèvres auf den Tisch gestellt, wundervolle kleine Kostbarkeiten, die aus dem Familienbesitz der Bonnards stammten. Dort hatte man scheinbar schon seit Generationen auf den Charme dieser Kleinode geachtet, die einer Tafel Würde und Glanz verleihen.

Insgeheim verglich Treschko diese Porzellanfiguren mit den Schätzen seines Museums und kam zu dem Schluss, dass die kurpfälzische Porzellanmanufaktur von Frankenthal durchaus mit der königlichen bei Paris hatte mithalten können. Wie wurden die Wormser um die kleinen, feingliedrigen Figürchen der Monate beneidet. Bevor Treschko nach Worms gekommen war, war Porzellan für ihn ein fremdes Gebiet gewesen, ja sogar eins, das er als Kunsthistoriker nicht allzu ernst genommen hatte.

Die Gläser, aus denen sie den herrlichen Rotwein tranken, den Bonnard großzügig nachschenkte, wirkten in ihrer Schlichtheit formvollendet.

»Es sind Gläser, wie sie schon in der Renaissance hergestellt wurden«, erklärte Pierre.

»Wie die auf der Zeichnung, die du mir heute gebracht hast«, fügte er freundlich hinzu und lächelte.

»Das Porzellan wie das Glas – machen wir uns nichts vor –«, stellte Bonnard im Verlaufe des Tischgesprächs in den Raum, »sind keine Produkte von Künstlerhand. Es sind hochwertige Luxuswaren aus Manufakturen, wie sie ab den 16. Jahrhundert überall in Europa entstanden. Selbst die Künstler passten sich der arbeitsteiligen Produktionsweise an und gründeten Werkstätten. Rubens hätte wohl nie und nimmer so viele Bilder malen können, ohne eine große Anzahl von hochbegabten Gehilfen zu beschäftigen, deren Namen wir nicht kennen.«

Diese Argumente gaben Treschko zu denken.

Janine hatte sich nach dem Nachtisch zurückgezogen. Treschko schien es so, als ob sie sich nicht wohlfühlte. Durch Andeutungen, die von den Eheleuten gemacht wurden, lag die Vermutung nahe, dass sich die gespannte Stimmung wohl aus einem Streit ergeben hatte. Um die Ehe der beiden schien es nicht besonders gut bestellt. Auch auf Treschkos Lob für die Kochkunst hatte Janine eher kühl und zurückhaltend reagiert. Die beiden Eheleute hatten die Tafel abgeräumt. Die von Treschko höflich angebotene Hilfe war abgelehnt worden. Er saß eine

Weile alleine im Zimmer und hörte von draußen das unfreundliche Geraune der Stimmen seiner Gastgeber.

Das Speisezimmer in der Stadtwohnung seines Kollegen war im Stil des Frühklassizismus eingerichtet und auch der Sekretär mit ägyptischem Dekor entstammte jener Epoche. Darüber hing ein im Louis-XV.-Stil gerahmtes Gemälde. Das Porträt einer jungen, adligen Dame im Jagdkostüm. In den Vitrinen standen kostbare Gläser und kleine Bronzestatuetten. Im Zimmer gab es auch einen Kamin, der, wie Treschko vermutete, nicht wirklich benutzt wurde. Daneben stand ein gemütliches Sofa mit einem Tischchen davor, auf dem englischsprachige Zeitschriften lagen, darunter das *Burlington Magazine*, das Treschko schon bei viele Recherchen nützlich gewesen war und für das er selbst sogar mehrere Artikel geschrieben hatte, die ihm viel Ruhm eingebracht hatten, aber kaum nennenswerte Honorare.

Nach etwa zwanzig Minuten kam Pierre mit einem Tablett zurück. Darauf befand sich eine Cognacflasche und zwei angewärmte Gläser. »Entschuldige«, sagte er etwas verbittert. »Aber meine Frau fühlt sich heute nicht besonders gut und möchte früh zu Bett gehen.«

Treschko sah überrascht den Gastgeber an.

»Wenn ich gewusst hätte, ich hätte ja auch ein andermal …«

»Nein, nein«, wehrte Bonnard ab, »nein, ist schon gut. Sie bittet dich zu bleiben. Sie ist nur etwas unpässlich. Möchtest du?« Bonnard zeigte auf die Cognacflasche.

Nachdem er eingeschenkt hatte, schwiegen sie ein paar Minuten.

»Ja, es ist manchmal nicht so leicht, verheiratet zu sein.«

Treschko meinte ein Lächeln auf den Lippen seines Gastgebers wahrzunehmen. Er hatte da eine Vermutung, die er aber für sich behielt und so nickte er nur.

»Du warst nie verheiratet?«

»Nein, bei meinem Zigeunerleben. Erst lange studiert, dann Rom und Madrid und jetzt, Worms.«

»Was hat dich denn nach Worms verschlagen?«, wollte Bonnard wissen. »Du hattest doch glänzende Aussichten am Prado?«

»So glänzend waren die auch nicht. Die ließen mich glatt am ausgestreckten Arm verhungern, wenn du verstehst, was ich meine.«

Bonnard nickte verständnisvoll. Auch er hatte lange gebraucht, um am Louvre weiterzukommen. Jetzt war er mit seiner Position zufrieden, auch wenn es einiges gab, was ihn zur Weißglut brachte.

»Ja, Worms, so schlecht ist es dort auch nicht. Wir haben in unserem Museum Kostbarkeiten, von denen kaum jemand etwas weiß.«

Bonnard lächelte. Er war froh darüber, dass er nicht weiter über den Streit mit seiner Frau nachdenken musste. Dieser Streit war ausgebrochen, als sie am Nachmittag an seinem Hemd den Lippenstift von Madeleine entdeckt hatte. Sie hatte ihm eine schreckliche Szene gemacht und gedroht, zum Abendessen überhaupt nicht zu erscheinen. Zum Glück hatte sie sich dann doch wieder beruhigt und in der Küche an die Arbeit gemacht. Pierre hätte ein solches *Bœuf bourguignon* nicht hinbekommen. Er war ein miserabler Koch.

»Ja, ich weiß von euren Schätzen. Gott sei Dank«, stimmte er zu.

»Vor allem dieses Prunkgefäß von Albogast Nachtrueb. Ich glaube, ihr wisst gar nicht, was ihr da habt. Es ist ein frühes Zeugnis der Globalisierung in Europa und auch der Gemeinheit, wenn es ums Profitemachen geht.« Er nahm einen Schluck aus seinem Cognacglas und behielt es einige Minuten in der Hand.

Treschko lächelte.

»Mittlerweile weiß ich dank deiner Hilfe was es wert ist. Ich habe mir das Gefäß nach deinem Besuch genauer angesehen. Wenn diese Zeichnung die des Herrn Nachtrueb ist, so ist ihm die Frau wohl ziemlich viel wert gewesen. Die trägt ja eine ziemlich aufwändige Robe – und erst die Frisur.«

Bonnard nickte zustimmend.

»So ein Kleid konnte sich damals noch nicht einmal die Königin von England leisten. Man ahnt den revolutionären Umbruch jener Zeit: keine spanischen Kragen mehr, helle Farben und ein sehr freizügiges Dekolleté. Alles in allem sehr lustbetont. Und die Frisur, irgendwie raffiniert, finde ich.«

Bonnard lächelte immer noch und ergänzte: »Diese Frau solltest du einmal etwas genauer unter die Lupe nehmen. Sie ist wesentlich größer als er und wirkt dominant. Ist dir das aufgefallen?«

Bonnard machte eine rhetorische Pause, bevor er fortfuhr.

»Auf den ersten Blick scheint sie schön und begehrenswert zu sein, aber wenn du sie dir genauer anschaust, dann wirst du sehen, dass die linke Hand, die einen Beutel hält, in Krallen ausläuft. Mit ihrer rechten Hand hat sie den Mann fest im Griff.«

Treschko hörte aufmerksam zu.

»Und wer ist diese Frau, hast du über sie schon etwas herausbekommen?«

»Noch nicht allzu viel in der kurzen Zeit, seit ich dieses Glas bei euch entdeckt habe. Wir wissen, dass die Vorfahren jenes Albogast Nachtrueb in einer sehr engen Geschäftsbeziehung mit dem Hause Fugger standen. Diese reiche Kaufmannsfamilie erlebte aber im Laufe des 16. Jahrhunderts den totalen Niedergang. Dies hing vor allem mit der Misswirtschaft der spanischen Krone zusammen. Jakob Fugger hatte quasi die gesamte Kolonialisierung des spanischen Amerika vorfinanziert und sich davon sagenhafte Gewinne versprochen, aber er hat bei diesem Geschäft riesige Verluste gemacht. Nach dem Staatsbankrott Spaniens hat er keinen Heller von diesem Geld wiedergesehen.

Es ist zu vermuten, dass der reiche Nachtrueb, der in Venedig einen aufwändigen Lebenswandel führte, ebenfalls in diesen Sog hineingezogen worden war und viel Geld verloren hat.

Eine Braut in einem solchen Kleid, nicht gerade hübsch, aber sehr zupackend, und vor allem die Art und Weise, wie sie jenen riesigen Beutel fest umgreift, lässt darauf schließen, dass der gute Mann wohl eine Zweckehe eingegangen ist, um möglicherweise den Hals aus der Schlinge zu bekommen. Man könnte so denken, aber das ist im Grunde Spekulation, wie manches, was wir Kunsthistoriker so zusammenfantasieren.«

Treschko staunte. Er konnte sich vor allem an die Robe der Dame erinnern, wegen der er ja selbst in einigen Standardwerken nachgeschlagen hatte.

»Kurz und gut«, fasste der Franzose zusammen, »euer Glas ist also etwas ganz Besonderes und wäre würdig, im Louvre ausgestellt zu werden. Also leihst du es uns. Als Gegengabe erhältst du, wie ich dir bereits zugesichert habe, mehr als nur die Zeichnungen von Tintoretto.«

## 7

Serena Houseman kannte sich in juristischen Dingen nicht aus und hatte auch keine Freude daran, aber an jenem herbstlichen Samstag, als sie von Worms nach Heidelberg zurückfuhr, wurde ihr ziemlich schnell klar, dass sie die Sache nicht auf sich beruhen lassen wollte. Zu sehr war dieses Gemälde mit der Geschichte ihrer Familie verflochten.

Nothelfer hatte das Vertrauen des Großvaters missbraucht. Er hatte nach New Jersey geschrieben, er habe sämtliche Gemälde, und somit auch den Tintoretto, einem Kunsthändler in München in Kommission gegeben. Wenn der die Ware verkauft habe, werde er Nachricht geben und ihm das Geld in die Staaten schicken. Das war die letzte Nachricht, die Jacob Houseman über den Verbleib seiner Schätze erhalten hatte. Der Brief war im geerbten Koffer gewesen. Ende 1943 war Nothelfer an der Ostfront gefallen. Der Kunsthändler, von dem im Brief die Rede war, behauptete, dass all seine Gemälde im Krieg verbrannt seien. Log er und hatte die Sammlung Hausmann Worms vielleicht nie verlassen?

Serena wollte Klarheit. Sie schaltete den Computer ein und konzentrierte sich auf die Suchmaschine. Sie suchte unter verschiedenen Stichworten: Anwälte, Raubkunst, Kunst, auch unter Worms und Arisierung. Sie fand eine ganze Menge und stieß schließlich auf einen Fall in Worms, der erst kurze Zeit zurücklag. Dabei ging es um ein Böcklin-Gemälde, das sich ebenfalls im Besitz des Städtischen Museums befunden hatte und das zurückgegeben werden musste, weil es einer jüdischen Familie gehörte.

Die Interessen der Klägerin hatte damals eine Hamburger Kanzlei namens Johannson & Partner vertreten. An diese wollte sich Serena nun auch wenden. Die Internetseite sah vielversprechend aus und offenbar gab es dort Mitarbeiter, die sich auf Fälle wie diesen spezialisiert hatten. Gleich am folgenden Montag wollte sie sich mit der Kanzlei in Verbindung setzen.

## 8

Treschko war schon einige Wochen aus Paris zurück. Der wunderschöne Spätherbst hatte sich verzogen, und mit italienischem Speiseeis gab es am Marktplatz nichts mehr zu verdienen. Der erste Weihnachtsschmuck tauchte in den Straßen auf. Die Temperaturen sackten auf unter null ab und fürs Wochenende war Schnee angesagt.

Der Museumsdirektor lehnte sich in seinem Schreibtischsessel zurück. Er untersuchte die vor ihm ausgebreiteten Fotos der verschiedenen Tintoretto-Tuschen. Hierbei handelte es sich sowohl um Fotos von Papierarbeiten, die sich in der Handzeichnungssammlung des Wormser Museums befanden, als auch von solchen aus dem Louvre, bei denen eine gewisse Aussicht bestand, sie für die geplante Ausstellung zu bekommen. Darüber hinaus hatte sich Treschko einige Zeichnungen herausgesucht, die im Besitz des Kunsthistorischen Museums Wien waren, wo er in den nächsten Tagen nachfragen wollte, ob sie eventuell zu bekommen seien. Würde dies gelingen, so wäre er in der Lage, eine Ausstellung zu organisieren, die weit über die Region hinaus Beachtung finden würde.

Im Zuge seiner Nachforschungen war der Kunsthistoriker auf ein Porträt gestoßen, das verblüffende Ähnlichkeiten mit dem Wormser Tintoretto-Porträt aufwies. Hierbei handelte es sich ebenfalls um die Darstellung eines offensichtlich wohlhabenden, älteren Herrn. Aufgrund der Kleidung und einiger anderer Details könnte es sich auch hier um einen Kaufmann gehandelt haben, der sich auf dem Höhepunkt seines geschäftlichen Erfolgs von dem berühmten Maler hatte porträtieren lassen.

Aus den Internetangaben ging nur hervor, dass das Gemälde 1960 bei der berühmten Tintoretto-Ausstellung in den Vatikanischen Museen in Rom zu sehen gewesen und seither offenbar nirgends mehr aufgetaucht war. War das vielleicht das Wormser Porträt? Leider war es nur in einem schlechten Schwarzweißfoto wiedergegeben.

Er würde nach Wien reisen müssen. Dort gab es einen Experten, der am Kunsthistorischen Institut gelehrt hatte. Unter anderem war er später auch an der *Hertziana* tätig gewesen. Treschko hatte damals sogar einige Vorträge bei ihm gehört.

Der Museumsdirektor schaltete seinen Computer an. Er formulierte in Gedanken bereits den Reiseantrag nach Wien, den er dem Oberbürgermeister in den nächsten Tagen vorlegen würde, um noch vor Weihnachten mit der Ausstellungsplanung weiterzukommen. In diesem Moment öffnete Frau Steiner nach kurzem Anklopfen die Tür. Sie war kreidebleich und hielt ein Schreiben in der Hand.

Treschko ahnte, dass das nichts Gutes bedeuten konnte. Wie er auf den ersten Blick erkennen konnte, handelte es sich um das Schreiben einer Anwaltskanzlei aus Hamburg. Der Brief war vom Postboten persönlich ins Sekretariat gebracht worden. Normalerweise gab er die Briefe an der Pforte ab, doch hier musste von der Verwaltung der Empfang quittiert werden. Das tat die Sekretärin und wurde dabei blass, denn sie erkannte die Adresse des Absenders sofort. Der Brief kam von einer Hamburger Anwaltskanzlei mit Namen Johannson & Partner. Diese Kanzlei war ihr im Zusammenhang mit dem Ausscheiden ihres ehemaligen Chefs noch in unangenehmster Erinnerung. Ein arroganter, blasierter Typ, dieser Rechtsanwalt Johannson. Er schien viel von sich zu halten mit seinem eingefrorenen Grinsen im Gesicht. Frau Steiner war ihm im Amtsgericht mehrfach begegnet.

Als der Postbote gegangen war, griff sie sofort zum Brieföffner, denn sie hatte die Aufgabe, die Post zu öffnen und Wichtiges von Unwichtigem zu trennen. Mit einem kurzen Ratsch befreite sie den Brief aus seiner Hülle und fand vor, was sie erwartet hatte, denn sie wusste genau, dass sich diese Kanzlei auf die Rückgabe von Kulturgütern spezialisiert hatte, die in der Nazizeit geraubt worden waren.

Dass dieser Brief ihr und ihrem neuen Chef, den sie so sehr ins Herz geschlossen hatte, den Tag verderben würde und wahrscheinlich nicht nur diesen Tag, war ihr sofort klar.

»Sie wollen unseren Tintoretto«, stammelte Treschko und war in diesem Augenblick mindestens ebenso bleich wie Frau Steiner.

Sie nickte heftig.

»Das geht doch nicht«, sagte sie. »Da gibt es doch Unterlagen. Das ist doch sicher alles genau dokumentiert.

Treschko schüttelte resigniert den Kopf.

»Wir haben schlechte Karten. Ich habe bereits überall nach Unterlagen gesucht. Ein Teil der Dokumente ist während des Krieges verbrannt. Ein anderer Teil, der notwendig wäre, um hier sicherzugehen, hat offenbar nie existiert. Das Museum ging ja aus einer Privatsammlung hervor und da hat man augenscheinlich nicht so genau darauf geachtet, dass man eine schlüssige Dokumentation braucht, um Besitzverhältnisse von Kunstwerken einwandfrei nachzuweisen. Hier genügten scheinbar der Handschlag und das Ehrenwort wie beim Pferdehandel. Nur überleben Kunstwerke Pferde oft um viele Jahrhunderte, und wenns dann hart auf hart kommt, gibt es keine Zeugen mehr, die sich erinnern, was genau bei der Übergabe vereinbart worden war.«

Die Sekretärin schaute resigniert. Erinnerungen stiegen auf, furchtbare. Sie dachte an das Ende von Treschkos

Vorgänger. Auch dieser Prozess hatte mit einem Brief von jener Hamburger Kanzlei begonnen. Nicht auszudenken, was passieren würde, wenn auch Treschko bald seinen Platz räumen müsste.

Gabriele Steiner mochte ihren neuen Chef. Was sie aber störte, war seine Haltung, denn es schien ihr nach dessen kurzer Erläuterung des Sachverhaltes so, als wolle er sich auf keinen Kampf um das Gemälde einlassen. Dr. Bernardus hatte damals viel kämpferischer reagiert, viel entschlossener dazu, die Sache durchzustehen.

Dr. Bernardus hatte sich sofort an die Arbeit gemacht und stichhaltige Beweismittel beschafft, die belegten, dass jenes Böcklin-Gemälde tatsächlich rechtmäßig erworben worden war. Der Prozess wäre zu gewinnen gewesen. Davon war auch Dr. Glaser, der Justiziar der Stadtverwaltung, vollkommen überzeugt gewesen.

Nur der Kleinmut der Verwaltung, die sich Sorgen um das Image der Stadt machte, hatte dazu geführt, dass die gefundenen Beweismittel des Museumsdirektors nicht zum Einsatz gekommen waren.

Gabriele Steiner war damals ziemlich frustriert gewesen und stellte Vermutungen darüber an, ob die ganze Sache nicht vielleicht doch eine willkommene Gelegenheit war, den unangepassten Museumsdirektor loszuwerden. Dr. Bernardus passte nicht ins Bild eines Wormser Museumsleiters, Treschko aber genauso wenig. Würde man ihn ähnlich behandeln? Gabriele Steiner befürchtete das Schlimmste, als sie die Tür hinter sich schloss und Treschko mit dem folgenschweren Schreiben alleinließ.

## 9

Nachdem Treschko den Brief noch einmal gelesen hatte, verabschiedete er sich von seinen Mitarbeitern und ging nach Hause. Er wollte jetzt seine Ruhe haben und vor allem Abstand. Würde ihm das Gemälde genommen, hätte es keinen Sinn, die Tintoretto-Ausstellung weiterzuplanen. Das wäre eher kontraproduktiv und würde die Aufmerksamkeit noch mehr auf das offensichtlich unrechtmäßig beanspruchte Kunstwerk lenken, dachte er resigniert, als er an der Herkulesgrotte vorbeiging und in Richtung Dom trottete. Er hatte seinen schwarzen Filzhut tief ins Gesicht gedrückt, um einen Schutz gegen den aufkommenden Regen zu haben. Der Wind blies ziemlich heftig und die Regentropfen wirkten auf seiner Haut wie kleine Nadelstiche. Endlich war er zu Hause.

Nachdem er den Mantel an den Haken gehängt hatte, legte er sich auf die Couch, schaltete den Fernseher ein und zappte durch die Programme. Er wollte jetzt alles, nur nicht denken. Dafür würde später noch Zeit sein. Jetzt brauchte er erst einmal einen Abstand von der Welt.

Es war gegen 15 Uhr, als er einen Entschluss fasste und den Oberbürgermeister anrief. Er wurde auch sofort durchgestellt und trug dem Stadtchef die niederschmetternde Nachricht vor.

Als Treschko den Namen des Anwaltsbüros nannte, war das Stadtoberhaupt sofort im Bilde. Auch ihm war der Vorgang um den letzten Museumsdirektor noch zu gut in Erinnerung.

»Wir müssen vorsichtig sein. In diesem Bereich haben diese Hamburger sehr viel Erfahrung. Sie haben nicht nur gegen uns, sondern auch gegen zahlreiche andere Museen die Ansprüche ihrer Mandanten durchgesetzt. Wie heißt er denn dieses Mal? Kennt man ihn, ist es ein Wormser?«

»Nein, soweit ich mich erinnere, handelt es sich bei der Klientin um eine Amerikanerin. Sie hat eine Adresse in Newark, New Jersey, angegeben. Serena Houseman lautet ihr Name.«

»Habe ich noch nie gehört, diesen Namen. Wahrscheinlich irgendeine dubiose Erbin, die auf diese Art und Weise an unser wertvollstes Bild herankommen will. Das müssen wir verhindern. Sie haben doch sicher die erforderlichen Unterlagen, Dr. Treschko, die belegen, dass wir das Bild rechtmäßig erworben haben, oder?«

Treschko wurde verlegen.

»Es existieren offenbar gar keine Unterlagen zu diesem Bild. Ich habe in einem anderen Zusammenhang schon recht gründlich danach gesucht.«

»Mein Gott«, hörte er den Oberbürgermeister resigniert sagen.

»Dann ist ja unsere Ausgangslage noch schlechter als in dem Fall des Böcklin-Gemäldes. Dr. Bernardus hatte da einiges zusammengetragen, was sehr hilfreich gewesen wäre, aber leider waren die Umstände damals nicht so, dass wir den Prozess hatten führen wollen.

Wir müssen uns unbedingt mit Dr. Glaser vom Rechtsamt zusammensetzen. Sie sagten, es lägen überhaupt keine Unterlagen zum Erwerb des Bildes vor?«

»Ja, ich habe nichts gefunden, keinen Kaufvertrag, keine Schenkungsurkunde, gar nichts. Und, was noch viel schlimmer ist, das Bild taucht in keinem alten Bestandskatalog auf. In keinem Bestandskatalog von vor 1950 ist ein Porträt von Tintoretto erwähnt.

Andererseits besagt das aber nicht sehr viel. Ich musste nämlich bei meiner Suche feststellen, wie lückenhaft die ganze Dokumentation überhaupt ist. Im Museum wurde offenbar seit seiner Gründung schlampig dokumentiert.«

Der Oberbürgermeister reagierte unwirsch.

»Diese Feststellung hilft uns jetzt auch nicht weiter«, schimpfte er.

»Wenn das Bild nicht im Bestandskatalog auftaucht, stützt dies eher die Vermutung, dass es erst in der Nazizeit ins Museum gekommen sein könnte, und somit hat der Kläger leichtes Spiel. Kein Gericht wird uns die Variante mit den schlampigen Bestandskatalogen abkaufen. Ich werde sofort Dr. Glaser verständigen. Seien Sie morgen pünktlich um 10 Uhr im Rathaus. Und verhüten Sie mit allen Mitteln, dass irgendetwas von unseren Schwierigkeiten nach draußen dringt.«

Dr. Kolberg legte auf.

Am nächsten Tag erschien Treschko pünktlich im Büro des Oberbürgermeisters. Er war nicht allein gekommen, sondern hatte Gabriele Steiner mitgebracht, die sich noch gut an die Details im zurückliegenden, ähnlich gelagerten Fall erinnern konnte. Oberbürgermeister Dr. Kolberg hatte Dr. Glaser dazugebeten, der die Akten zum Böcklin-Fall dabei hatte. Vor der Sitzung hatte er sie noch einmal gründlich studiert. Er war also bestens auf das Gespräch vorbereitet.

»Auch in der Böcklin-Sache gab es zunächst keinerlei Hinweise auf den Erwerb des Bildes, genau wie im vorliegenden Fall. Hat denn nie jemand bemängelt, dass die Bestandslisten im Museum total lückenhaft sind?«, schimpfte der Oberbürgermeister.

Der Jurist schüttelte missbilligend seine dichte, graumelierte Mähne und sah ärgerlich aus seinen blauen Augen, die von einem grauschwarzen Backenbart umrahmt waren. Irgendwie erinnerte Treschko dieser Mann an den gealterten Karl Marx.

»Die Kläger konnten damals aber ebenso wenig schlüssig beweisen, dass das Bild ihnen gehört. Wir hätten nicht klein beigeben dürfen«, sagte der erfahrene Jurist resolut und fuhr fort:

»Der damalige Museumsdirektor hat das übrigens auch so gesehen. Er hatte sogar darauf bestanden, die Sache juristisch durchzufechten und das Gemälde nicht herauszugeben. Ich war da auch ganz seiner Meinung, wie Sie sich erinnern werden, Herr Oberbürgermeister.«

»Ja, ich erinnere mich, Dr. Glaser.«

Oberbürgermeister Kolberg schnitt ein Gesicht als hätte er gerade auf eine besonders saure Zitrone gebissen.

»Ja, natürlich erinnere ich mich an Ihre Einwände. Sie hatten ja recht, aber, bedenken Sie, damals hatten wir gerade den Partnerschaftsvertrag mit Tiberias unterzeichnet, und wenn wir nicht nachgegeben hätten, dann hätte es geheißen, wir schmückten uns mit Kunstwerken, die unter den Nazis jüdischen Besitzern geraubt worden sind. Es war einfach nicht opportun, einen solchen Prozess zu führen.«

Dr. Glaser war peinlich von der Erinnerung an jenen für Worms unrühmlich ausgegangenen Prozess berührt. Wie gründlich hatte er sich damals vorbereitet, Akten studiert, Korrespondenzen geführt, zusammen mit Dr. Bernardus in langen Diskussionen Beweisketten entwickelt, alles vergeblich.

Kurz vor Prozessbeginn hatte der Oberbürgermeister ihm gesteckt, er solle den Schwanz einziehen. Das Bild wurde herausgegeben und die Stadt Worms erkannte den Kläger als den eigentlichen Besitzer des Gemäldes an.

Im Namen der Stadt hatte sich der Oberbürgermeister persönlich bei der Familie für das Unrecht, das ihnen unter der Naziherrschaft angetan worden war, entschuldigt.

Dr. Glaser war mit Leib und Seele Jurist, und dass man in einem Prozess, den man leicht hätte gewinnen können, klein beigab, wollte ihm nicht in den Schädel. Er fühlte noch immer die Demütigung der Niederlage, die durch das Gehabe des jungen Schnösels von Anwalt, der ihm gegenübersaß und überlegen grinste, zusätzlich verstärkt worden war.

Kampflustig stellte er fest, dass er es im aktuellen Fall mit demselben Dr. Johannson wie damals zu tun hatte. Jetzt ergab sich endlich die Gelegenheit zur Revanche. Wenn nur der Oberbürgermeister nicht wieder einknickte. Dr. Glasers Kampfgeist war geweckt.

»Die Konsequenz unseres Einknickens sehen Sie jetzt, Herr Oberbürgermeister«, stellte er vorwurfsvoll in den Raum.

»Es ist dieselbe Kanzlei, die in einer ähnlich gelagerten Sache geklagt hat. Die wissen, dass wir schnell klein beigeben und versuchen es deshalb noch einmal.

Natürlich wissen die ganz genau, das war ja auch Gegenstand im letzten Verfahren, dass die Dokumentation im Museum voller Lücken ist. Der Johannson wird sich ins Fäustchen lachen. Wenn er jetzt auch noch den Tintoretto kriegt, wird er weitermachen, bis er unser Museum leergeräumt hat.

Diese Herrn aus Hamburg wissen ganz genau über unser Tafelsilber Bescheid und holen sich ein Bild nach dem anderen.«

## 10

In den Wochen vor Weihnachten standen alle, die mit den Vorgängen um das Bild zu tun hatten, ziemlich unter Druck. Mehrmals waren Sitzungen beim Oberbürgermeister anberaumt worden, meistens war Dr. Glaser mit dabei. Nach jedem neuen Meeting wurde die Stimmung schlechter. Auch Dr. Glasers anfänglicher Optimismus wich immer mehr einer bedenklichen Skepsis. Bald wich seine anfängliche Zuversicht der Vorahnung einer neuen Niederlage vor dem Wormser Amtsgericht.

Selbst Frau Steiner, die stets optimistisch und gut gelaunt war, wurde immer einsilbiger. Beruhigend war nur, dass es in dieser Situation scheinbar niemand auf Treschkos Stelle abgesehen hatte. »Das war im Falle von Dr. Bernardus anders«, erinnerte sich Frau Steiner.

Damals hatte es Konkurrenten gegeben, die die Situation für sich nutzen wollten. Aber diese Mitbewerber hatten sich schließlich gegen Treschko nicht durchsetzen können.

Vor allem einer hatte das nur schwer verwunden, wusste Gabriele Steiner. Ihr Exfreund Matthias Adam, der bei Dr. Bernardus eine Zeit lang Assistent gewesen war, bevor er dann, nicht zuletzt aufgrund ihrer Intervention, ins Stadtarchiv versetzt worden war. Er wäre damals gerne Direktor geworden.

»Würde Treschko jetzt in Ungnade fallen, könnte sich das Blatt für ihn wieder wenden«, ging es ihr durch den Kopf. Und dann würde sie vielleicht einen Chef bekommen, den sie auf den Tod nicht ausstehen konnte. Das wollte sie mit allen Mitteln verhindern.

Über Weihnachten fuhr Treschko nach Norddeutschland. Seine Mutter hatte die amerikanische Familie ins Wendland eingeladen. Die Kinder von Treschkos Schwester tollten im Schnee herum und freuten sich über diese weiße Pracht, die sie bis dahin nur aus dem Fernsehen kannten. Die Elbe war fast zugefroren und die Bundeswehr musste bei Hitzacker Sprengungen vornehmen, damit die Eislast die Brücken nicht eindrücken konnte. Es war erbärmlich kalt.

Der Kunsthistoriker verbrachte seine Zeit mit ausgedehnten Spaziergängen, reiten, langen Gesprächen mit der Mutter und der Schwester, Kneipentouren in Lüneburg zusammen mit dem Schwager und erbaulichen Lesestunden.

Langsam kam er wieder zu sich. Der Stress fiel von ihm ab. Er hatte genügend Lesestoff mitgenommen.

Sein Zimmer war so, als hätte er es gestern erst verlassen. Dabei lag seine Jugendzeit nun schon mehrere Jahrzehnte zurück. Das alte, schwere Jugendstilbett, das

Bücherregal und der große Schreibtisch, den er von seinem Großvater geerbt hatte: Hier war alles beim Alten geblieben.

Dort las er während der Weihnachtsfeiertage gleich mehrere Romane von Martin Suter: *Der Koch, Die dunkle Seite des Mondes* und *Der Teufel von Mailand.*

Suters Art zu schreiben gefiel ihm. Wie er in seinen tiefverflochtenen Texten die scheinbar vertraute Welt in eine surreale verwandeln konnte, bewunderte Treschko. Vor allem wirkte dabei die von Suter heraufbeschworene Atmosphäre, die so authentisch deutschschweizerisch erschien. Das Ambiente und auch die Charaktere entsprachen voll und ganz den Erfahrungen, die Treschko dort gemacht hatte. Er hatte mehrmals im Rahmen von Kooperationen mit dem Kunsthaus Zürich zusammengearbeitet. Außerdem besuchte er die *Art Basel* regelmäßig und viele seiner ehemaligen Kollegen an der *Hertziana* waren Schweizer.

Trotz der Beschaulichkeit des verschneiten Hofgutes im Wendland konnte er aber auch dort seinen Sorgen nicht ganz entgehen. Die Rückgabe der von den Nazis beschlagnahmten Gemälde war auch im Norden ein heiß diskutiertes Thema, zumal durch neue Entdeckungen der Stoff eine gewisse Brisanz erhielt.

In der *Lüneburger Zeitung* stand ein Artikel über Gemälde, die in München gefunden worden waren. Der Besitzer hatte die Bilder in einer Wohnung deponiert. Sie seien ihm von seinem Vater vererbt worden.

Das Konvolut, das sich in dieser Wohnung befand, bestand aus mehreren hundert Werken, teilweise von sehr namhaften Künstlern. Die meisten dieser Werke stammten aus jüdischem Besitz oder waren aus Museen als »entartete Kunst« beschlagnahmt worden.

Der Mann, in dessen Besitz sich diese Werke heute befänden, habe seinen Schatz geheim gehalten, obwohl es Kaufverträge gebe und auch Erbscheine. Zutage gekommen sei das Ganze, weil er ab und zu ein Bild in die Schweiz verkauft habe. Er habe den Kaufertrag dann nicht versteuert und einmal sei er an der Grenze mit einem sechsstelligen Eurobetrag im Koffer erwischt worden. Dadurch sei dann alles herausgekommen, stand in der Zeitung.

Dieser Fall war natürlich auch Gesprächsthema bei den weihnachtlichen Abendessen der Familie Treschko, die sich stundenlang hinziehen konnten. Treschkos Mutter hatte den Artikel gelesen und war in dieser Frage sehr engagiert. Sie meinte, dass die Bilder, die aus jüdischem Besitz stammten, unbedingt zurückgegeben werden müssten.

»Wir haben diesen Menschen so viel Unrecht angetan. Selbst wenn es Kaufverträge gibt – diese Verträge kamen damals alle unter Druck zustande. Das waren keine echten Verträge. Worüber willst du verhandeln, wenn dir jemand die Pistole an den Kopf hält? Die sind doch nicht freiwillig gegangen und haben ihren wertvollen Besitz verramscht. Da ging es doch um Leben und Tod.«

Treschko gab seiner Mutter recht, behielt aber sein Problem für sich. Er wollte nicht darüber reden, dass er in einem ähnlich gelagerten Fall auf der anderen Seite stand. Er musste, so rechtfertigte er sich vor sich selbst, dafür sorgen, dass dieses unschätzbare Werk nicht in die Hände raffgieriger Erben gelangte, die von großer Kunst keine Ahnung hatten und auch keine Liebe dafür. Leute also, die seiner Meinung nach nur an das Geld wollten, um sich irgendwelche Luxusschlitten oder geschmacklose Häuser zu kaufen.

Genau so stellte er sich seine Gegnerin im Prozess vor: dick, aufgedonnert, geldgierig und hässlich.

## 11

Serena war am 22. Dezember nach Newark geflogen. Ihre Mutter und ihre Schwester hatten sie vom Flughafen abgeholt.

Obwohl sie um 15 Uhr in Frankfurt gestartet war, kam sie wegen der Zeitverschiebung schon um 17 Uhr in Newark an. Irgendwie war ihre innere Uhr vollkommen durcheinandergeraten. Ihre Empfindung für das Klima ebenfalls.

In Deutschland lag tiefer Schnee. Serenas Kommilitoninnen hatten ihr bestätigt, dass es der schönste Winter seit Langem sei, und sie freuten sich auf weiße Weihnachten. Manche von ihnen würden die Feiertage und Silvester in den Bergen verbringen. Serena stellte sich das sehr romantisch vor und hoffte, dass noch Schnee liegen würde, wenn sie nach Deutschland zurückkehrte.

In Newark waren es 17 Grad plus. Sie hatte sich mittlerweile an die europäischen Maßeinheiten gewöhnt. Trotz des, wie Serena fand, übertrieben dekorierten Weihnachtsmarktes in Newark, der ihr von ihrer Mutter und ihrer Schwester als eine aus Europa eingeführte Neuerung natürlich sofort gezeigt werden musste, kam keine richtige Weihnachtstimmung auf. Kein Vergleich zu dem romantischen Weihnachtsmarkt im Heidelberger Schlosshof oder zum Kunsthandwerkermarkt im Stift Neuburg auf der anderen Seite des Neckars.

Und erst der *mulled wine*, der bei dieser frühlingshaften Temperatur in New Jersey getrunken wurde. Er hatte überhaupt keine Ähnlichkeit mit dem Glühwein, den sie zusammen mit ihren Kommilitoninnen und Kommilitonen vom *Campus Viva* getrunken hatte.

Ja, sie hatte sich mittlerweile mit einigen ihrer lebenslustigen Nachbarn angefreundet. Sie war sogar schon auf einer der lauten Donnerstagsfeten gewesen, die in der Disco in der Nähe des Campus stattfanden.

Frauen hätten donnerstags freien Eintritt und so gegen 3 Uhr sei der Laden proppenvoll, versicherte ihr die Zimmernachbarin Virginia Rosales, die aus Venezuela stammte und bereits ein Studium der Medizin hinter sich hatte.

»Da hast du die freie Auswahl. Süße Typen aus der ganzen Welt!« Virginia lachte dabei, als hätte sie schon so manchen davon ausprobiert.

Auf ihrem Schreibtisch in Newark standen frische Blumen. Ihre Mutter hatte sie in die Vase gestellt, Tulpen, weil sie wusste, dass Serena den Frühling so sehr mochte. Die Studentin packte ihren Koffer aus und legte die Pullover und ihre anderen Sachen an die altvertrauten Plätze im Schrank. In diesem Moment kam es ihr so vor, als wäre sie wirklich nicht lange weg gewesen. Zugleich hatte sie das Gefühl, es sei eine Ewigkeit her, dass sie in Frankfurt aus dem Flugzeug gestiegen und mit dem Zug zum ersten Mal nach Heidelberg gefahren war. Sie hatte in den zurückliegenden Monaten so viel Neues erlebt, dass dies für mehrere Jahre ausreichen würde.

Die Mutter hatte Serenas Lieblingsessen zubereitet, nichts Besonderes, Kartoffelpuffer und Apfelkompott. Seit ihrer Kindheit war es ein Festtag für sie, wenn es dieses einfache Gericht gab. Fleisch mochte sie nicht. Schon als Kind war sie Vegetarierin gewesen.

Beim Abendessen saßen sie zu dritt um den festlich gedeckten Wohnzimmertisch. Serena, ihre Mutter und Schwester Amanda, die bis Silvester bleiben würde.

Es war ein sehr ruhiger, schöner, familiärer Abend, den alle sehr genossen. Serena zeigte Bilder von Worms, Heidelberg, von ihren Mitbewohnerinnen und -bewohnern aus dem Studentenwohnheim, mit denen sie gemeinsame Ausflüge unternommen hatte.

Die Region schien der Mutter sehr reizvoll. Sie war erstaunt, wie schön die Dome von Worms und Speyer waren. Sie war nie in Deutschland gewesen, wo ihre Vorfahren fast allesamt Opfer der Todesmaschinerie der Nazis geworden waren, und als kleines Kind hatte ihr der Name »Deutschland« Furcht und Schrecken eingeflößt.

Auf den bevorstehenden Prozess sprach sie Serena erst einige Tage später an. In ihrem letzten Brief hatte Serena mitgeteilt, sie habe Kontakt zu der Hamburger Anwaltskanzlei Johannson & Partner aufgenommen. Die Kanzlei komme ihr seriös und sehr erfahren vor und werde sie juristisch vertreten. Es gehe dabei um ein einziges Bild, das jetzt im Besitz des Städtischen Museums Worms sei.

Obwohl Serena herausbekommen hatte, dass das Gemälde etwa eine Million Dollar wert war, ging es ihr nicht um das Geld. Es ging ihr vielmehr um die Familientradition. Sie wollte jenes Porträt als ein Zeugnis der Geschichte ihrer in Europa verwurzelten Familie zurückhaben und für ihre Nachkommen erhalten. Nur aus diesem Grund wolle sie vor Gericht darum kämpfen, erklärte sie der Mutter.

Die verstand ihre Tochter gut. Aus ihrer eigenen Familie gab es niemanden mehr, der Zeugnis über die Vorfahren hätte ablegen können. All diese Güter, die diese sicher ebenso wie die Ahnen ihres Mannes mit großer Liebe bewahrt und gepflegt hatten, waren ihnen brutal entrissen worden. Aus ihrer Familie waren fast alle tot. Nur ihr Schwiegervater, der Großvater ihrer Töchter, dessen Hinterlassenschaften sie mit großer Umsicht verwaltete, hatte ihr erzählen können, welch bedeutende Rabbiner und Gelehrte aus ihrer Familie hervorgegangen waren.

Serenas Mutter hatte sogar ein Archiv für Jacobs Bücher und Aufzeichnungen angelegt. Deshalb fand sie auch bald alle Schriftstücke, die er zum Tintoretto-Porträt aufgehoben hatte. Darunter befanden sich auch die Artikel über eine Ausstellung in Rom, wo dieses Porträt gezeigt worden war. In einem der Artikel gab es sogar ein Foto des Gemäldes. Außerdem waren im Aktenordner, in dem sich dieser Vorgang befand, auch einige Briefkopien abgeheftet. Sie waren an den Kurator der Ausstellung, einen gewissen Professor Senghas gerichtet. Jacob Houseman hatte ihn gebeten, nähere Angaben über die Herkunft des besagten Tintoretto Gemäldes aus der Ausstellung zu machen.

Die Antworten, die Jacob Houseman aus Rom bekommen hatte, waren ziemlich ernüchternd gewesen. Das

Bild sei in Privatbesitz und nur für die Ausstellung vom Besitzer ausgeliehen worden. Eine Bedingung für die Überlassung sei gewesen, dass der Name des Besitzers unter keinen Umständen genannt werden dürfe. Daran würde sich die Ausstellungsleitung strikt halten.

Nach dieser Zurückweisung hatte Jacob Houseman die Sache offenbar auf sich beruhen lassen.

»Er war damals schon sehr krank und wollte sich mit diesen unangenehmen Geschichten einfach nicht mehr belasten«, berichtete die Mutter.

»Diese Abwiegelei regte ihn ziemlich auf, fast noch mehr als das schreiende Unrecht, das man ihm in der Nazizeit angetan hatte. Eines Tages konnte er einfach nicht mehr. Man hatte ihm ja nach dem Krieg weismachen wollen, seine gesamte Sammlung sei bei einem Bombenangriff in Flammen aufgegangen, und dann tauchte das wertvollste Gemälde daraus doch wieder auf, so als sei es die selbstverständlichste Sache der Welt. Und die, die dafür die Verantwortung trugen, verweigerten ihm einfach jede Auskunft. Eines Tages war er dann zu dem Entschluss gekommen, einfach nicht mehr weiter zu forschen.«

»Es war für ihn vielleicht das Beste, sich nicht mehr aufzuregen«, wandte Amanda ein. Sie sah in den juristischen Anstrengungen ihrer großen Schwester reine Energieverschwendung und negierte überhaupt die Bedeutung aller materiellen Güter, selbst wenn es dabei, wie Serena immer wieder betonte, nur um den reinen Erinnerungswert ging.

Seit Amanda diesen neuen Freund hatte, sah sie die Welt mit anderen Augen. Das hatte sich schon in den E-Mails angedeutet, die sie ihrer Schwester schickte. Sie klangen plötzlich so anders als vorher, fand Serena: nicht mehr so karrieregeil.

Aber die Emsigkeit, mit der die Kleine nun ihren neuen Standpunkt verfocht, wie altklug sie gegen die Konsumgesellschaft wetterte und für die naturnahe Lebensweise eintrat, hatte ähnlich dogmatische Züge wie ihr vormaliger, auf den beruflichen Erfolg hin orientierter Lebensplan.

»Weißt du«, erklärte Serena ihre von Amanda so apostrophierte Verbissenheit, »es gibt eben Dinge, die stellen etwas ganz Besonderes dar. Es geht dabei nicht einfach nur um materiellen Wert, sondern um jene geheimnisvolle Kraft, die von Dingen ausströmt. Diese Kraft gibt den Dingen die Fähigkeit, zu uns zu sprechen. Und dieser Tintoretto spricht zu mir und sagt mir: ›Ich gehöre in eure Familie.‹ Irgendwie so. Deshalb möchte ich dafür kämpfen, dass er zu uns zurückkommt.

Es geht mir dabei noch nicht einmal um den tatsächlichen Besitz. Mir geht es nur darum, dass klargestellt wird, dass dieser Tintoretto zu uns gehört, wie das Haus, in dem er einst hing. Es gehörte uns, und nur die Macht eines bösen Schicksals hat es uns genommen.

Dieses Auslöschen der Erinnerung macht mich wütend. Und dann dieses Verdrängen der Schuld im Nachkriegsdeutschland, so als ob das völlig normal gewesen wäre und mit ein paar Rechtsakten erneut besiegelt werden könnte! Das schockiert mich eigentlich am meisten.«

Serena hatte sich in Rage geredet, das hatte sie eigentlich nicht gewollt. Deshalb war sie froh, dass sich die Gelegenheit bot, der Mutter beim Abräumen des Geschirrs zu helfen. Als sie nach einer Weile wieder am Wohnzimmertisch zusammensaßen, klang ihre Stimme wesentlich ruhiger.

»Im Falle des Tintoretto-Gemäldes liegen die Dinge zum Glück anders als bei unserem ehemaligen Haus. Beim Haus sind die Verträge unanfechtbar und rechtsgültig. Das hat mir der Hamburger Anwalt ganz ausführlich erklärt.

Bei den Bildern und Kunstgegenständen hingegen haben wir eine weitaus bessere Ausgangsposition. Zumal wir belegen können, dass der Großvater ganz bewusst getäuscht worden ist, nicht zuletzt von der Person, die sich die Bilder dann offenbar unter den Nagel gerissen hat und behauptete, sie seien im Krieg verbrannt, wohlwissend, dass sie in gutem Zustand irgendwo lagerten, wie die Ausstellung des Gemäldes in Rom bezeugt.

Im Falle der Kunstwerke gibt es kein rechtsgültiges Vertragswerk, das Fakten geschaffen hätte, und so gehören diese Werke nach wie vor uns. Also empfinde ich es geradezu als eine moralische Pflicht, mich dafür einzusetzen. Darum geht es mir.«

## 12

Am 5. Januar fuhr Treschko zurück in den Süden. Seine Mutter hätte es gerne gesehen, wenn er noch länger geblieben wäre, zumal ihr das Haus, nachdem der texanische Zweig der Familie bereits am 2. Januar von Hamburg aus zurückgeflogen war, plötzlich so einsam und leer vorkam.

»Vielleicht sollte ich doch deinen Ratschlag annehmen und in unser Haus nach Blankenese ziehen. Im Winter ist es hier immer so einsam, und seit ich nicht mehr selbst mit dem Auto fahren möchte, komme ich kaum mehr weg.« Treschko stimmte ihr zu.

Ihren Wunsch, er solle noch ein paar Tage bleiben, lehnte er aber ab.

»Ich habe in Worms noch eine Menge Arbeit liegen. Wir bereiten gerade eine Ausstellung vor und wahrscheinlich muss ich bald nach Wien reisen«, erklärte er.

»Du denkst immer nur an die Arbeit«, warf die Mutter ihm lächelnd vor und unterdrückte dabei jegliche Anspielung auf Olivers Privatleben. Natürlich hätte sie sich von ihrem Sohn auch ein Enkelkind gewünscht. Aber die Hoffnung, dass da noch was kommen würde, hatte sie schon seit Jahren aufgegeben. Oliver war schon weit über fünfzig.

Die Liebe zu den beiden Kindern ihrer Tochter schloss hier eine Lücke. Mit ihrem texanischen Schwiegersohn war sie, nach anfänglicher Distanz, immer besser ausgekommen. Wie es Oliver schien, entwickelte sich zwischen den beiden mittlerweile sogar ein sehr herzliches Verhältnis. Sie lachten viel zusammen, was ganz ungewöhnlich für die alte Dame aus preußischem Militäradel war.

Treschko setzte sich in den Wagen und fuhr durch die völlig verschneite Landschaft des Wendlands. Erst in Soltau-Fallingbostel kam er auf die Autobahn und wäre fast von der Straße gerutscht, als er mit seinem schwarzen Porsche in eine Tankstelleneinfahrt einbiegen wollte. Er bekam den Wagen gerade noch unter Kontrolle.

»Die streuen hier erst, wenns drei, vier Mal gekracht hat, vorher nicht«, erklärte ihm der Tankwart. Bis Hannover lief dann der Verkehr einigermaßen normal, aber ab Hildesheim und vor allem bei Kassel gab es einen Stau nach dem anderen.

Hinter Alsfeld ging es dann sogar noch langsamer voran. Räumungsfahrzeuge quetschen sich an ihm vorbei. Es begann schon dunkel zu werden. Er hörte die Radionachrichten:

»Zwischen Alsfeld und Grünberg zwanzig Kilometer Stau«. Er lehnte sich in seinem Fahrersitz zurück und hörte das Wunschkonzert des Hessischen Rundfunks.

»Das kann ja heiter werden«, dachte er und stellte sich auf eine lange Autobahnnacht ein.

Er brauchte auch tatsächlich über vier Stunden allein für die Strecke von Alsfeld bis zur Raststätte Wetterau. Die Tankstelle dort war überfüllt und er musste eine halbe Stunde warten, bis er endlich an die Reihe kam und seinen mittlerweile fast ausgetrockneten Benzintank füllen konnte. In der Raststätte war es ebenfalls proppenvoll. Er bestellte sich eine Riesenbockwurst mit Kartoffelsalat und einen heißen Kaffee. Einen freien Sitzplatz gab es nicht mehr, nur noch Stehtische.

Dort verschlang er seine Wurst und trank den Kaffee rasch aus. Dann machte er sich wieder auf den Weg und wechselte irgendwo bei Frankfurt auf eine Autobahn, die ihn Richtung A 61 und somit auf die anderen Rheinseite führte. Die Fahrt ab dem Raststättenaufenthalt verlief rascher und es gab auch keine Staus mehr.

Endlich sah er das Abfahrtsschild nach Worms. Ein riesiger Schneeberg hatte es fast verdeckt. Bis dahin war er über sechzehn Stunden unterwegs gewesen.

## 13

Serena flog am 2. Januar von New York aus nach Hamburg. Herr Johannson holte sie persönlich am Flughafen ab und fuhr sie sogar noch an der Binnenalster vorbei, um ihr zu zeigen, wie schön die Hansestadt im Winter aussah. Der Himmel war an diesem Vormittag stahlblau. Serena war müde von der langen Nacht, und jetzt kamen die sechs Stunden Zeitverschiebung noch hinzu.

In dem wohl temperierten Büro von Herrn Johannson wäre sie fast eingeschlafen. Der Anwalt lächelte. Er sprach ein fantastisches Englisch, ohne den geringsten Makel.

»Meine Sekretärin soll Ihnen eine Tasse Kaffee bringen.«

Er veranlasste dies sofort und die blonde, gutaussehende junge Dame kam mit einem Tablett mit wunderschönem Porzellanservice.

Johannson hatte sich in die Unterlagen vertieft, die Serena aus den USA mitgebracht hatte. Sie schienen seine ganze Aufmerksamkeit zu fesseln und er widmete sich ihnen mit einer Konzentration, die eigentlich in Anwesenheit einer Mandantin an Unhöflichkeit grenzte. Aber der Anwalt war ein ehrgeiziger Mann, und wenn er einmal Blut geleckt hatte, gab es für ihn kein Halten mehr.

Im Dezember war er gerade vierzig geworden. Er wollte in seinem Leben noch viel erreichen. Und hier hatte er eine weitere Gelegenheit dazu. Eines seiner Spezialgebiete war die Raubkunst der Nazis, und in diesem Bereich hatte er sogar schon große Erfolge vorzuweisen, unter anderem im Prozess gegen das Museum in Worms, das jetzt wieder beklagt werden sollte.

Sein großer Vorteil in diesem Fall: Er kannte die Schwachstelle des Hauses, die vor allem in der schlechten Dokumentation der Herkunft der einzelnen Werke bestand. Außerdem glaubte er, mit der Nachgiebigkeit der Stadtverwaltung in Rechtsfragen rechnen zu können. Der Justiziar der Stadt war, soweit er sich erinnerte, ein bärtiger, älterer, betulicher Herr, der leicht einzuschüchtern war und der offenbar mit seinem Dienstherrn, dem Oberbürgermeister, in keinem besonders guten Verhältnis stand.

Der Tintoretto, so schien es ihm, war sicherlich über ähnlich dubiose Quellen in den Besitz des Wormser Museums gelangt wie das Gemälde von Arnold Böcklin, das dem Kläger einfach und unkompliziert ausgehändigt worden war.

In dem vorliegenden Fall würde er trotzdem noch etwas genauer recherchieren müssen, denn es konnte ja sein, dass die Wormser durch den Schaden beim letzten Prozess klüger geworden waren.

»Wären sie damals nämlich umgekehrt vorgegangen und hätten die Kläger nach Eigentumsnachweisen gefragt, hätten die womöglich alt ausgesehen, denn deren Dokumentation war offensichtlich ebenso lückenhaft wie die des Museums«, ging es ihm durch den Kopf.

Natürlich hatte Johannson keinen Zweifel daran, dass seine Nachforschungen die Vermutungen bestätigen würden, dass das Tintoretto-Gemälde als Raubkunst anzusehen sei.

Nachdem er das neue Material oberflächlich durchgesehen hatte, wandte er sich wieder seiner Mandantin zu:

»Die Wormser hatten das Gemälde offenbar an ein römisches Museum ausgeliehen.« Der Artikel aus der *New York Times*, den Serena mitgebracht hatte, lag aufgeblättert vor ihm auf dem Schreibtisch.

»Da sehen Sie, wie es hier zuging in der Nachkriegszeit. Die Vorbesitzer lügen Sie an und behaupten, die Kunstwerke seien im Krieg zerstört worden. Auf der anderen Seite stellen sie sie öffentlich zur Schau und brüsten sich mit deren Besitz. Perfide ist das.«

Die Empörung des Anwalts kam Serena echt vor. Ein Mann, der sich aus Überzeugung gegen das Unrecht, das ihrer Familie angetan worden war, einsetzte. Sie lächelte dankbar.

»Aber andererseits haben sie uns damit auch einen Gefallen getan, denn durch die Ausstellung wissen wir jetzt, dass Ihr Tintoretto nach 1945 noch existiert hat. Ihr Großvater wurde also bewusst getäuscht.«

»Das wollte ich noch fragen«, unterbrach Serena. »Es gibt doch Verjährungsfristen. Ich habe irgendwo gelesen, dass die bei der NS-Raubkunst dreißig Jahre betragen und die sind doch jetzt schon längst um.«

Der Anwalt lächelte und fühlte sich sicher, denn auf diesem Gebiet war er wirklich Experte.

»Gott sei Dank hat sich die Rechtsprechung diesbezüglich ziemlich geändert und die Verjährungsfristen werden heute nicht mehr auf dreißig Jahre eingeschränkt, weil in Fällen wie dem Ihren eine böswillige Absicht unterstellt werden kann, eben auch auf Grund der Tatsache, dass Sie nachweisen können, dass Ihr Großvater bewusst belogen worden ist.«

Er legte die Lupe, die er zum genaueren Betrachten der Fotografie aus der Schublade genommen hatte, wieder dorthin zurück und schaute Serena freundlich lächelnd an.

»Alles bestens«, sagte er schließlich.

»Wenn sich das Wormser Museum weigert, das Bild herauszugeben, wird es unweigerlich zu einem Prozess kommen und diesen Prozess werden wir gewinnen, da können Sie sicher sein, Mrs. Houseman.«

Sein zuversichtliches Lächeln wurde bei dieser Aussage noch intensiver.

Serena war überzeugt, dass sie bei Johannson in guten Händen war. Er gehörte zu den Besten auf seinem Gebiet und die Liste von Johannsons Erfolgen war lang. Sie hoffte, dass es schnell zu einem Urteil kommen würde, denn der Streitwert war hoch und wenn sie verlieren würde, bedeutete dies, dass sie sowohl die Gerichts- als auch die Anwaltskosten selbst bezahlen müsste. Das war in Deutschland anders als in den Staaten, wo der Anwalt auf jeden Fall Erfolg haben muss, um sein Honorar zu bekommen. Das hatte sie mittlerweile gelernt.

Für einen Augenblick schaute die Amerikanerin offenbar etwas skeptisch, was der Anwalt zum Anlass nahm, sie zu beruhigen.

»Wir kriegen das hin, verlassen Sie sich drauf. Wir hatten es hier schon mit sehr viel schwierigeren Fällen zu tun, glauben Sie mir.«

## 14

Gabriele Steiner war wie in jedem neuen Jahr die erste, die im Museum erschien. Der 6. Januar fiel auf einen Donnerstag, also einen Tag, an dem das Museum auch für Besucher geöffnet war. Bevor sie ins Museum kam, hatte sie bei der Verwaltung die Post abgeholt. Es war nicht viel, hauptsächlich verspätete Neujahrsgrüße.

Die Kuverts lagen sorgfältig zu kleinen Stapeln zusammengebunden in der gelben Postkiste aus Plastik, die sie mit genau einstudierter Bewegung auf den Rücksitz ihres Corsas stellte. Zwei Kisten waren es, die übliche Menge, wie sie sie auch in den vergangenen Jahren immer am ersten Arbeitstag im neuen Jahr abgeholt hatte.

Sie parkte ihren Wagen auf dem für sie reservierten Platz vor dem Museum, schloss die Eingangstür auf und wieder hinter sich zu. Gabriele Steiner hatte einen Generalschlüssel, der überall passte.

Sie ging am Kassenraum vorbei, durch das Vestibül, die Treppe hinunter, wo sich das Sekretariat und die Räume der Direktion befanden.

Rasch öffnete sie die Türen und stellte die beiden Postkisten neben ihren Schreibtisch. Auf dem Anrufbeantworter waren ein paar Sprachnachrichten. Sie hörte sie ab, während sie ihren Computer einschaltete, und wartete, bis er hochgefahren war.

Auch bei den E-Mails gab es keine, auf die sie rasch hätte reagieren müssen. Sie würde die Post sortieren und dann ihre Routinearbeiten erledigen. Ihr Chef würde, wenn überhaupt, heute erst gegen Nachmittag eintreffen. Sie wusste, er hatte die Weihnachtszeit bei seiner Familie in Norddeutschland verbracht. Im Radio war von Schneechaos die Rede. So schnell würde er sicher nicht wieder in Worms sein.

Außerdem war die Vorweihnachtszeit ziemlich stressig für ihn gewesen. Der Mann hatte keine Ruhe gehabt. Er musste sich gut vorbereiten auf das, was kommen würde: der Prozess am 30. Januar.

Gegen 10 Uhr tauchte die Dame von der Kasse auf. Sie meldete sich kurz bei Gabriele Steiner und holte die Schlüssel, die im Tresor der Direktion verwahrt waren. Gabriele Steiner kannte die Kombination auswendig. Als die Kollegin sie etwas hilflos ansah, lächelte die gut eingearbeitete Direktionsassistentin, wie ihr eigentlicher Titel lautete, und bot an, der neuen Mitarbeiterin zu zeigen, wie die Alarmanlage auszuschalten sei.

Gabriele Steiner hatte die Tür zum Direktionssekretariat offen gelassen und als sie zehn Minuten später wieder zurückkam, stand Matthias Adam vor ihr.

Matthias Adam hatte längere Zeit am Museum gearbeitet. Der studierte Geschichtswissenschaftler war ihr damals sehr sympathisch gewesen und sie war mehrmals mit ihm ausgegangen, bevor sie sich tatsächlich sehr nahekamen. Das war auf dem Backfischfest vor zwei Jahren gewesen. Die ersten paar Monate ihrer Beziehung waren sehr spannend und aufregend gewesen, bis sie schließlich merkte, dass Matthias doch nicht der Mann war, mit dem sie sich eine Familie vorstellen konnte. Gabriele wollte Kinder und war noch jung genug dafür.

Sie machte also mit ihm Schluss, was ihr Adam sehr übel genommen hatte. Es war schwierig, weiter mit ihm zusammenzuarbeiten. Über dieses Problem hatte sie auch mit ihrem damaligen Chef gesprochen, Dr. Bernardus, der sie verstand und der selbst seine Probleme mit Adam hatte. Diese Probleme verstärkten sich dermaßen, dass es Dr. Bernardus schließlich für besser hielt, für die Versetzung von Matthias Adam zu sorgen.

Damals hatte Bernardus noch die Möglichkeit, sich durchzusetzen, und es gelang ihm tatsächlich, den ungeliebten Mitarbeiter im Stadtarchiv unterzubringen.

Eigentlich sei die Arbeit dort, wie Dr. Bernardus betonte, für einen Historiker doch viel interessanter und Adam bekäme auch das gleiche Gehalt wie im Museum. Aber Matthias Adam sah das natürlich ganz anders und empfand die neue Stelle als Zurücksetzung, die er nicht auf sich beruhen lassen wollte.

Er intrigierte deshalb gegen Dr. Bernardus und hatte damit auch Erfolg. Als dieser wegen des Böcklin-Gemäldes beim Oberbürgermeister in Ungnade fiel, schien Adams Stunde gekommen, und er verstand es, geschickt Einfluss zu nehmen. Dr. Bernardus wurde, nicht zuletzt wegen der Mitwirkung Adams, der ihn beim Förderkreis schlechtmachte, in den vorzeitigen Ruhestand geschickt.

Adam hatte sehr gute Verbindungen. Damit hatte er schon geprahlt, als er noch mit Gabriele Steiner zusammen gewesen war. Aber diese Beziehungen hatten zum Glück, wie Gabriele fand, nicht ausgereicht, um sich an die Stelle von Dr. Bernardus zu setzen, was Adam gerne gewollt hätte. Wäre ihm das gelungen, hätte Gabriele Steiner umgehend gekündigt, selbst wenn sie nicht so weich gefallen wäre wie ihr ehemaliger Freund, dem Dr. Bernardus im Stadtarchiv noch ein bequemes Nest gebaut hatte.

»Na«, sagte Adam mit einem gespielten Lächeln, als er Gabriele die Treppe herunterkomme sah und die Überraschung in ihrem Gesicht bemerkte. »Wie war der Urlaub?«

Gabriele Steiner hatte zu allem Lust, nur nicht dazu, Adam von ihrem Urlaub zu erzählen, den sie, wie jedes Jahr, beim Skifahren in den Kitzbühler Alpen verbracht hatte. Deswegen würgte sie ihn gleich ab.

»Schön«, sagte sie knapp. »Was willst du? Du siehst doch, ich habe zu tun.«

»Ja, ja, sehe ich«, erwiderte der Exfreund spöttisch. »Ihr habt ja jetzt ganz schön zu tun, wo wieder Raubkunst aufgetaucht ist. Da steht Worms wieder ganz schön dumm da.« Er grinste unverschämt und die couragierte Direktionsassistentin hätte ihm am liebsten eine gescheuert.

»Woher willst du das denn schon wieder wissen?«, fragte sie, um etwas Zeit zu gewinnen.

»Na, das pfeifen doch die Spatzen vom Dach. Der Tintoretto soll es diesmal sein. Na Mahlzeit, wenn der zurückgegeben werden muss, dann wird es auch dein neuer Chef nicht mehr lange machen.«

»Und woher willst du wissen, dass es dabei um den Tintoretto geht?«

»Aber hallo, wenn ich das nicht wüsste«, gab er an.

»Hier in Worms kenne ich jeden, der etwas zu sagen hat und erfahre auch alles, was ich erfahren will. Ich weiß auch, wem dieses Bild ursprünglich gehört hat. Das wissen die meisten nämlich nicht. Es entstammt dem Besitz von Hausmann, dem Buchhändler. Die sind schon 1938 in die Staaten gegangen. Das haben die richtig gemacht. Bei dem Antisemitismus, wie er damals in Worms herrschte, hätten die die Nazizeit sicher nicht überlebt.

Das Bild gehört eindeutig denen, und vor Gericht werdet ihr schlechte Karten haben, denn ihr könnt nicht belegen, dass es euch verkauft worden ist. Es gibt nämlich keine Unterlagen. Das weiß ich aus zuverlässiger Quelle.«

»Und wer soll diese zuverlässige Quelle sein?«

Gabriele sah ihren Exfreund herausfordernd an.

»Meine Tante!«

Er machte eine Pause, um zu sehen, wie seine Mitteilung wirkte. Dann fuhr er fort:

»In der ehemaligen Villa der Hausmanns, vorne in der Krimhildenstraße, wohnt jetzt meine alte Tante, Frau Nothelfer. Die hat das Haus geerbt, von der weiß ich die ganze Geschichte.

Ursprünglich hat das Haus mal meinem Großvater gehört, aber nicht lang. Der hat sich auch um die Kunstsammlung der Hausmanns gekümmert, die ziemlich beachtlich war. Nur leider konnte er da nicht so helfen. Er wurde nämlich eingezogen und musste nach Russland. Bei dieser Einberufung hat bestimmt jemand die Hände im Spiel gehabt, der ihn loswerden wollte. Mein Opa wurde als Judenfreund denunziert. Das war der Grund, warum er mit vierzig Jahren noch an die Front musste. Zur Bewährung, stand in seinem Stellungsbefehl. Zur Bewährung! Keine sechs Monate später war er tot.

Vor seiner Abreise hatte er sich aber noch vorbildlich um die ihm anvertrauten Sachen gekümmert. Er hat sie, ich weiß nicht, wie er das gemacht hat, nach München gebracht und dort einem Kunsthändler übergeben. Das war genau der Kunsthändler, über dessen Sohn jüngst so viel in der Zeitung stand, weil er Bilder in die Schweiz verkauft und den Betrag nicht dem Finanzamt gemeldet hat.

In die Schweiz sind vermutlich auch die Schätze der Hausmanns gewandert. Aber wie der Tintoretto dann ins Museum kam, kann ich nicht sagen. Vielleicht hat sich ihn ja auch irgendwer anders unter den Nagel gerissen, der ihn dann großzügig stiftete. Angeblich gehört er ja den Ellenbergs.

Ach übrigens, meine Tante hatte bereits Besuch von einer Erbin der Hausmanns. Eine schicke junge Dame, sagt sie. Sehe überhaupt nicht jüdisch aus, jedenfalls hatte sich meine Tante die Juden ganz anders vorgestellt. Diese junge Dame käme aus Amerika und sei ganz freundlich gewesen. Meine Tante hat ihr alle Urkunden, die die Villa betreffen, gezeigt. Damit sei sie zufrieden gewesen und ihr Kuchen habe ihr auch geschmeckt.«

Adam grinste, als er die Treppe hinaufging und war sich sicher, dass seine Mitteilungen diesem eingebildeten Schnösel von Museumsdirektor neue, schlaflose Nächte bereiten würden.

## 15

Treschko kam am frühen Nachmittag ins Museum. Er war noch ziemlich fertig von der nächtlichen Autofahrt durch das norddeutsche Schneechaos, aber er hatte es dann doch vorgezogen, nach ein paar Stunden Schlaf ins Museum zu gehen. Er war schon auf das Schlimmste gefasst und wunderte sich, wie friedlich alles war, bis er hinter seinem Schreibtisch saß und Frau Steiner ihm von ihrem morgendlichen Gespräch mit Adam berichtete. Wie der eifersüchtige Exfreund Frau Steiners vorhergesehen hatte, trugen dessen Informationen nicht gerade zu seiner Freude bei. Im Gegenteil, bestätigten sie doch gerade die Argumente der Gegner und bestärkten die Skeptiker in der Verwaltung, die den Prozess schon verloren gaben, bevor er überhaupt begonnen hatte. Treschko schlief ohnedies schlecht, bis sich endlich eine neue Perspektive auftat.

Diese Perspektive ergab sich unerwartet, denn sie kam in einem dicken, braunen Umschlag. Darin befanden sich nämlich die Unterlagen, auf die sich der Anwalt von Frau Houseman bei seiner Rückgabeforderung stützte.

Treschko musste persönlich den Erhalt der Anwaltspost bestätigen, was er nur widerwillig tat. Die Zeit zwischen seiner Rückkehr aus Norddeutschland und dem Eintreffen dieses Umschlags hatte er in Sorge verbracht. Er hatte jede Lust an der Museumsarbeit verloren, kam morgens erst gegen 10 Uhr und ging schon verhältnismäßig früh wieder nach Hause.

Zu Hause hätte er sich am liebsten vergraben, gelesen, Wein getrunken und ferngesehen. Aber das ging nicht. Er hatte mindestens zehn Neujahrsempfänge zu absolvieren gehabt, beim Oberbürgermeister, beim Stadtarchiv und beim Altertumsverein, beim Kunstverein und zu guter Letzt noch beim Förderverein des Museums.

Er hatte bei all diesen Empfängen sein Bestes getan, um trotz seiner angeschlagenen Psyche eine einigermaßen gute Figur zu machen. Hinzu kam noch die Arbeitsbelastung, die ihn schier erdrückte. Ende des Jahres hatte ihn der Oberbürgermeister noch damit beauftragt, eine Konzeption für die Wormser Museen zu schreiben, die die Grundlage für die Weiterentwicklung der Museumslandschaft bis ins Jahr 2020 bilden sollte. Die Arbeit an diesem Konzept ging sehr langsam voran und er hatte noch nicht einmal drei Seiten geschrieben, die er dem Stadtchef hätte vorlegen können. Der Druck, der auf ihm lastete, lähmte ihn.

»Nun also noch dieser bedrohlich aussehende Umschlag!«, dachte er sich, als die Anwaltspost vor ihm lag. Bis dahin hatte er sogar geglaubt, wenn das Schreiben des Anwalts endlich käme, würde er zusammenbrechen, aber seltsamerweise war das nicht der Fall.

Im Gegenteil! Er fühlte sich in diesem Moment sogar etwas erleichtert. Gabriele Steiner hatte ihn fragend, fast traurig angeschaut. Sie schien sich gewiss, dass nun sein Schicksal besiegelt sei, dass auch er, dieser gebildete, gutaussehende, weltgewandte Mann, das Museum bald würde verlassen müssen und mit ihm auch das internationale Flair, das sich auszubreiten begann, verschwinden würde.

Dann würde das Wormser Museum wieder in seinen provinziellen Dornröschenschlaf zurückfallen. Der spießige Matthias Adam würde mit seiner herrischen Art das positive Arbeitsklima versauen und durch seine Geltungssucht die weitere Entwicklung des Hauses konterkarieren.

Diese Gedanken stimmten sie traurig. Sie schloss die Tür hinter sich und ließ ihren Chef mit seiner schweren Post allein.

Die Schwere, die Treschko befallen hatte, fiel augenblicklich von ihm ab, als er den Brieföffner nahm und den

Umschlag langsam öffnete. Sauber geordnet fand er darin ein Dossier mit Kopien von Zeitungsartikeln, Fotografien des Tintoretto-Porträts und ein Anschreiben des Anwalts Johannson, offenbar der Chef der Anwaltskanzlei, die die amerikanische Klientin namens Serena Houseman aus Newark, New Jersey, in Sachen Rückforderung eines ihrer Familie in der Nazizeit geraubten Tintoretto-Porträts gegen das Städtische Museum Worms, vertrat. Die Kopien der entsprechenden Vollmachten waren beigefügt.

Treschko breitete die Unterlagen vor sich auf dem Schreibtisch aus. Er legte die verschiedenen Fotografien, die sich darin befanden, nebeneinander und las den Zeitungsartikel aus der *New York Times* über eine Ausstellung in Rom, bei der auch das besagte Porträt gezeigt worden sei. Dieser Artikel machte Treschko zunächst nachdenklich, dann fühlte er zunehmende Erleichterung. Im Umschlag war nämlich die Fotografie des Gemäldes, auf das er bei seinen Nachforschungen bereits gestoßen war. Nur war das Foto, das ihm jetzt der gegnerische Anwalt schickte, von weit besserer Qualität als das im Internet gefundene. Sofort war ihm klar, dass sich der Anwalt offenbar auf ein dem Wormser Porträt ähnliches Bild bezog, das aber gravierende Unterschiede zu dem hier befindlichen aufwies.

Er nahm das Foto, das im Haus der Familie Hausmann irgendwann vor dem Krieg aufgenommen worden war, in die Hand und verglich das Porträt dort mit dem Foto aus der Tintoretto-Ausstellung in Rom. Es gab zwar bestimmte Unschärfen, die auf die Qualität der Fotografien zurückzuführen waren, aber trotz dieser Unschärfen schien es sich um dasselbe Porträt zu handeln.

»Dieses Porträt«, das sagte Treschkos über die Jahre so hervorragend trainiertes Gedächtnis für Bilder, »dieses Porträt ist keinesfalls das Wormser Tintoretto-Porträt, das Serena Houseman hier über den Rechtsanwalt einzufordern gedenkt.«

Das Wormser Porträt unterschied sich nämlich durch verschiedene Details von dem im Schreiben des Anwalts erwähnten.

Und außerdem war sich Treschko sicher, dass aus dem Städtischen Museum Worms nach dem Krieg nie etwas nach Rom ausgeliehen worden war. Die Vatikanischen Museen arbeiteten sehr professionell. Sie hätten nie etwas geliehen ohne Leihvertrag, ohne hundertprozentige juristische Absicherung, ohne lange Gespräche, um eventuelle Schadensfälle schon im Vorfeld zu regulieren.

Aus dem Jahr 1960 gab es mehrere Presseartikel im Archiv des Wormser Museums, in denen auf das Tintoretto-Gemälde eingegangen worden war. Wäre es im gleichen Jahr bei einer Ausstellung im Vatikanischen Museum gezeigt worden, hätten die Journalisten dies sicher erwähnt. Aber er fand keinerlei Hinweise darauf.

Treschko hatte die vergilbten Blätter von Frau Steiner kopieren lassen. Alles, was mit dem Fall zu tun hatte, legte er in besonderen Ordnern ab. Mit der Schlamperei bei der Dokumentation sollte ein für allemal Schluss sein.

Treschko steckte die Fotografie aus dem römischen Katalog in die Klarsichthülle, aus der er sie entnommen hatte, und riss die Tür zum Vorzimmer auf. Gabriele Steiner saß an ihrem Schreibtisch und wie es ihm schien, hatte sie Tränen in den Augen. Er registrierte dies kurz, würdigte sie aber keines weiteren Blickes, sondern ging schnurstracks in den Gemäldesaal. Eine Gruppe japanischer Touristen hatte sich im Holländersaal versammelt. Die Praktikantin Angelika sagte ein paar unverbindliche Sätze zu dem Gemälde von Gerrit van Honthorst. Ein älteres Paar bestaunte die Venezianischen Gläser in den Vitrinen. Treschko sah all dies wie durch eine Nebelwand, denn er hatte nur ein Ziel: das Tintoretto-Porträt. Rasch bog er um die Ecke und stand jetzt unmittelbar davor.

Listig und klug blickten ihn die dunklen Augen des Porträtierten an, so als wollten sie sagen: »Na, weißt du nun, wer ich bin? Oder hast du das Geheimnis um meine Existenz immer noch nicht gelüftet? Wirst du vielleicht nie erfahren, wen du da vor dir hast?«

Etwas von oben herab, so schien es Treschko, musterte ihn dieser Herr, der nicht mehr ganz jung war, aber auch noch nicht so alt, dass man ihn hätte als Greis bezeichnen können. Sein Mund, ein verhaltenes Lächeln, der graumelierte Bart, der dem Noblen trotz seiner rottönigen Wangen die Würde des Alters verlieh, alles, sehr feinfühlig komponiert.

Er hielt die Hülle mit dem Foto daneben.

»Es wird wohl die gleiche Person gewesen sein, die hier Modell saß, und fast sieht es so aus, als habe der Maler hier versucht, den gleichen Ausdruck in die Darstellung zu legen, aber dies ist ihm nicht ganz gelungen.«

Fälle wie diese, dass plötzlich zwei ziemlich ähnliche Porträts auftauchen, sind nicht selten und lösen bei Museumsleuten, Auktionshäusern oder Kunsthändlern ein alarmierendes Kribbeln aus. Auch Treschko machte die große Ähnlichkeit zwischen dem Gemälde auf der Fotografie und dem Original, das hier vor ihm hing, stutzig.

Schade, dass ihm nur eine Schwarzweißfotografie vorlag, sonst hätte er die farblichen Nuancen unterscheiden können. Er musste sich also, so gut es eben ging, mit den erkennbaren Nuancen der Darstellungen zufriedengeben und trat einen kleinen Schritt zurück, damit er aus der Entfernung die Gesamtwirkung erfassen konnte.

Dann wurde ihm klar, worin ein deutlicher Unterschied zwischen dem Noblen auf der Fotografie und seinem Original bestand: Die Jacke oder der Mantel, den der Dargestellte auf dem Wormser Gemälde trug, war nicht zugeknöpft.

Deutlich war das helle Untergewand zu erkennen, das unter dem dunklen Stoff hervorleuchtete. Was hatte das zu bedeuten? Dass das Bild aus dem 16. Jahrhundert stammte, stand doch fest.

Er hatte ja zusammen mit dem Restaurator das Bild genau untersucht, es aus dem Rahmen herausgenommen, die Rückwand geprüft und genauestens protokolliert, was sie da an Besonderheiten entdeckt hatten.

Der erfahrene Kunsthistoriker kannte die materielle Substanz vieler Gemälde aus dem späten 16. Jahrhundert und hatte bei der Überprüfung keinerlei Auffälligkeiten feststellen können, die das Wormser Bild nach der technischen Machart von anderen der gleichen Epoche unterschied. Auch der Restaurator, der ebenfalls kein unerfahrener Mann war, hatte ihm die vermutete Echtheit aus seiner Sicht bestätigt. Aber dennoch, jene unkonventionelle Öffnung der Jacke und die irgendwie nachlässig behandelte Kleidung des Porträtierten wirkten ziemlich modern und bei genauerem Hinsehen auch recht ungewöhnlich für Tintoretto, der das geheimnisvolle Licht liebte und seine Personen eher zum Sphärischen hin auflöste. »Doch eine Fälschung?«, dachte Treschko einen Moment lang.

»Wenn es eine Fälschung wäre«, so folgerte er, »dann eine ziemlich gute. Sie müsste ziemlich zeitnah zum Original entstanden sein und mit den gleichen Farbsubstanzen, die auch Tintoretto verwendet hat.« Er würde dies noch genauer überprüfen müssen, aber das konnte er nur, wenn er das zweite Porträt tatsächlich vor sich haben würde.

All diese Fragen schienen ihm aber in diesem glücklichen Moment sekundär. Durch den Vergleich zwischen der Fotografie und dem Bild wurde nämlich vor allem offensichtlich, dass der Anwalt sich bei seiner Rückforderung auf ein anderes Werk bezog, und somit war er als Chef des Museums tatsächlich aus dem Schneider. Das war ihm in diesem Augenblick auch das Wichtigste.

Die japanische Touristengruppe war mittlerweile bis zum Tintoretto vorgedrungen und die Praktikantin Angelika sah ihn etwas ratlos an, als er da so in sich versunken und offenbar konzentriert schauend vor diesem wichtigen Exponat der Sammlung stand. Der Museumsleiter bemerkte die Menschen um sich herum erst nach einigen Minuten und war mit einem Ruck in der Realität zurück.

»Unglaublich«, sagte er und schüttelte den Kopf, als er an der Museumsführerin vorbeiging. Die wusste mit dieser Bemerkung überhaupt nichts anzufangen und war nun verunsichert. Das wirkte sich fatal auf ihre weitere Führung aus, denn sie stammelte plötzlich und brachte die einfachsten Erklärungen nicht mehr zustande.

## 16

Treschko rauschte am Schreibtisch von Gabriele Steiner vorbei, schloss die Tür hinter sich, nahm den Hörer auf, wählte die Nummer des Sekretariats von Dr. Kolberg und ließ sich verbinden. Der Museumsdirektor war, als er dem Oberbürgermeister von seiner Entdeckung berichtete, in ziemlich aufgekratzter Stimmung.

Er solle sofort ins Rathaus kommen, befahl das Stadtoberhaupt. Dr. Glaser von der Rechtsabteilung wolle er auch gleich dazu bitten. »Das sind ja gute Neuigkeiten, Dr. Treschko, gratuliere!«, sagte das Stadtoberhaupt noch und legte auf.

Treschko zog den Mantel an, denn draußen war es bitterkalt. Er machte sich auf den Weg ins Rathaus. In der Stephansgasse waren links und rechts große Schneehügel aufgetürmt. Es hatte in der Nacht ziemlich viel geschneit und trotz der intensiven Bemühungen der Stadtreinigung war es auf dem Marktplatz noch ziemlich glatt, sodass der Museumsdirektor beinahe hingefallen wäre.

Bevor er das Museum verlassen hatte, informierte er Gabriele Steiner noch über den neuesten Stand der Dinge. Die wäre, hätte sie nicht so viel Respekt vor ihrem Chef gehabt, Treschko am liebsten um den Hals gefallen.

Im Rathaus erwarteten ihn schon der Oberbürgermeister und der Stadtjustiziar.

Mit den Worten »Mein Gott, das sind ja gute Neuigkeiten« empfing ihn Dr. Glaser. Der Oberbürgermeister drückte ihm herzlich die Hand und beglückwünschte ihn zu seiner Entdeckung. Alle beide lachten euphorisch, ein befreiendes Lachen sollte es sein, denn natürlich hatte auch der Justiziar der Stadt das Schreiben Johannsons erhalten und sofort den Oberbürgermeister angerufen. Skeptisch hatte er dann dem Stadtoberhaupt erklärt, dass aus seiner Sicht das Bild wahrscheinlich verloren sei, zumal nach der heutigen Rechtsprechung auf die bisher in solchen Fällen geltende Verjährungsfrist von dreißig Jahren keine Rücksicht mehr genommen werde.

Dr. Kolberg hatte das resigniert zur Kenntnis genommen. Er wollte auf jeden Fall vermeiden, dass die Stadt Worms durch einen neuen NS-Raubkunst-Skandal in die überregionalen Schlagzeilen geriet.

Dr. Treschko wäre dann als Direktor des Städtischen Museums nicht mehr tragbar. Und wenn nun auch das Gemälde von Tintoretto verloren ginge, was hätte das Städtische Museum Worms dann überhaupt noch zu bieten?

Ein Problem jedoch, das der Museumsdirektor auf dem Weg ins Rathaus mit sich herumtrug, wurde überhaupt noch nicht gesehen: Was wäre, wenn sich das Tintoretto-Gemälde im Museum im Zuge dieses Prozesses als geschickte Fälschung, als meisterhafte Nachahmung eines tatsächlich existierenden und katalogisierten Tintoretto-Gemäldes herausstellte? Wäre das denn besser für das Image der Stadt Worms?

Dass es keinerlei Unterlagen über den Kauf gab, keine Spur von einer Provenienz, würde sich in diesem Fall sicher sehr fatal auswirken.

Aufgrund des Pressewirbels rund um den Prozess war es sehr wahrscheinlich, dass das Gemälde stärker ins Licht der Öffentlichkeit rücken würde, als ihm lieb war.

Diese düsteren Gedanken behielt Treschko aber für sich, als er die Gratulationen des Stadtoberhauptes und des Justiziars der Stadt entgegennahm. Er würde weiter recherchieren müssen.

Neben der Freude über den voraussichtlichen Verbleib des Bildes im Museum hatte Dr. Glaser noch einen weiteren Grund, sich über die Entdeckungen Treschkos zu freuen. Es gab ihm nämlich Gelegenheit, an einem Rivalen Rache zu nehmen. Rache für die Schlappe, die ihm diese Hamburger Anwaltskanzlei bei ihrer letzten Begegnung in Sachen Böcklin-Gemälde bereitet hatte.

Damals hatte er nach wochenlanger Vorarbeit klein beigeben müssen, nicht weil seine Argumente schlecht gewesen wären, sondern weil ihn die Stadt zurückgepfiffen hatte. Man hatte seinen Rat in den Wind geschlagen, hatte er sich die ganze Zeit getröstet. Das hatte sich nun gerächt. Wenn man Schwäche zeigte, brauchte man sich nicht zu wundern, wenn noch mehr Feinde auftauchten. *Si vis pacem para bellum*, hatte er dem Oberbürgermeister damals entgegengehalten, und er hatte damit recht gehabt, wie sich nun zeigte.

Jetzt endlich offenbarte auch der Gegner durch dilettantische Recherche Schwäche und wurde angreifbar.

»Wir sollten diesem Hamburger Anwalt nicht vor der Zeit reinen Wein einschenken«, riet er. »Wir sollten es vielmehr zum Prozess kommen lassen. Dann läuft der uns vollkommen blind ins offene Messer und wir machen ihm den Garaus. Mit etwa einer Million Streitwert, das gibt ganz schöne Prozesskosten und dann noch die Blamage, wenn sich herausstellt, dass es das falsche Bild ist. Da wird ihnen der Spaß vergehen, weiter gegen uns zu klagen.«

»Ich muss doch sehr bitten, Herr Dr. Glaser!«, mahnte der Oberbürgermeister den Justiziar. »Wir sollten, bei allem Respekt, zu zivilen Umgangsformen zurückfinden. Deshalb bitte ich Sie, Klarheit zu schaffen, bevor der Prozess beginnt, und zu vermeiden, dass unnötige Kosten entstehen.«

Damit war Dr. Glaser überhaupt nicht einverstanden. Er sah sich schon als strahlender Sieger das Wormser Amtsgericht verlassen. Johannson würde wie ein begossener Pudel aus dem Hintereingang schleichen. Diesen Spaß wollte er sich auf keinen Fall verderben lassen.

»Wenn nur der OB jetzt nicht wieder weich wird!«, dachte er und wandte sich deshalb direkt an das Stadtoberhaupt:

»Ich erinnere Sie, beim letzten Mal haben Sie auch geraten, klein beizugeben. Und was ist dabei herausgekommen? Nein, ich bin der Meinung, wir müssen in diesem Fall Härte zeigen und so weitere Versuche, nach unseren Kunstschätzen zu greifen, von vorneherein abwehren. *Si vis pacem para bellum*«, rief er den beiden Herren entgegen und kam sich dabei vor wie der Stratege eines großen Staatenlenkers.

Treschko saß schweigend zwischen den streitenden Herren und wusste nicht, ob er sich zu der aufgeworfenen Frage überhaupt äußern sollte. Rückforderungen würde es immer geben, egal wie dieser Prozess nun ausginge. Er konzentrierte sich vielmehr auf die brennende Frage: Wenn das Porträt im Museum nicht das war, für das man es bis jetzt gehalten hatte, was war es dann? Je intensiver er über diese Frage nachdachte, desto schwieriger schien ihm die Antwort. Er musste unbedingt herausfinden, was es mit dem vermeintlichen Wormser Tintoretto auf sich hatte.

Den Schlüssel dafür vermutete er in Rom. Dieses Porträt dort, mit dem das Wormser offenbar verwechselt worden war, wem hatte es gehört? Wie war es nach Rom gekommen und in wessen Besitz war es jetzt?

»Was meinen Sie, Dr. Treschko? Sollen wir es bis zum Äußersten kommen lassen?«

Treschko schreckte aus seinen Gedanken auf. »Ja«, antwortete er auf die Frage des Oberbürgermeisters. »Wir sollten hier ein Exempel statuieren, damit sich solche Klagen nicht mehr wiederholen.« Letzteres fügte er gegen seine eigene Überzeugung hinzu.

Dr. Glaser grinste triumphierend. »Diesmal machen wir unmissverständlich klar, dass wir keine Weicheier sind.«

ZWEITER TEIL

# Am Grunde der Moldau

## 1

Trotz des Triumphs, den Treschko angesichts der glücklichen Wende hätte empfinden müssen, fühlte er sich wie niedergeschlagen, nachdem er das Büro des Wormser Stadtoberhauptes verlassen hatte und den Marktplatz überquerte. Der Schnee war von der Stadtreinigung auch dort zu großen Haufen zusammengekehrt worden. Am Rande des Marktplatzes bildeten sie hohe Mauern mit schmutzigen Oberflächen.

Mit weit ausladenden Schritten ging der Museumsdirektor die Stephansgasse hinauf und klopfte sich, bevor er das Museumsgebäude betrat, den Schnee vom Mantel, denn es hatte wieder angefangen, heftig zu schneien.

Gabriele Steiner wollte ihrem Chef euphorisch gratulieren, als er das Vorzimmer betrat. Durch ihre guten Kontakte zur Sekretärin des Oberbürgermeisters hatte sie mittlerweile alles, was es über den aktuellen Stand der Dinge zu wissen gab, ganz genau erfahren.

Anneliese Frey, Kolbergs Sekretärin, wollte auch gehört haben, dass man dem Hamburger Anwalt absichtlich eine Schmach bereiten wolle, um ihn davon abzuhalten, zukünftig noch einmal gegen die Stadt Worms anzutreten. Er sollte sehen, wie weit er mit seinen schlecht fundierten

Forderungen kam. Dazu sollte dieser Prozess dienen. Natürlich könnte man sich im Vorfeld auch außergerichtlich einigen. Aber diese Möglichkeit hatte der Oberbürgermeister bewusst verworfen.

Gabriele Steiner lachte sich ins Fäustchen. Vor allem, als sie an Matthias Adam dachte, ihren verbiesterten Exfreund, der sicher schon davon träumte, an Treschkos Stelle treten zu können. Auch ihm würde die gründliche Recherche ihres verehrten Chefs sicher in die Quere kommen. Sie lächelte bittersüß vor sich hin. Gerade in diesem Moment betrat Treschko das Vorzimmer.

Nur kurz und betont sachlich berichtete er ihr von den Gesprächsergebnissen beim Oberbürgermeister, zog sich dann rasch in sein Büro zurück und blieb dort eine Weile grübelnd am Schreibtisch sitzen.

»Wenn das Porträt nun tatsächlich nicht von Tintoretto stammt, was dann?«, dachte er.

Schon vor den Weihnachtsferien hatte er sich vorgenommen, einmal in Wien beim Kunsthistorischen Museum anzurufen, um dort mit einem kompetenten Mitarbeiter zu sprechen. Er hatte sogar selbst nach Wien reisen wollen und den Reiseantrag auch schon vorbereitet. Sicher würde der Oberbürgermeister nicht zögern und ihn rasch unterschreiben. Aber irgendetwas hielt ihn zurück, dieses Vorhaben in die Tat umzusetzen. Jetzt noch stärker als in der ganzen Zeit. Er fürchtete die Blamage und dachte, dass es vielleicht besser sei, die Sache auf sich beruhen zu lassen und möglicherweise das Tintoretto-Ausstellungsprojekt ganz aufzugeben.

In diesem Moment klingelte das Telefon. Gabriele Steiner stellte seinen Freund Bonnard zu ihm durch, den er in der Hektik fast vergessen hatte. Er wollte ja sein Glas, den Hochzeitsbecher von diesem ominösen Nachtrueb. »Er soll ihn haben«, dachte er.

»Ja, Pierre, nächste Woche hast du dein Glas«, sagte er ohne Umschweife nach einer kurzen freundlichen Begrüßung, bei der der Deutsche den mahnenden Unterton in der Stimme des Kollegen herauszuhören glaubte.

»Ich habe alles schon in die Wege geleitet«, setzte er noch hinzu.

Das stimmte halbwegs, denn er hatte tatsächlich schon einen Leihvertrag aufgesetzt, der allerdings von seinem obersten Dienstherrn noch nicht unterschrieben war.

Die Zusage von Treschko beruhigte Bonnard etwas, denn ihm lief so langsam die Zeit davon. Er hatte für den Katalog schon ziemlich viel Vorarbeit geleistet, aber er wusste: Der Teufel steckt im Detail. Hinzu kam noch die aufreibende Situation bei ihm zu Hause. In den letzten Wochen vor seinem Auszug war die Stimmung doch ziemlich angespannt gewesen und dabei war manches schöne Porzellanfigürchen aus Sèvres zu Bruch gegangen, was der Kunsthistoriker mehr bedauerte als den katastrophalen Zustand seiner Ehe, die immerhin fünfzehn Jahre gehalten hatte.

Das waren im Großen und Ganzen sehr glückliche Jahre gewesen, wie er im Nachhinein fand. Aber jetzt war da eben auch Madeleine, die junge Praktikantin, die zu seiner Assistentin avanciert war.

»Bis Ende nächster Woche brauchen wir das Gefäß unbedingt, Treschko. Versprich mir, dass das klappt. Du bekommst von mir auch, wie versprochen, einen schönen Tintoretto. Sogar ein Ölgemälde, sowie mindestens zwanzig Papierarbeiten. So ein Konvolut hat Worms noch nicht gesehen. Das ist dein Durchbruch. Aber bitte sorge dafür, dass der Nachtrueb-Pokal bis zum zwanzigsten bei uns ist.«

Obwohl Treschko nicht wusste, wie er das bewerkstelligen sollte, versprach er es und war auch gleich wieder auf sein eigentliches Problem gestoßen worden: Tintoretto. Wie sollte er es seinem Kollegen nun begreiflich machen, dass er diese Gegengabe vielleicht gar nicht benötigte, weil die Ausstellung mit den Werken des großen Venezianers womöglich gar nicht stattfinden würde.

»Oliver, bist du noch dran?«, fragte Bonnard, dem das Schweigen am anderen Ende der Leitung recht lang vorkam.

»Ja, entschuldige«, erwiderte Treschko. »Ich schlage mich da gerade mit einem Problem herum, das mit Tintoretto zu tun hat. Ich brauche einen Fachmann, der sich mit Tintoretto ziemlich gut auskennt. Weißt du jemanden? Wer ist denn im Louvre der Spezialist dafür?«

Bonnard zögerte einen Moment. Natürlich hätte er jemanden nennen können, aber die Kränkung saß noch zu tief. Die Manierismusabteilung hatte Bonnard nämlich selbst einmal übernehmen wollen und der neue Leiter war ein arroganter Schnösel, ein entfernter Verwandter von Jacques Chirac.

»Nein, der hat nun wirklich keine Ahnung«, ging es Bonnard durch den Kopf.

Dabei hatte der junge Mann, den Bonnard mit aufkommendem Hass vor seinem geistigen Auge sah, die Abteilung doch ziemlich auf Vordermann gebracht, was zum

Leidwesen des Glasspezialisten auch von der Fachpresse anerkannt worden war.

»Bei uns gibt es zurzeit keinen wirklichen Kenner«, antwortete der Franzose nach einigem Zögern. »Es gibt da wirklich niemanden, der sich gut auskennt.«

Anstatt auf den von ihm beneideten Kollegen zu verweisen, empfahl er Treschko einen Wiener Professor. Professor Senghas, eine Wiener Koryphäe, der lange Jahre das Kunsthistorische Museum geleitet hatte und immer noch am Kunsthistorischen Institut in Wien lehrte.

»Er hatte sogar einige Semester lang an der Sorbonne eine Gastprofessur inne. Ich habe ihn dort kennengelernt, gerade auf dem Gebiet des Manierismus. Einen größeren Experten der venezianischen Kunst findest du nicht«, fügte Bonnard noch hinzu.

Jetzt erinnerte sich Treschko wieder. Hatte er nicht vor einigen Wochen nach dem Namen dieses Professors gesucht? »Senghas, richtig«, ging es ihm durch den Kopf.

»Aber ist der nicht schon steinalt? Wahrscheinlich ist er auch schon längst emeritiert und lebt in einer luxuriösen Seniorenresidenz irgendwo in der Schweiz.«

»Emeritiert, das könnte sein«, bestätigte Bonnard. »Aber soweit ich weiß, lebt er immer noch in der Wiener Josefstadt. Dorthin hatte er mich auch mal eingeladen, aber ich habe es bis jetzt leider noch nicht geschafft, ihn zu besuchen. Die Einladung, das ist noch gar nicht so lange her. Ich müsste noch irgendwo seine Adresse haben. Warte mal. Ich schau mal nach.«

Bonnard legte den Hörer beiseite und Treschko sah ihn vor seinem geistigen Auge durch das großräumige Büro mit dem weiten Ausblick über die Gärten der Tuilerien schweben. Sicher lag jetzt auch in Paris Schnee. Und die Gärten würden sehr romantisch aussehen, so etwa wie auf dem Gemälde von Pissaro, das im *Musée d'Orsay* hing. Er spürte Sehnsucht. Wie gern hätte er jetzt mit Bonnard getauscht. Oder wenigstens – wie gern hätte er dieses vertrackte Worms für ein paar Tage hinter sich gelassen und wäre nach Paris gefahren. Aber dafür war er doch zu diszipliniert.

Nach ein paar Minuten kam Bonnard zurück und gab die Wiener Nummer durch.

Treschko notierte sie auf einem Zettel und machte ein großes Ausrufezeichen dahinter.

»Natürlich kann es sein, dass der Professor nicht mehr dort lebt. Es ist ja doch schon einen ganze Weile her, seit ich das letzte Mal mit ihm gesprochen habe«, sinnierte der Franzose. »Die Zeit vergeht so verdammt schnell!«, fügte er noch mit nachdenklichem Ton hinzu.

»Ja, wir werden alle älter. Auch du, Pierre. Wie geht es deiner Frau?«

»Ach weißt du, wir haben uns getrennt«, sagte Bonnard beiläufig.

»Es gab in letzter Zeit ziemlich viele Konflikte. Ich bin ausgezogen und habe jetzt ein kleines Apartment in der *Rue Saint-Honoré*. Von dort aus bin ich zu Fuß in fünf Minuten im Louvre.«

Bonnard schien glücklich, als er von seiner neuen Lebenssituation berichtete. Dann kam er wieder auf das eigentliche Thema zu sprechen, die Ausstellung.

Treschko versprach, zur Ausstellungseröffnung zu kommen, die jetzt auf den April verlegt worden war, und versicherte nochmals, dass er ihm in den nächsten Tagen Genaueres über die Überführung des wertvollen Gefäßes nach Paris würde sagen können. Er nahm sich vor, Dr. Müller, den Vorsitzenden des Kuratoriums, sofort zu kontaktieren, und hatte ein schlechtes Gewissen, dass er den Oberbürgermeister bis jetzt noch nicht von seiner Vereinbarung mit dem Abteilungsleiter des Louvre in Kenntnis gesetzt hatte.

Zumindest dieses Versäumnis schuf er rasch aus der Welt, indem er sich von Frau Steiner mit dem Stadtoberhaupt verbinden ließ.

Nach wenigen Worten willigte Dr. Kolberg auch gleich ein, das Prunkglas für die Ausstellung *Venezianisches Glas in der Renaissance und im Barock* zu verleihen. Treschko solle die erforderlichen Vorbereitungen treffen und die entsprechenden Verträge abschließen.

Als Treschko den Hörer aufgelegt hatte, folgte noch ein kurzes Gespräch mit Dr. Müller vom Kuratorium, mit dem er sich für den Abend verabredete, um in der besagten Angelegenheit auch dessen Einverständnis einzuholen. Dann wählte er die Nummer des Wiener Professors, die ihm Bonnard gegeben hatte.

Es dauerte eine ganze Weile, bis der Hörer abgenommen wurde.

»Senghas«, meldete sich eine Stimme am anderen Ende der Leitung.

Umständlich und auch etwas nervös erklärte Treschko sein Anliegen. Er hatte ein paar Minuten gesprochen, aber der Professor am anderen Ende der Leitung hatte keinen Laut von sich gegeben.

»Sind Sie noch dran, Herr Professor?«, fragte Oliver.

»Ja, ich höre Ihnen zu«, sagte die Stimme mit einem deutlichen Wiener Akzent.

Treschko beschrieb das Bild, das er von dem Foto aus der Klageschrift in bester Erinnerung hatte.

»Mein Gott«, stöhnte der Professor. »Das Bild ist bei der Ausstellung in Rom gewesen?«, fragte er nach.

»Ja, es war in Rom«, bestätigte Oliver.

»Aus Wien hatten wir mindestens dreißig Gemälde von Tintoretto nach Rom geschickt, darunter sicher auch einige wichtige Porträts«, antwortete der Wiener. »Ich erinnere mich noch ganz genau daran. Das war 1960.

Das war unser großer internationaler Durchbruch. Bis dahin hatte man Tintoretto in der interessierten Öffentlichkeit kaum wahrgenommen. Tizian überlagerte alles. Und Tizian hatte ja über Tintoretto ein vernichtendes Urteil gefällt, das ihn für Jahrhunderte belastete. Seine impressionistischen Verzückungen waren dem Tizian halt ein Dorn im Auge. Tizian war übrigens nicht der Einzige. Viele haben Tintoretto damals nicht verstanden.

Erst im 19. Jahrhundert änderte sich die Sichtweise und in der zweiten Hälfte des 20., mit den Informellen, noch einmal. Dadurch bekamen die Menschen erst wieder einen Zugang zu den Koloristen und somit zum Barock. Das wirkte sich sehr positiv auf das Interesse an Tintoretto aus. Auch die Kunstgeschichte ist Moden unterworfen.«

Dann unterbrach er sich.

»Haben Sie vorhin nicht eine Anfrage erwähnt? Von jemandem, der behauptete, ein Bild aus dieser Ausstellung habe ihm gehört und sei ihm in der Nazizeit gestohlen worden?«

Treschko sah wieder die Klageschrift der Hamburger Kanzlei vor sich.

»Ja«, antwortete er. »Die Anfrage kam aus New Jersey.«

Nachdenklich erwiderte der Kunstgeschichtsprofessor: »Da war mal irgendwas. Ich habs bei meinen Unterlagen. Aber verzeihen Sie, ich bin ein alter Mann. Was ich in der letzten Zeit alles vergesse! Ich muss erst danach suchen lassen. Gedulden Sie sich ein wenig. Wie heißen Sie?«, fragte der alte Herr nochmals nach.

»Treschko«, antwortete Oliver. »Ich habe auch schon Vorlesungen bei Ihnen gehört. Ich habe einige Jahre an der *Hertziana* gearbeitet. Dort hatte ich einmal die Ehre, Ihnen vorgestellt zu werden. Sie hatten damals bei uns eine Gastprofessur inne.«

Der Professor überlegte intensiv, schien aber nichts mit dem Namen Oliver Treschko zu verbinden.

»Und Sie kennen Dr. Bonnard?«, fragte er, nachdem er die Suche in seinen Gehirnwindungen aufgegeben hatte.

»Ja, er hat mir Ihre Telefonnummer gegeben.«

»Ah, ja, Bonnard. Bei meiner Gastprofessur in Paris haben wir uns fast jeden Tag getroffen. Ein fähiger Mann, der Dr. Bonnard. Ist er nicht der Direktor des Louvre?«

»Er leitet dort eine Abteilung«, korrigierte Treschko.

»Na dann. Er wird es noch weit bringen. Er weiß viel.«

Treschko kam auf seine ursprüngliche Frage zurück.

Wieder Schweigen am anderen Ende der Leitung. Er hörte, dass der Professor etwas murmelte, wahrscheinlich war eine weitere Person im Raum, eine Frau.

»Entschuldigen Sie, Dr. Treschko. Meine Sekretärin wird mir die Unterlagen gleich bringen. Gedulden Sie sich einen Moment.«

Es dauerte ein paar Minuten, die Treschko wie eine Ewigkeit vorkamen, bis sich Senghas wieder meldete:

»Ja, die Anfrage aus den USA. Wir konnten diese Anfrage damals nicht beantworten, weil wir vertraglich zum Schweigen verpflichtet waren. Dieses Gemälde gehörte uns ja nicht. Es war eine Leihgabe. Wir durften den Namen des Besitzers nicht preisgeben. Das war uns verboten. Sicher, ich habe damals schon vermutet, dass die Sache nicht sauber ist.

Der Krieg lag ja noch nicht lange zurück und wir wussten ja, wie fleißig die Nazis damals in den besetzten Gebieten Kunstwerke beschlagnahmt hatten. Und nicht nur dort, auch unter dem jüdischen Vermögen, das sie sich unter den Nagel gerissen hatten, gab es bedeutende Schätze. Das war ein offenes Geheimnis. Viele von denen, die in der Nazizeit hohe Funktionen bekleidet hatten, lebten ja noch. Da wurde manches unter den Teppich gekehrt, was heute, wie man sieht, wieder hervorkommt.

Damals spielte die Politik noch mit. Da konnte man noch leicht davonkommen mit seinem Raubgut. Das geht heute nicht mehr so einfach.

Aber ich rede zu viel. Sie wollen etwas wissen über die Anfrage aus New Jersey. Damals haben wir ein kurzes Schreiben an die Person geschickt, die uns nach dem Bild gefragt hatte, und uns danach wieder dem Tagesgeschäft zugewandt.

Wir haben uns einfach nicht mehr darum gekümmert. Normalerweise hätten wir es, aber in Rom gab es eine ganze Menge von Problemen, die wir nicht vorhergesehen hatten.«

»Welche Probleme waren das?«, wollte Treschko wissen.

»Ja, haben Sie das damals nicht verfolgt?«, fragte der Kunstgeschichtsprofessor vorwurfsvoll.

Treschko versuchte sich zu erinnern. 1960 war er noch ein Kind gewesen und hatte Probleme in der Schule gehabt. Sein Interesse an Kunst hatte sich erst später entwickelt, in der Oberstufe, vor allem durch einen Kunstlehrer, der ihn zur *documenta* nach Kassel mitgenommen und ihn so für die moderne Kunst und alles, was damit zusammenhing, begeistert hatte.

»Nein«, gestand Oliver offen.

»Na, Gott sei Dank kam auch nicht allzu viel davon an die Öffentlichkeit und so ließ sich das Wissen um den Skandal etwas begrenzen. Auch das wäre heute ganz anders. Damals gab es noch keine Netzwerke und Kommunikationsplattformen. Heute ist Geheimhaltung nahezu unmöglich geworden. Irgendein Whistleblower findet sich immer.«

Der Professor machte wieder eine Pause. Offenbar hatte seine Sekretärin eine Frage, denn er hörte, wie der Professor etwas unwirsch antwortete. Dann nahm der Gelehrte die Hand wieder von der Sprechmuschel.

Wir hatten damals das Problem«, bekannte Professor Senghas, »dass etwa die Hälfte der Tintoretto-Porträts, die wir von Wien aus nach Rom geliefert hatten, eigentlich gar nicht von Tintoretto stammten.«

»Was meinen Sie mit ›eigentlich‹?«, wollte Oliver wissen.

»Eigentlich will heißen: Im Kern stammen diese Bildnisse vielleicht sogar tatsächlich von Tintoretto. Es waren ja Auftragsarbeiten, wie sich vielfach belegen lässt. Sie kennen seinen Stil in diesen Jahren, Dr. Treschko, besonders in seinen Krisenzeiten. Da war er ziemlich extrem. Denken Sie an das lichtdurchflutete *Abendmahl*, revolutionär für die damalige Zeit, aber kaum jemand hat das ernst genommen. Es wurde bestaunt, man schätzte ihn als Star, vielleicht wie man heute Jonathan Meese schätzt. Er war berühmt und berüchtigt zugleich. Aber unter Porträts stellte man sich doch etwas anderes vor.

Wissen Sie, Jacopo hatte eine Tochter, die Marietta. Zu der brachte man die teuren Porträts dann. Die hat sie übermalt und ihnen eine eher konventionelle Form gegeben, sodass sie dann auch in den Salons hängen konnten, ohne allzu viel Aufsehen zu erregen.«

»Was?«, entfuhr es dem erstaunten Treschko.

»Ja, stellen Sie sich vor!«

Aus der Stimme am anderen Ende der Leitung klangen die Nüchternheit und Abgeklärtheit des Alters.

Der Professor wartete einen Moment, um der Wirkung seiner Worte nachzuspüren. Dann fuhr er fort:

»Jacopo hatte sehr talentierte Söhne, aber sein ganzer Stolz war Marietta, die er von ganzem Herzen liebte und nach besten Kräften förderte. Er hatte sie sogar in die *Scuola Grande di San Rocco* mitgenommen, wo er mit der *Großen Kreuzigung* ein Meisterwerk geschaffen hat.

Bei solchen Exkursionen musste sich die junge Dame als Mann verkleiden, um kein Aufsehen zu erregen. Trotzdem half das wenig, denn sie war so wunderschön, dass sie selbst als junger Mann die sexuellen Fantasien der

Kollegen angeregt haben soll. Die Renaissance nahm es in dieser Hinsicht eh nicht so genau.

Ihre Eskapaden waren natürlich in ganz Venedig Stadtgespräch, genauso wie ihre erotischen Abenteuer. Aber das förderte ihren Ruhm noch mehr. Schon bald war sie nicht nur eine der begehrtesten Frauen der Serenissima, sondern auch eine der bedeutendsten Porträtmaler der Stadt. Sie erzielte mit ihren Werken höhere Preise als ihr Vater und sollte bezüglich der Preise bald auch Tizian übertreffen, was dieser zwar mit höchstem Unwillen, dennoch nicht ohne Anerkennung zur Kenntnis nahm, denn Tizian schätzte auch das Können seiner Konkurrenten. Marietta genoss bei ihm, im Gegensatz zu ihrem Vater, höchste Anerkennung.

1575 war Marietta knapp zwanzig Jahre alt«, fuhr der Professor fort. »Sie schickte sich an, die höchsten Stufen des künstlerischen Ruhmes in der Republik Venedig zu erklimmen. Da wurde Venedig wirtschaftlich, politisch und mental enorm zurückgeworfen. Von diesem Rückschlag sollte sich die Serenissima nie mehr erholen.

Durch den Krieg gegen die Türken war die Situation für Venedig sehr schwierig geworden. Die Goldene Pforte riss sich immer größere Teile des Balkans unter den Nagel und bedrohte die Küste Dalmatiens.

Zypern wurde aufgeben, Venedig verlor immer mehr Einfluss auf den Handel, weil der Orienthandel zunehmend von den Holländern auf die Route um das Kap der Guten Hoffnung verlagert wurde. Über die neuen Handelswege hatten die Dogen keine Kontrolle. Zu allem Übel brach in der Stadt noch die Pest aus und legte sich wie ein bedrückender schwarzer Schleier über die Lagune.

Aber trotz all dieser schwierigen Umstände schien sich die Karriere von Marietta erfolgreich fortzuentwickeln. Sie erhielt lukrative Aufträge von den venezianischen Adligen, die es sich immer noch leisten konnten, sie dafür fürstlich zu entlohnen. Natürlich lebten diese Herrschaften nicht mehr in der pestverseuchten Stadt mit ihren stinkenden Kanälen, sondern weit weg in den Bergen oder sogar im Ausland.

Dies war ein glücklicher Umstand für die junge Frau, denn eine ihrer wichtigsten Auftraggeberinnen in dieser Zeit war Livinia von Rosenberg. Diese Dame entstammte dem böhmische Hochadel. Mit gerade einmal 32 war sie bereits Witwe geworden, denn ihr Ehemann, der sehr viel älter und außerordentlich vermögend war, Admiral Agostino Barbarigo, war in der Seeschlacht von Lepanto, als die venezianische Flotte in diesem unsinnigen und für die Stadt schädlichen Krieg auf der Seite der Habsburger erfolgreich gegen die Türken kämpfte, heldenhaft gefallen.

Um ihren Gatten trauerte die junge Witwe allerdings nicht viel länger, als es Anstand und Sitte geboten. Dann hielt sie wieder Hof, allerdings nicht in einem ihrer zahlreichen Palazzi am *Canal Grande*, sondern in ihrem Stammschloss im habsburgischen Krumau, das sie zu einer prunkvollen Residenz hatte ausbauen lassen.

Selbstverständlich nahm sie dorthin auch ihre wertvolle Gemäldesammlung mit, worunter sich, neben den wunderbaren Porträts von Marietta, auch einige wertvolle Arbeiten von Tizian, den sie sehr schätzte, sowie weitere Gemälde von Mariettas Vater befanden.«

Oliver hörte gespannt zu. Irgendwo war ihm Marietta Robusti schon mal untergekommen, aber er hatte sie nicht als Tochter Tintorettos abgespeichert, sondern als eine talentierte Malerin des Cinquecento. Im Prado gab es einige Bilder von ihr, jetzt erinnerte er sich. Aber im Prado gab es viele Gemälde, die er nicht besonders beachtet hatte.

Wieder knisterte etwas am anderen Ende der Leitung. Offenbar brachte die Sekretärin dem Professor neue Unterlagen, die mit dem »Fall Tintoretta« zu tun hatten, denn er blätterte deutlich hörbar Papierseiten um. Dann räusperte er sich:

»Sie wollen jetzt sicher wissen, wie das alles rausgekommen ist, mit Tintoretto und seiner Tochter? Ein Teil der Gemäldesammlung von Schloss Krumau wurde bei Kriegsausbruch 1914 nach Wien ins *Kunsthistorische* gebracht.

Dort befinden sich diese Gemälde auch heute noch, freilich differenzierter katalogisiert, als dies bis 1960 der Fall war.

Vor 1960 wussten wir noch nichts von einer Tintoretta. Sie war vergessen worden, überdeckt vom Staub der Geschichte. Ihre wunderbaren Werke wurden alle dem Vater zugeschrieben.

Der Anteil der Frauen an der Entwicklung der Kunst wurde über Jahrhunderte hinweg von der Forschung ziemlich stiefmütterlich behandelt. Das inspirierte natürlich die damals jungen Historiker überall in der Welt. Vor allem in der Tschechoslowakei hatte das Interesse an dieser Forschung bei vielen Studenten auch ganz persönliche Gründe, denn sie konnten damals aus ihrem Land nur ausreisen, wenn sie irgendwie an einen Forschungsauftrag herankamen.

Forschungsaufträge im westlichen Ausland waren da natürlich besonders begehrt, und Italien und Venedig standen dabei an oberster Stelle.«

Der Gelehrte räusperte sich.

»Es gab da einen jungen tschechischen Kollegen – ich habe ihn leider nicht persönlich kennengelernt –, der Restbestände der Sammlung Rosenberg im Schloss von Český Krumlov, wie Krumau jetzt heißt, entdeckte.

Diese Sammlung wäre einige Jahre vorher sicher vernichtet worden, weil das Barock als Ausfluss feudalistischer Dekadenz galt. Wahrscheinlich überlebten diese wertvollen Gemälde nur, weil man in den Zeiten von Gottwalds rigider kommunistischer Herrschaft nichts von diesen Kostbarkeiten gewusst hatte.

Die besagten Schätze waren 1914 vor der Wiener Kulturkommission gut versteckt worden, zu gut vielleicht, denn 1918, als das Land unabhängig wurde, gab es niemanden mehr, der sich überhaupt noch an die verborgene Sammlung erinnerte.«

In diesem Moment streckte Gabriele Steiner ihren hübschen Kopf durch die Tür des Chefzimmers. »Der Oberbürgermeister möchte Sie dringend sprechen«, verkündete sie.

»Später«, antwortete Treschko. »Ich rufe zurück. Ich hab ein wichtiges Auslandsgespräch.«

Sie nickte und schloss die Tür.

»Sie haben zu tun«, entschuldigte sich Professor Senghas, der den Appell der Sekretärin offenbar mitbekommen hatte. Ich fasse mich kurz.«

Treschko wiegelte ab. Selbst wenn die Königin von England angerufen hätte, wäre es ihm wichtiger gewesen,

Professor Senghas’ Geschichte erst noch zu Ende zu hören.

»Ende der 50er-Jahre war es dann offenbar wieder erlaubt, nach feudalem Kunstbesitz zu forschen. Dies diente damals dem wachsenden vaterländischen Selbstverständnis, das sich nunmehr nicht bloß, wie zu Gottwalds Zeiten, auf das eines sowjetischen Satellitenstaates reduzieren ließ.

Hier kommt nun unser junger engagierter Kollege ins Spiel. Das Schloss war damals ziemlich verfallen. Heute ist es prächtig restauriert und eine Touristenattraktion, aber damals war es fast zur Ruine verkommen. Wie durch ein Wunder hatten alle kostbaren Gemälde in ihrem Kellerversteck überlebt, ohne größeren Schaden zu nehmen.

Wie wird dieser junge Mann gestaunt haben, als er in diesem Provinznest Bilder von Tizian entdeckt hat! Und nicht nur hierin lag sein Verdienst. Er fand auch heraus, dass es nicht nur einen Tintoretto, sondern auch eine Tintoretta gab.«

Treschko war wie elektrisiert. »Wie kam er denn drauf, dass es sich hier um zwei verschiedene Maler handelte?«, wollte der Wormser Museumsdirektor wissen.

»Hätte er das bloß nicht an die große Glocke gehängt, denn seine Entdeckung wirkte sich ziemlich peinlich aus und die Museumsdirektoren waren in der Folge sehr bemüht, den Skandal klein zu halten, was ja bis heute ziemlich gut gelungen ist. Aber dennoch wäre es unmöglich gewesen, nicht auf die neuen Erkenntnisse aus Böhmen zu reagieren.

Wie er darauf kam, haben Sie mich gefragt. Ja, unser Kollege hatte da ein ziemliches Glück gehabt, denn er entdeckte nicht nur die Bilder, sondern auch einen sehr umfangreichen Briefwechsel von Livinia von Rosenberg mit allerhand prominenten Zeitgenossen. In diesen Briefen ließ sich die Dame nicht nur über die venezianischen Skandale, sondern auch über die Herkunft ihrer Bilder aus. In diesem Zusammenhang rühmte sie ganz überschwänglich die junge Marietta und erwähnte, dass sie die Porträts des Vaters zur Zufriedenheit seiner Auftraggeber überarbeitete, wodurch sie sehr viel gelernt habe.«

Treschko hielt den Atem an. Der Wiener Kunsthistoriker räusperte sich. Der alte Herr machte eine Gesprächspause, um seine Information wirken zu lassen. Das wäre eigentlich gar nicht nötig gewesen, denn Treschko hing schon so wie gebannt am Telefonhörer und nahm überhaupt nicht wahr, dass in der Zwischenzeit Gabriele Steiner wieder ins Zimmer hereingekommen war.

»Man muss halt sehr genau hinschauen. Das haben wir dann auch gemacht. Unsere Kustoden suchten alle Bestände ab und wurden tatsächlich fündig. Zu den zirka fünfzehn Gemälden der Tintoretta, die wir zur Ausstellung nach Rom geliefert hatten, kamen noch weitere zehn, die im *Kunsthistorischen* verblieben waren. Dazu noch allerhand Tuschezeichnungen unklarer Provenienz. Ja, es war schon eine ganze Menge.«

Treschko schwieg, dabei fiel es ihm wie Schuppen von den Augen. Es schien ihm vollkommen logisch, dass das Gemälde aus seiner Sammlung ebenfalls ein Werk von Marietta Robusti sein musste. Es wirkte tatsächlich wie überarbeitet. Der unmotiviert erscheinende, ziemlich gerade Pinselstrich in der Mitte war offenbar eine Reminiszenz an die Lichtbesessenheit der ersten Porträtfassung.

Diese Tatsache fand Treschko überaus interessant und er war sich sicher, dass diese Entdeckung und Neuzuschreibung dem Wert des Gemäldes keinen Abbruch tun würde; eher im Gegenteil.

Eine junge Malerin, die, durch den weltberühmten Vater gefördert, im Venedig des ausgehenden 16. Jahrhunderts zu einer Malerfürstin aufgestiegen war. Die so berühmt und so bedeutend war, dass ihre Werke nicht nur in der Lagunenstadt selbst, sondern in ganz Europa, in den höchsten Adelskreisen gesammelt worden waren: Das war schon was und erschien weit sensationeller, als wäre, wie bisher vermutet, Jacopo Robusti allein der wahre Urheber gewesen wäre.

»Ja, und jetzt zum Schluss noch: Sie wollen sicherlich wissen, was aus dem Porträt des greisen Herrn, um das es Ihnen ja geht, geworden ist. Ich sehe hier in den Unterlagen, die mir meine Sekretärin gerade gebracht hat, einen Hinweis, dass das Bild durch eine Spedition nach Mainz überführt worden ist. Es ist, soweit ich sehe, die Adresse einer Mainzer Bank. Die Unterschrift ist unleserlich. Ich werde Ihnen diese Unterlagen zuschicken. Vielleicht gibt es die Bank noch und sie können auf diesem Weg erfahren, wem das Bild gehört. Aber wenn Ihre Vermutung stimmt und es sich bei dem Bild wirklich um Raubkunst handelt, werden die Besitzer ihre Identität vermutlich verschleiert haben. Danach sah es schon damals aus.«

Treschko bedankte sich überschwänglich für die umfangreichen Informationen und versprach, bei seinem nächsten Besuch in Wien bei Professor Senghas vorbeizukommen. Dann legte er den Hörer auf.

## 2

Erst jetzt bemerkte Treschko Gabriele Steiner, die ihrem Chef beim Telefonieren zugesehen hatte. Er erschrak ein wenig und blickte seine Vertraute fragend an.

»Der Oberbürgermeister hat bereits mehrmals angerufen. Sie sollen sich unbedingt bei ihm melden.«

Etwas unwirsch antwortete Treschko und versprach, es gleich zu erledigen. Dann wandte er sich zunächst einmal seinem Computer zu und schrieb ein Erinnerungsprotokoll zu dem eben mit Professor Senghas geführten Gespräch.

In der Zwischenzeit rief der Oberbürgermeister erneut an und wurde von Frau Steiner diesmal gleich zum Chef durchgestellt. Etwas schuldbewusst flötete das Stadtoberhaupt in den Hörer.

»Tut mir leid, lieber Herr Dr. Treschko, dass ich Sie ständig störe. Ich weiß, Sie haben viel zu tun. Aber wir haben da ein Problem.

Sie kennen doch Herrn Adam. Sie wissen, Dr. Bernardus hatte ihn ins Stadtarchiv versetzt, und dort ist er jetzt zu einer Art Direktor aufgestiegen. Ich musste selbstverständlich wegen des Trinkgefäßes auch dort anfragen lassen und dieser Herr Adam protestiert ganz entschieden dagegen, dass dieses Glas ausgeliehen wird. Er sagt, es sei ein Unikat, das einzig erhaltene Stück aus dieser Zeit. Die Gefahr, dass es beim Transport verloren geht oder beschädigt wird, sei sehr groß. Deswegen spreche er sich ganz entschieden gegen die Übergabe an den Louvre aus.«

»Das tut dieses Arschloch nur, um uns eins reinzuwürgen«, zischte Gabriele Steiner, die zwischenzeitlich wieder in Treschkos Zimmer gekommen war. Der Museumsdirektor sah sie missbilligend an, denn er hatte den Oberbürgermeister immer noch in der Leitung.

Aber er gab ihr recht. Auch er konnte Adam mittlerweile nicht mehr leiden. Die arrogante Art dieses Schnösels! Außerdem wusste Treschko, wie gern dieser Intrigant anstatt seiner auf dem Direktorenstuhl des Wormser Museums gesessen hätte. »Kaum ist ein Problem gelöst, schon taucht das nächste auf, gibt es denn niemals Ruhe?«, dachte Treschko bei sich, während er dem Oberbürgermeister zuhörte.

»Herr Dr. Kolberg«, sagte er dann plötzlich entschlossen. »Ich verstehe Ihre Bedenken gut und auch die des Kollegen Adam.« Ihn als ›Kollegen‹ zu bezeichnen, kostete Oliver ziemliche Überwindung.

»Aber ich versichere Ihnen, das Glas wird heil in Paris ankommen und auch wieder heil von dort zurückgebracht. Im Louvre selbst gibt es die bestausgebildeten Spezialisten der Welt. Und was den Transport angeht – ich werde diesen Transport persönlich begleiten. Ich gebe Ihnen mein Wort, Herr Dr. Kolberg. Das Glas kommt heil zurück.«

»Aber haben Sie denn so viel Zeit, sich auch noch darum zu kümmern? Der Prozess steht doch unmittelbar bevor. Geht das denn, dass Sie mit nach Paris fahren?«

Treschko spürte die Angst des Stadtoberhauptes, der auf keinen Fall den anstehenden Prozess verlieren wollte und dabei voll auf ihn baute.

»Ja, das geht. Ich habe es auch schon vorbereitet. Den Transporter werde ich auf Freitag bestellen. Ich selbst bin dann bis Sonntag wieder zurück. Der Prozess ist am kommenden Mittwoch. Meine Vorbereitungen dazu sind so gut wie abgeschlossen.«

»Wenn das so ist«, sagte der Oberbürgermeister erleichtert, »kann dieses kostbare Trinkgefäß von mir aus gerne reisen. Ihnen liegt sehr viel daran, dass es im Louvre ausgestellt wird, nicht wahr?«

»Herr Oberbürgermeister, das ist für uns eine einmalige Chance. Nicht nur, weil dadurch unser Museum international bekannt wird, sondern auch, weil ich bei dem Pariser Kollegen im Wort stehe. Er wird uns im Austausch für unsere Leihgabe einige bedeutende Werke überlassen, die wir für unsere Tintoretto-Ausstellung unbedingt benötigen. Diese Ausstellung, das verspreche ich Ihnen, wird durch diese Leihgaben zu einer Sensation und viel Publikum nach Worms holen.«

Diese Argumente stachen, denn dem Stadtoberhaupt war nichts wichtiger als das Image seiner Stadt zu verbessern und Treschkos Engagement hatte bis jetzt viel dazu beigetragen. Eine Ausstellung mit einem Maler von Weltrang und von einer solchen historischen Bedeutung, das wusste Kolberg, würde Worms positiv in die Schlagzeilen bringen. Er sprach dem Museumsdirektor also sein volles Vertrauen aus und versprach, die Formalitäten umgehend erledigen zu lassen. Dies bedeutete, dem städtischen Fuhrpark die erforderlichen Anweisungen zu erteilen und den unterschriebenen Dienstreiseantrag durch seine Sekretärin ins Museum bringen zu lassen.

Gabriele Steiner lächelte befreit und auch ein wenig gehässig, denn sie freute sich ungemein darüber, dass es ihrem Exfreund wieder einmal nicht gelungen war, ihrem Chef Knüppel zwischen die Beine zu werfen.

## 3

Für den Abend hatte sich Treschko mit Dr. Müller, dem Vorsitzenden des Kuratoriums, verabredet. Dr. Müller war von Haus aus Jurist und bei einem großen Unternehmen in der Region beschäftigt.

Die beiden trafen sich, wenn es etwas außerhalb der Dienstzeiten zu besprechen gab, üblicherweise in einem angenehmen Restaurant. Das *Ambiente* war ein solches, das beide Herren gleichermaßen mochten. Gegen 21 Uhr hatten sie sich dort eingefunden. Calvino begrüßte sie sehr freundlich, denn er schätzte sie als zahlungskräftige und genussfreudige Stammgäste, die für diesen Winterabend, an dem wohl niemand gerne aus dem Haus ging, für einen guten Umsatz sorgen würden. Er platzierte sie in der Nähe des Kamins, wo es angenehm warm war, denn die Temperaturen draußen lagen weit unter null.

Die Formalien der Übergabe des wertvollen Prunkgefäßes waren bald besprochen und der Jurist fügte auch rasch seine Unterschrift auf dem vom Oberbürgermeister bereits unterzeichneten Formular hinzu.

»Dann viel Spaß in Paris«, sagte Dr. Müller gönnerhaft lächelnd, schränkte jedoch rasch ein: »Aber Sie haben ja nicht viel Zeit, ich weiß, der Prozess wegen der Rückgabeforderung.«

Der Jurist machte ein besorgtes Gesicht.

»Mal ehrlich«, fragte er stirnrunzelnd, »wie schätzen Sie persönlich unsere Chancen ein, eine abermalige Blamage von uns abwenden zu können?«

»Als sehr, sehr gut, Herr Dr. Müller.« Treschko berichtete, was am Vormittag bei Dr. Kolberg besprochen worden war. Er berichtete von seinen Recherchen bezüglich des Bildes und zu guter Letzt auch noch von seinem Gespräch mit Professor Senghas am Nachmittag. Er vermied dabei, seine eigenen Verdienste allzu sehr zu loben, unterstrich aber hier und da sein Engagement, ohne dass dahinter gleich der Stolz auf das Geleistete herauszuhören war. Er machte das sehr geschickt und es kam gut an, wie er es machte.

Dr. Müller konnte nur staunen und beglückwünschte den Museumsdirektor herzlich zu seinem Erfolg. Müller hatte sich durch sein Amt als Vorsitzender des Kuratoriums mittlerweile so gut in die Museumspolitik eingearbeitet, dass er die Tragweite der Informationen, die ihm Treschko gegeben hatte, voll erkannte.

»Da werde ich mal Rücksprache mit dem Kuratorium halten«, versprach er. »Ich habe Sie und Ihre Arbeit da schon in höchsten Tönen gelobt. Und mir wurde auch schon zugesagt, dass die Mittel, die Ihnen für Ausstellungen, Ankäufe und Öffentlichkeitsarbeit zu Verfügung stehen, beträchtlich aufgestockt werden sollen. Ich denke, wir können da mit einem fünfstelligen Betrag rechnen. Gehen Sie einmal davon aus. Die Ausstellung *Tintoretto – Tintoretta* wäre da ein schöner Anfang. Weitere, überregional bedeutende Ausstellungen werden folgen.«

Treschko war hocherfreut über diese Neuigkeiten. Überhaupt war dieser kalte Januartag ein sehr erfolgreicher Tag gewesen, in jeder Hinsicht erfolgreich. Der Museumsdirektor begleitete seinen Gesprächspartner noch bis zum *Wormser*, wo Dr. Müller sein Auto geparkt hatte. Vor dem Eingang zur Tiefgarage verabschiedeten sie sich.

Als Treschko vor dem Dom die Andreasstraße überqueren wollte, überlegte er es sich jedoch anders. Es war zu viel passiert an diesem Tag, sein Kopf war voll mit Eindrücken, und er beschloss, doch noch nicht nach Hause zu gehen.

Ziellos durchstreifte er die nächtliche Stadt, wie früher in Madrid und Rom, wenn er in dieser Stimmung gewesen war. Die Kämmererstraße war menschenleer. Links und rechts waren die Schneehaufen aufgetürmt. Vor den Schaufensterscheiben war noch ein Gehweg freigelassen worden, sodass die Passanten einen freien Blick auf die Auslagen der Geschäfte hatten. Er ging noch ein Stück weiter.

In einer Seitenstraße gab es ein Lokal, aus dem Jazzmusik erklang. Miles Davis, vermutete Treschko. Magisch fühlte er sich angezogen.

Er war noch nie in dieser Gegend gewesen und musste sich eingestehen, dass er Worms eigentlich nur sehr oberflächlich kannte: Hin und wieder hatte er die *Weinstube Weis* besucht, wenn er sich einen Blick in das Seelenleben der alteingesessenen Wormser gönnen wollte. Aber solche Abwege wie an diesem Abend war er bisher noch nie gegangen.

Zögernd öffnete er die Tür und trat in den Gastraum. Die Bar war im rustikalen Stil der Siebzigerjahre eingerichtet, mit einem großen Tresen in der Mitte und mehreren Seitentischen daneben. Um diesen Tresen herum saßen einige Männer, die melancholisch vor sich hinstarrten.

An einem Tischchen unterhielt sich ein Pärchen. Die Frau hinter dem Tresen sah den eintretenden Treschko erwartungsvoll an. Sie hatte lange, blonde Haare, soweit er erkennen konnte, helle Augen und einen hellen Teint. Zielstrebig ging er auf einen Barhocker zu. Die Männer schauten ihn taxierend an und senkten dann wieder ihre Blicke.

Er bestellte ein Bier.

»Sie waren noch nie hier. Sind Sie neu in Worms?«, fragte die hübsche Frau.

Treschko sah von seinem Glas auf. »Wirklich attraktiv diese Frau«, dachte er. »Wie alt mag sie sein? Höchstens 30, vielleicht 32, keinesfalls älter.«

»Ja«, erwiderte er. »Ich bin noch nicht lange hier. Bin wegen der Arbeit nach Worms gezogen«, fügte er hinzu und sagte dann gleich noch, um jeder weiteren Frage zuvorzukommen. »Verwaltung, verstehen Sie?«

Die junge Dame nickte.

Verwaltung, damit war alles gesagt. Das konnte dies sein oder das, eine ganze Menge. Aber jeder begriff, dass es etwas mit Zahlen zu tun hatte, mit Korrektheit und mit ordentlicher Listenführung. In jüngster Zeit natürlich auch mit Computern. Und das wäre nur für eingefleischte Computerfreaks ein Thema. Solche schien es in der Bar aber zum Glück nicht zu geben.

»Und woher kommen Sie?«, wollte Treschko wissen.

»Ich komme aus Tschechien und lebe seit etwa drei Jahren in Worms. Eigentlich bin ich Fotografin, aber mit Fotografie kann man hier ja kein Geld verdienen, deshalb arbeite ich in der Bar. Sie gehört einem Bekannten von mir.«

Einer der Herren rief Jana, wie die freundliche Barfrau hieß, zu sich. Als sie zurückkam, hatte sie einen

Zwanzigeuroschein in der Hand und suchte in der Kasse nach Wechselgeld. Nachdem sie dem Gast sein Wechselgeld herausgegeben hatte, griff sie den Gesprächsfaden wieder auf.

»Ich komme aus Budějovice, Budweis, kennen Sie vielleicht vom Bier her. Sehr berühmte Marke. Hab an der Prager Kunstakademie studiert, aber nach dem Studium keine Arbeit gefunden. So bin ich hier gelandet.«

Treschko fand die Frau sympathisch und bestellte noch ein Bier. Zwei der schweigsamen Herren an der Bar baten um die Rechnung und kurze Zeit später ging auch das Pärchen, sodass Oliver jetzt der einzige Gast in der Bar war.

Sie plauderten über Tschechien. Er fragt sie, ob sie Český Krumlov kenne, den Ort, von dem er an diesem Nachmittag zum ersten Mal gehört hatte.

»O ja«, sagte sie. »Da führten von Budweis aus oft unsere Schulausflüge hin. Es liegt sehr schön an der Moldau. Und dann gibt es dort noch ein wundervolles Schloss, das mittlerweile originalgetreu restauriert worden ist. Das Schloss zu besichtigen war in unserer Schule gewissermaßen obligatorisch, aber damals war es noch ziemlich verfallen. Erst in den 90er-Jahren ist es wieder aufgebaut worden. In Tschechien gibt man viel auf kulturelle Bildung und in puncto Kultur hatte das Schloss eine ganze Menge zu bieten.

Die Sammlung Rosenberg zum Beispiel. Rosenberg hieß die Fürstenfamilie, die dort schon seit dem 15. Jahrhundert lebte. Sehr reiche Leute waren das. Die lebten dort bis zum Kriegsende 1945. Dann wurden sie vertrieben.«

Sie goss Oliver einen Anislikör ein und fuhr fort:

»Das Schloss hat einen wunderschönen Park und die Stadt selbst ist sehr romantisch, etwa wie Rothenburg ob der Tauber. An Weihnachten ist es in Český Krumlov besonders schön. Dann gibt es dort auch einen Weihnachtsmarkt.

Ich würde Ihnen die Stadt gerne einmal zeigen«, sagte sie unvermittelt und lächelte ihren späten Gast apart an.

Treschko lächelte zurück. Er war sehr erstaunt darüber, dass sie die Sammlung Rosenberg, von der er an diesem Nachmittag ebenfalls zum ersten Mal erfahren hatte, so unvermittelt ins Spiel brachte.

Abermals begegnete ihm hier ein Phänomen, wo er es eigentlich überhaupt nicht erwartet hätte: Synchronizität, wie er es nannte. Dass plötzlich um ein bedeutendes Ereignis Begebenheiten stattfinden, die auf rätselhafte Weise mit diesem in Verbindung zu stehen scheinen. Filme, die sich zu überlagern schienen und von deren Existenz er bis dahin noch keine Ahnung gehabt hatte.

Jana hielt die Anislikörflasche hin und sah ihn fragend an. Er nickte.

Gegen ein Uhr schaltete sie die Leuchtreklame aus und verschloss die Fenster.

»Bringst du mich noch nach Hause?«, fragte sie ihn, als sie vor der Kneipentür standen, mitten im Schnee, denn es hatte wieder angefangen zu schneien.

»Ich wohne nicht weit«, fügte sie noch hinzu. Oliver lächelte sanft.

## 4

Der Gerichtssaal im Wormser Amtsgericht war an diesem Morgen frequentiert wie nie zuvor und einige Pressevertreter hatten keine Plätze mehr bekommen. Der Prozess in der Domstadt erregte offenbar weit über die Region hinaus Aufsehen.

Für dieses außergewöhnliche Pressecho hatte nicht zuletzt die Hamburger Anwaltskanzlei Johannson & Partner gesorgt, denn der Anwalt war sich bewusst, welchen Einfluss die veröffentlichte Meinung auf einen Prozessverlauf haben würde. Und er verfügte außerdem über hervorragende Verbindungen, sowohl zu den Printmedien als auch zu den privaten und öffentlich-rechtlichen Fernsehsendern.

Dass dieses aufstrebende Anwaltsbüro seine Verbindungen hatte spielen lassen, war Treschko sofort klar, als er sich kurz vor 9 Uhr dem Gerichtsgebäude näherte. Davor standen mehrere Übertragungswagen. Davor eifrige Techniker, die Kabeltrommeln durch den Schneematsch rollten, Kameraleute, die Instruktionen gaben und Sicherheitsleute, die sich darum bemühten, in das ganze Chaos eine Art Ordnung zu bringen.

Treschko ging erhobenen Hauptes vorbei in den Gerichtssaal Nummer eins, den größten des Wormser Amtsgerichts. Draußen standen Bänke und er nahm auf einer dieser Bänke Platz und wartete darauf, dass er hereingerufen würde. Kurz nach neun schlossen sich die beiden Türflügel und der Gesprächslärm im Saal verstummte. Offenbar begann die Verhandlung.

Treschko hatte seinen Auftritt gut vorbereitet und war am Abend, bevor er Dr. Müller getroffen hatte, mit Dr. Glaser die Strategie noch einmal Punkt für Punkt durchgegangen. Der Wormser Jurist hatte sich dabei als ein erfahrener Stratege erwiesen, der auch erfolgreich sein konnte, wenn man ihn nur ließ.

»Bei einer solchen Prozessführung mit einem solchen Medienrummel, wie er zu erwarten ist, kommt es nicht nur auf die Beweisführung an, sondern auch auf die Dramaturgie«, hatte er erklärt. Das hatte sich Treschko gemerkt.

»Johannson weiß das ganz genau und wird sich entsprechend vorbereitet haben. Deswegen müssen wir unseren Auftritt ebenso minutiös planen. Ich werde bei der Verhandlung nur allgemeine Argumente vorbringen. An Ihnen, lieber Dr. Treschko, liegt es, die Bombe platzen zu lassen.

Sie sind als Sachverständiger geladen. Sie werden hereingerufen und werden dem staunenden Publikum erklären, dass es sich bei dem Gemälde um ein Werk handelt, dass nicht von Tintoretto allein geschaffen wurde, sondern in Zusammenarbeit mit seiner Tochter entstanden ist, wogegen das Werk der Klagenden wahrscheinlich ein reiner Tintoretto ist.

Alle werden Augen machen und ich denke, dass dann der Moment gekommen ist, wo es gilt, die ganze Argumentation der Gegenseite in kleine Fetzen zu zerpflücken.«

Es war unverkennbar, dass sich Dr. Glaser auf diesen Moment besonders freute, ging es doch nicht zuletzt darum, eine Scharte auszuwetzen, die bereits einige Jahre zurücklag und die tiefe Wunden in der Seele des Advokaten hinterlassen hatte.

Und Treschko hatte die Munition für diese Revanche präpariert, die Beweiskette, die er schlüssig darlegen würde. Er würde im Gerichtssaal das Porträt zeigen, welches bei der römischen Ausstellung gezeigt worden war, und er würde das zeigen, welches im Wormser Museum hing. Seine PowerPoint-Präsentation war entsprechend präpariert. Erst würde er die beiden Abbildungen einzeln zeigen und dann nebeneinander an die Wand projizieren. Anhand dieser Fotografien würde er sehr genau auf die gravierenden Unterschiede hinweisen. Zu guter Letzt würde er dann das Gutachten von Professor Senghas vorlegen, das gestern mit der Post gekommen war, gerade noch rechtzeitig vor dem Prozess.

Vor seiner Abreise nach Paris hatte er noch einmal in Wien angerufen. Professor Senghas war sofort bereit gewesen, sein Gutachten über die Zusammenarbeit Tintorettos mit seiner Tochter Marietta zu schicken und, wenn nötig, auch persönlich in Worms zu erscheinen. Tatsächlich hatte er, was das Gutachten betraf, Wort gehalten.

Nachdem seine Prozessvorbereitung in trockenen Tüchern war, war Treschko nach Paris gefahren. Diesmal reiste er nicht mit dem Zug, sondern mit einem Sicherheitsfahrzeug und zwei erfahrenen Wachleuten. In der Nacht vorher hatte es wieder kräftig geschneit und die Straßen waren ziemlich glatt. Auf der Autobahn zwischen Metz und Verdun hatte es einige Auffahrunfälle gegeben. Zum Glück ging bei ihnen alles gut.

Er und die beiden Wachleute übernachteten in seinem Lieblingshotel in der Nähe der Sorbonne. Da ihm seine beiden Begleiter sympathisch waren und er sich während der Fahrt mit ihnen sogar angefreundet hatte, nahm er sie am Abend mit auf eine Tour durch die Stadt. Er lud sie ins *Chartier* zum Abendessen ein und die beiden Wormser, die bisher nur Pauschalreisen gemacht hatten, wunderten sich über das eloquente Französisch des Chefs und über den Insiderblick auf die Stadt. Besonders imponierte er, als er im *Chartier* mit einem Bleistift die Rechnung für ihr üppiges Abendessen Punkt für Punkt auf die Papiertischdecke schrieb, wobei sogar der im schwarzen Smoking gekleidete Kellner anerkennend gelächelt hatte.

»Dr. Treschko, bitte in den Gerichtssaal.«

Dieser Aufruf eines Gerichtsassistenten, der gerade die Tür zum Saal geöffnet hatte, schreckte den Museumsdirektor aus seinen Träumen auf. Er sammelte sich und ließ noch einmal das Gespräch mit Dr. Glaser Revue passieren. Dann erhob er sich.

Mit seiner Aktentasche unter dem Arm schritt er durch den voll besetzten Gerichtssaal. Unter den Zuhörern entdeckte er viele Bekannte. Neben der Chefsekretärin des Oberbürgermeisters saß Gabriele Steiner, die ihm fest die Daumen drückte. In der Bank davor waren die Damen und Herren des Kuratoriums. Dr. Müller war unter ihnen. Natürlich hatte es sich dieser unsägliche Matthias Adam nicht nehmen lassen, ebenfalls zum Prozess zu erscheinen, und sicherlich hoffte er, an diesem Tag den Untergang Treschkos zu erleben, denn dadurch würde sich für ihn eine neue Chance eröffnen, den Platz im Direktionsbüro des Museums einzunehmen.

Treschko ging bis zur Zeugenbank vor, öffnete die Tasche und überreichte, wie bereits vorher abgesprochen, dem Gerichtsdiener seinen Laptop, worauf er die Fotografien der beiden Porträts mit hoher Auflösung abgespeichert hatte. Der Gerichtsdiener machte sich sofort an die Arbeit und bereitete die Präsentation vor. Treschko nahm auf dem Zeugenstuhl Platz.

Der Richter schien mit einem Schöffen noch etwas zu besprechen zu haben. Währenddessen schaute sich der Museumsdirektor im Gerichtssaal um. Vor den Zuschauerbänken stand separat die Bank der Verteidigung. Dort saß zuversichtlich lächelnd Dr. Glaser. Neben ihm hatte der Oberbürgermeister persönlich, als Vertreter der Stadt, Platz genommen. Auch er lächelte Treschko aufmunternd zu.

Oliver wandte seinen Kopf zur Bank des Klägers hin. Dort saß er also, dieser Dr. Johannson. Und tatsächlich sah er so aus, wie ihn Dr. Glaser beschrieben hatte. Blasiert, hochnäsig, arrogant. Neben ihm saß eine zierliche Dame mit lockigen Haaren. Sie hatte helle, große Augen, mit denen sie ihn unverwandt ansah. Der Blick schien ihm nicht feindlich, eher offen und neugierig, obwohl sie natürlich wissen musste, in welcher Funktion er ihr hier im Gericht gegenübertrat.

Natürlich fiel ihm sofort wieder ein, woher er diese Frau kannte. »Das ist doch die, die damals in jener regnerischen Nacht im *Ambiente* aufgetaucht war«, hämmerte es in ihm. Die Frau, die ihm seither nicht mehr aus dem Kopf ging. Und er erinnerte sich an seinen ersten Traum in Paris. Diesem Traum waren weitere gefolgt.

Nun saß sie ihm also gegenüber, als reale Person.

»Das also ist die Klägerin«, sagte er sich. Und er musste zugeben, dass diese Person in keiner Weise den Vorstellungen entsprach, die er sich bisher von ihr gemacht hatte.

»Herr Dr. Treschko, haben Sie mich verstanden?«, hörte er die strenge Stimme des Richters. Sie klang wie von ganz weit weg.

»Entschuldigen Sie«, stammelte Oliver.

Dr. Glaser und der Oberbürgermeister sahen Treschko irritiert an. Der Museumsdirektor wirkte irgendwie abwesend, aber sofort hatte er sich wieder voll im Griff. Er war gut vorbereitet, professionell und wusste, was von ihm erwartet wurde. Rasch wandte er seine Augen von der Klägerin ab und wieder dem Richter zu.

»Ich hatte Sie nach Ihren Personalien gefragt.«

Bereitwillig gab Treschko Auskunft. Als Beruf gab er an: »Leiter des Museums der Stadt Worms.«

Der Richter schien zufrieden zu sein.

»Sie verwalten also die Gemälde, zu denen unter anderem das Porträt von Tintoretto gehört, das von der Klägerin, Frau Serena Houseman, zurückgefordert wird, weil es ihrer Familie in der NS-Zeit unrechtmäßig entwendet wurde. Die entsprechenden Unterlagen sind Ihnen mit der Klageschrift zugegangen. Ist das richtig?«

»Ja«, erwiderte Treschko knapp und erläuterte: »Im Dezember ist mir die Klageschrift zugegangen und ich habe mich unmittelbar nach dem Erhalt an die Arbeit gemacht, um zu dokumentieren, wie dieses Werk in den Besitz des Städtischen Museums gelangt ist. Dies erwies sich als verhältnismäßig kompliziert, weil es tatsächlich keine Unterlagen über eine Eigentumsübertragung gibt.«

Der gegnerische Anwalt verzog das Gesicht zu einem zufriedenen Grinsen. Er glaubte durch dieses Eingeständnis des Direktors jetzt leichtes Spiel zu haben. Aber er sollte sich täuschen. Treschko fuhr in seiner Rede fort:

»Nachdem ich dies festgestellt hatte, habe ich mich näher mit der Klageschrift befasst und versucht, mir bessere Fotografien von dem Bild zu beschaffen, das sich laut des Schreibens der Anwaltskanzlei von Frau Houseman im Besitz des Museums befinden soll.

Das ist mir dann schließlich auch gelungen und so bin ich in der Lage, Vergleiche zu ziehen. Das Ergebnis überraschte mich selbst, denn schon die oberflächliche Gegenüberstellung des Bildes aus der Klageschrift mit dem Gemälde in unserem Museum lässt erkennen, dass es sich bei dem von Frau Houseman eingeforderten Kunstwerk, das zuletzt bei einer großen Tintoretto-Ausstellung in Rom gezeigt worden sein soll, und dem in unserem Besitz befindlichen um zwei verschiedene Gemälde handelt.«

Im Saal war jetzt die gespannte Stille regelrecht körperlich spürbar. Man hätte eine Stecknadel fallen hören können. Er gab dem Gerichtsdiener die Anweisung, den Beamer einzuschalten. Auf einer Leinwand erschienen die beiden, auf den ersten Blick sehr ähnlich aussehenden Gemälde.

Oberflächlich betrachtet ähnelten sie sich sehr. Die mit einem Lächeln umspielten Lippen, das graue, schon etwas dünner gewordenen Haar, wirkten auf beiden Bildern fast identisch. Wenn man jedoch genauer hinschaute, wozu Treschko mit seinem Vergleich einlud, sah man dann doch, dass der Mann auf dem Wormser Bild etwas jünger wirkte als der auf dem, dessen Foto Professor

Senghas geschickt hatte. Neben dem voller wirkenden Haar irritierte dort vor allem das leicht geöffnete Gewand, das jetzt im Vergleich noch deutlicher hervorstach.

Treschko sah zur Klägerbank hinüber und bemerkte den überraschten, erschrockenen Blick von Serena Houseman. Ihr Anwalt hingegen wirkte nur für einen kurzen Moment etwas verunsichert, aber er hatte sich eine Sekunde später wieder recht gut im Griff und tat so als beträfe der akribische Vortrag des Museumsdirektors ihn überhaupt nicht.

»Sicher hat er noch einen Plan B in der Schublade, den er jetzt herausholen wird«, dachte Treschko. Aber auch dagegen hatte sich der Museumsdirektor gewappnet. Wie Glaser ging natürlich auch Treschko davon aus, dass es ihnen dieser Johannson keinesfalls leicht machen würde.

Nach Treschkos Ausführungen, die vom Gericht mit großer Aufmerksamkeit verfolgt worden waren, verlangte der Verteidiger dann auch prompt das Wort. Er erhob sich ungerührt von seinem Platz und schickte sich an, die Argumentationslinie des Museumsdirektors zu zerpflücken.

Seine Kernthese lautete dabei, dass die beiden Fotoaufnahmen, die Treschko gezeigt hatte, dasselbe Bild zum Gegenstand hatten, aber zu unterschiedlichen Zeiten, also im Abstand von mehreren Jahrzehnten. Es gäbe da auch Beispiele aus der Rechtsprechung von ähnlichen Fällen. Die Substanz der Farben verändere sich im Laufe der Zeit und so würde auch die Gesamtwirkung eines Bildes durch die Chemie beeinflusst werden. Sein Fazit lautete: Foto A zeige das Bild der Familie Houseman, wie es 1960 war, und Foto B sei offensichtlich erst kürzlich gemacht worden und zeige das Bild in seinem jetzigen Zustand.

Treschko lächelte: So etwas ließe sich leicht nachprüfen, antwortete er knapp, »aber dies ist nicht nötig«, fuhr er fort. An dieser Stelle brachte er dann die These von der Kooperation von Tintoretto mit seiner Tochter ins Spiel. Durch diese Kooperation sei dieses Gemälde zu einer Art Synthese geworden. Durch schriftliche Dokumente, die in Tschechien gefunden wurden, ließe sich diese Zusammenarbeit belegen. Dort gebe es eine Sammlung, die vor dem Ersten Weltkrieg zu großen Teilen nach Wien, ins Kunsthistorische Museum überführt worden sei. Professor Senghas, der ehemalige Leiter des Kunsthistorischen Museums Wien, von dem ein Gutachten vorliege, verweise auf Beispiele aus dieser Sammlung, die ebenfalls die enge Zusammenarbeit zwischen Vater und Tochter bestätigten.

»In diese Werkphase, in der beide ziemlich eng zusammengearbeitet haben, gehört wohl auch das Porträt aus dem Wormser Museum. Soweit man auf den Fotos erkennen kann, hat das von der Klägerin eingeforderte Bild aber einen deutlich anderen Duktus.«

Er vermutete, dass die Vorzeichnungen zu diesem Werk vielleicht noch irgendwo existierten. Zeichnungen ließen sich aber schwerer verkaufen als Ölgemälde. Deshalb sei es üblich gewesen, dass Werkstätten aus ihrem Fundus schöpften, besonders wenn es sich, wie hier, um einen interessanten Kopf handele. Da wurde er eben nach der Skizze noch einmal angefertigt.

»Vielleicht war es Tintoretto selbst, der das Gemälde ein weiteres Mal ausführte. Er war ja ständig in Geldnot.

Vielleicht war es aber auch ein anderer Maler, der diesen Schatz irgendwo entdeckt hatte. Das kann man aber erst mit einiger Sicherheit sagen, wenn man das zweite Gemälde vor sich hat.«

Treschko setzte sich wieder. Jetzt erst gewahrte er im Gesicht seines Widersachers Spuren von Unsicherheit und vielleicht sogar einen Anflug von Angst, dass der Prozess für ihn vielleicht doch verloren gehen könne.

Johannson bat um Vertagung, weil ihm das von Treschko erwähnte Gutachten erst am Vortag zugegangen sei.

»Wie lange, einen Tag?«, fragte der Richter den Hamburger Anwalt. Der erklärte sich einverstanden.

Also wurde die Fortsetzung des Prozesses, der ursprünglich auf einen Tag angelegt gewesen war, für den nächsten Tag beschlossen.

## 5

Beim Hinausgehen drückte der Oberbürgermeister dem Museumsdirektor tief beeindruckt die Hand. Und auch Dr. Glaser lächelte ihm siegesgewiss zu.

»Sie hätten mal das Gesicht Johannsons sehen sollen, als Sie das Gutachten erwähnten. Natürlich hat er es gelesen, aber wahrscheinlich war ihm die Tragweite nicht so recht bewusst, zumal es ohne den unmittelbaren Bildvergleich ziemlich zusammenhanglos wirkt.

Die Dramaturgie, mit der Sie die Sache dargelegt haben, war genau richtig. Diesmal wird er keinesfalls durchkommen. Ich glaube nicht, dass er noch entscheidende

Argumente bringen kann, die das Gericht hindern würden, die Klage abzuweisen.«

Dr. Glaser rieb sich lachend die Hände.

Serena und Dr. Johannson stiegen schweigend aus dem Taxi. Beide waren im Hotel *Domhof* abgestiegen und hatten am Abend vor dem Prozess zusammengesessen, um das genaue Vorgehen noch einmal zu besprechen.

Nun mussten sie feststellen, dass Johannsons Strategie sich aufgrund des Bildvergleichs als kompletter Fehlschlag erwiesen hatte. Es war tatsächlich so, dass der Anwalt die Tragweite des Wiener Gutachtens nicht erkannt hatte. Stunden hatte er damit verbracht, Argumente für den Fall zu sammeln, dass die Gegenseite behaupten würde, der Wormser Tintoretto hätte mit dem von seiner Mandantin zurückgeforderten Bild überhaupt nichts zu tun.

Es gab mehrere Fälle im Internet und auch Bildvergleiche, die belegten, dass sich durch chemische Prozesse Farben so verändern konnten, dass diese Veränderungen Auswirkungen auf die gesamte Wirkung des Gemäldes hatten.

Gerade in der salzigen Luft der Lagunenstadt waren solche Fälle sogar häufiger aufgetreten. Johannson hatte sich eine entsprechende Argumentationslinie zurechtgelegt und konnte auch aufgrund seiner Beredsamkeit, die er oft unter Beweis gestellt hatte, einigermaßen sicher sein, dass er den Richter von seiner Sicht der Dinge würde überzeugen können. Aber das sichere Auftreten Treschkos und die auf den zweiten Blick doch gravierenden Unterschiede zwischen den beiden Bildern, die der

Museumsdirektor dem Gericht offenbart hatte, brachten ihn nun einigermaßen aus dem Konzept. Er musste Atem schöpfen und sich neu sortieren. Die Vertagung der Verhandlung kam ihm recht.

Außerdem hatte er, das wurde ihm schon in den ersten Minuten der Verhandlung klar, den Richter vollkommen falsch eingeschätzt.

Der biedere Mann in der Richterrobe ließ sich nämlich nicht von der Rede des eloquenten Hamburgers mit ihren noch zu belegenden Argumenten überzeugen. Der Gerichtsvorsitzende zeigte sich vor allem dadurch beeindruckt, dass der Museumsdirektor selbst zugegeben hatte, dass ›sein Tintoretto‹ gar kein echter Tintoretto war, sondern vielmehr ein Gemeinschaftswerk von Vater und Tochter.

Tatsächlich war der Richter ein Kunstliebhaber und deshalb häufiger Besucher des Museums. Er kannte natürlich das bestrittene Gemälde, in dem er oft sich selbst gesehen hatte. Selbstredend hatte er es für einen reinen Tintoretto gehalten. Wie konnte er auch anders, stand der Name doch auf dem Schildchen neben dem Bild.

Und jetzt gab der Direktor dieser heiligen Hallen zu, dass man sich bei der Zuschreibung geirrt hatte und sein wertvollster Schatz wahrscheinlich nur zum Teil von dem weltberühmten Maler stammte. Das war fast wie das Eingeständnis eines Justizirrtums.

Der Richter musste einen Moment schlucken, bevor er sich entschloss, den Prozess zu vertagen. Vielleicht gelang es dem Hamburger Anwalt doch noch, Gegenbeweise zu liefern, die die alleinige Urheberschaft Tintorettos bezeugten. Insgeheim hoffte der Richter sogar darauf. So wichtig war ihm das Bild.

Serena ging auf ihr Zimmer, nachdem sie sich von dem Anwalt verabschiedet hatte. Sie war frustriert und traurig, denn immerhin ging es um eine Menge Geld. Sie machte sich heftige Vorwürfe, denn sie war es ja gewesen, die ihre Familie und den Anwalt davon überzeugt hatte, dass das Bild im Museum ihr Bild sei. Ohne ihr Engagement, gestand sie sich ein, wäre es gar nicht zu diesem jetzt aussichtslos erscheinenden Prozess gekommen. So viel Aufsehen, wie dieser Prozess jetzt verursachte, hatte sie gar nicht gewollt.

Sie schämte sich und gleichzeitig war sie voller Wut, als sie sich das siegesgewisse Lächeln dieses Museumsdirektors in Erinnerung rief. Der Abschied vom Oberbürgermeister, den er zelebrierte, das war schon eine vorgezogene Siegesfeier. Abermals stieg ein negatives Gefühl in ihr auf. Sie konnte es schwer beschreiben. Es war eine seltsame Mischung von Scham, Schmerz und Hass. Sie dachte an ihren Großvater, wie er in dieser Stadt behandelt worden war. Und jetzt dieser arrogante Museumsdirektor, der so cool abtat, was ihrer Familie angetan worden war. Sie nahm eine Schlaftablette und legte sich ins Bett.

## 6

Die Fortsetzung des Prozesses war auf 10 Uhr angesetzt. Treschko wollte vorher im Museum die Post durchsehen. Er traf gegen neun dort ein. Frau Steiner hatte schon alles vorbereitet. Oben auf dem Stapel lag die Lokalausgabe der Zeitung. Ein großes Foto von ihm war der Aufmacher. Dann die Fragen, die Treschko gestern nach dem Prozess einem Journalisten beantwortet hatte.

Natürlich räumte der Museumsdirektor ein, dass es Fälle gebe, bei denen sich Gemälde durch chemische Prozesse verändern. Aber bei keinem der ihm bekannten Beispiele sei diese Veränderung so stark gewesen, das sich daraus ein ganz anderer Gesamteindruck ergeben hatte. Und das müsste hier der Fall sein, wenn die Argumente der Verteidigung zuträfen, denn wie man am Vergleich der beiden Fotos sehen könne, seien die beiden Bilder doch offensichtlich sehr verschieden.

Chemische Veränderungen, behauptete Treschko, ließen sich schnell nachweisen. Dabei wusste er genau, wie aufwändig solche Verfahren waren, wenn man die Substanz des Bildes nicht beschädigen wollte.

Er hielt sich bei seinen Aussagen der Presse gegenüber strikt an das Gutachten von Professor Senghas, aus dem hervorging, dass in Wien zahlreiche Gemälde nachgewiesen waren, die Tintorettos Tochter überarbeitet hatte, wohl um dem Vater die Blamage zu ersparen, wichtige Auftraggeber durch seinen neu entwickelten Lichtstil zu verprellen.

Dass mehrere Künstler bei einem Werk zusammenarbeiteten und vor allem auch die Kinder des Meisters in die

Werkstatt einbezogen waren, sei im 16. und 17. Jahrhundert selbstverständlich gewesen, sagte er.

»Alle großen Künstler in dieser Zeit hatten ihre Werkstätten. Tizian hatte eine Werkstatt. Rubens hätte ohne seine große Werkstatt unmöglich eine solche Vielzahl von Werken, wie sie ihm heute zugeschrieben wird, hervorbringen können. Die Malerei war zu einem Manufakturbetrieb geworden. Das lässt sich nicht bestreiten. Das Besondere aber ist, dass wir in Marietta Robusti eine Künstlerin namhaft machen konnten, die an entscheidender Stelle in einer solchen Werkstatt mitgearbeitet hat. Eine Frau in einer solch hochrangigen Position in einer namhaften Werkstatt ist eine absolute Ausnahmeerscheinung.«

»Also hat Worms mit diesem Porträt doch etwas Einzigartiges?«, fragte der Journalist.

»Auf jeden Fall«, bestätigte Treschko.

Gabriele Steiner blickte stolz auf ihren Chef. Er hatte sie wieder einmal nicht bemerkt, als sie in sein Büro gekommen war, um ihm die Mappe mit der heutigen Post zu bringen. Sie beobachtete ihn einen Moment beim Lesen des Artikels und lächelte. Dann entschied sie sich, ihn doch nicht zu stören, und verließ das Chefbüro wieder. Auch er erhob sich gleich, nachdem er in die Mappe gesehen und einige Briefe unterschrieben hatte. Weiter gab es nichts Dringendes, auf das er hätte reagieren müssen, und außerdem war es schon halb zehn.

Er stapfte durch den Schneematsch. Die Temperaturen waren etwas angestiegen und es hatte zu tauen begonnen. Auf dem Weg über den Marktplatz in Richtung

Amtsgericht traf er Dr. Glaser, der ebenfalls zu Fuß unterwegs war.

»Es war ja noch ein recht netter Abend gestern«, brachte er beinahe fröhlich ihr gemeinsames Abendessen in Erinnerung. »Ich bin ja bisher noch nicht in diesem Lokal gewesen. Eine ehemalige Kirche, sagten Sie?«

Treschko bestätigte seine Vermutung. Nach dem ersten Prozesstag hatten sie sich gegen acht dort zum Essen verabredet und daraus wurde dann eine sehr interessante Unterhaltung, die sich bis kurz vor Mitternacht hinzog. Calvino hatte seinen besten Wein herausgerückt. Wann kam schon mal der Oberbürgermeister zum Essen und auch der Stadtchef hatte sich nicht lumpen lassen. Wann gewann man schon einmal einen Prozess, bei dem es um einen solch hohen Streitwert ging. Allen an dem Abendessen Beteiligten schien der Prozess zu diesem Zeitpunkt schon so gut wie gewonnen.

Auf dem Weg, den Dr. Glaser mit Treschko zurücklegte, hingen beide schweigend ihren Gedanken nach. »Es könnte doch noch so kommen, dass Johannson seinen Antrag, das Bild genauer untersuchen zu lassen, durchbekommt«, sinnierte Glaser.

»Vorsichtshalber habe ich mal beim Fraunhofer-Institut nach einem Kostenvoranschlag gefragt«, sagte der Advokat dann an Treschko gewandt. Dieser sah ihn erwartungsvoll an.

»Ich habe bis jetzt leider noch keine Antwort, aber sie haben mir versprochen, so schnell es geht, also noch vor 10 Uhr, einen Kostenvoranschlag zu schicken, damit wir überhaupt wissen, von welchen Beträgen wir hier reden.«

»Das war eine gute Idee, Herr Dr. Glaser. Wenn ich mich nicht irre, ist eine solche Untersuchung nicht unter 10 000 Euro zu bekommen.«

»Ja, deswegen habe ich angefragt. Bei diesen Beträgen liegt es im Ermessen des Richters, ob er das Gutachten für die Urteilsfindung für nötig hält.«

Mittlerweile waren sie am Gerichtsgebäude angekommen. Der Übertragungswagen stand wieder davor, aber es waren deutlich weniger Journalisten in den Gängen als am Vortag. Der Interviewer des *Wormser Tagblatts* grüßte die beiden Eingetroffenen freundlich. Treschko drückte dem ambitionierten Reporter herzlich die Hand und bedankte sich.

Als Sachverständiger, der eventuell noch gehört werden würde, musste der Museumsdirektor auf der Zeugenbank im Flur warten. Glaser und der Oberbürgermeister lächelten ihm siegessicher zu und gingen in den Saal.

Treschko beobachtete die Prozessbeteiligten.

Da war sie wieder, Serena Houseman. Sie stand noch im Gang und beredete etwas mit ihrem Anwalt. Dabei sahen beide zu Treschko herüber, der so tat, als bemerke er sie nicht.

»Wirklich, eine imposante Erscheinung, diese Frau«, dachte er. Der dicke Mantelkragen schob ihre Frisur leicht nach oben, was ihr ein noch aparteres Aussehen verlieh. Wie sie so dastand in diesem etwas altmodischen Wintermantel, erinnert sie ihn an eine russische Prinzessin.

Plötzlich löste sich der Anwalt von seiner Mandantin und ging in den Gerichtssaal.

Serena Houseman kam auf den Museumsdirektor zu. Sie hatte in der Nacht, trotz der Schlaftablette, sehr unruhig geschlafen und war mehrfach aufgewacht. Sie hatte intensiv nachgedacht und sich alle Argumente, die im Zusammenhang mit ihrem Bild im Gerichtssaal gefallen waren, noch einmal gründlich vor Augen geführt.

»Entschuldigen Sie, dass ich Sie anspreche.«

Treschko wandte ihr den Kopf zu und erhob sich sofort.

»Ja, bitte, gern«, antwortete er und wollte gleich zur englischen Sprache übergehen, was Serena Houseman höflich, aber bestimmt ablehnte.

Ihr Deutsch war mittlerweile sehr gut. Sie machte selten Grammatikfehler, aber der amerikanische Akzent war ihr treu geblieben.

»Wenn es so ist, wie Sie sagen, wo ist dann mein Bild, das die Nazis, was Sie sicher nicht bestreiten werden, meiner Familie gestohlen haben?«

Treschko zögerte einen Moment und schaute der Frau in die hellen, klaren Augen. Sie war gut fünfzehn Zentimeter kleiner als er, so musste er den Kopf ein wenig senken.

»Frau Houseman, darüber habe ich lange nachgedacht und bis jetzt noch keine befriedigende Antwort gefunden. Aber ich habe eine Vermutung. Wenn Sie die beiden Fotografien vergleichen, so gibt es tatsächlich große Übereinstimmungen zwischen den beiden Porträts. Das kann kein Zufall sein.

Die Argumentation Ihres Anwalts ist also auf den ersten Blick gar nicht so abwegig. Aber dennoch glaube ich nicht, dass es sich bei diesen beiden Fotografien um ein und dasselbe Bild handelt. Viel wahrscheinlicher ist, dass das zwei Fassungen des Porträts ein und desselben Herren sind, vermutlich ein reicher Kaufmann, der Ende des 16. Jahrhunderts mit der Familie Robusti, also sowohl mit Tintoretto als auch mit dessen Tochter, in enger Verbindung stand. Ihr Porträt ist nach meinem jetzigen Kenntnisstand ein von Tintoretto allein ausgeführtes, das sich leider nicht in unserem Besitz befindet.«

»Und wo, vermuten Sie, könnte dieses zweite Porträt sein?«

»Ich habe bis jetzt noch keine Idee. Seine Spur verliert sich nach der großen Tintoretto-Ausstellung in Rom. Danach ist es offenbar nirgendwo mehr ausgestellt worden. Wir wissen, dass es nach der Ausstellung in Rom nach Mainz gebracht wurde. Empfänger war eine Privatbank, die es heute leider nicht mehr gibt, weil sie Anfang der Siebziger mit einer größeren Schweizer Bank fusionierte.

Diese Schweizer Bank gibt es zwar heute noch, aber versuchen Sie einmal, schweizerischen Banken ihre Geheimnisse zu entlocken. Da beißen Sie auf Granit.«

Serena Houseman wirkte sehr gefasst, aber dennoch war Treschko klar, dass sie kurz vor einem Nervenzusammenbruch stand.

Ihn anzusprechen, hatte sie vermutlich sehr viel Kraft gekostet. War er denn nicht ihr Gegner? War er nicht derjenige, der die filigrane Argumentation ihres Anwalts durch den einfachen Vergleich zweier Fotos hatte ins Leere laufen lassen?

Er beeilte sich, ihr entgegenzukommen:

»Frau Houseman, ich kann Ihnen versichern, dass ich das gleiche Interesse an Aufklärung habe wie Sie. Ich möchte selbstverständlich, dass Sie Ihr Eigentum zurückbekommen und dass das Unrecht, das Ihnen und Ihrer Familie angetan wurde, zumindest ansatzweise gesühnt wird, verstehen Sie mich nicht falsch. Aber dafür müssen wir Ihr Bild erst finden. Das im Museum ist es nach meiner Überzeugung nicht.«

»Finden?« In ihrer Stimme schwang eine deutlich hörbare Verzweiflung mit. »Aber Sie haben doch noch nicht einmal eine Idee, wo es sein könnte!«

»Bis jetzt noch nicht, aber einen Ansatz gibt es schon«, erwiderte er.

Sie sah ihn erwartungsvoll an.

»Man muss halt denjenigen finden, der da gemalt worden ist. Er war wahrscheinlich auch der erste Besitzer. Von ihm ausgehend kann dann möglicherweise verfolgt werden, wohin das Porträt gewandert ist, und vielleicht kann auf diese Weise auch der heutige Besitzer ermittelt werden. Etwas detektivische Kleinarbeit und ein bisschen Glück braucht man dazu schon.«

In diesem Moment öffnete sich die Tür. Dr. Glaser kam freudestrahlend aus dem Gerichtssaal und wollte gerade auf Treschko zugehen. Im letzten Moment bemerkte er, dass die Klägerin neben ihm stand, offenbar in ein intensives Gespräch vertieft. Er hielt sich zurück und bog in den Seitengang ab.

Treschko hatte das Manöver bemerkt und auch gleich dessen Bedeutung erkannt. Dr. Glaser war, obwohl man es ihm nicht immer ansah, doch ein sehr feinfühliger und sensibler Charakter. Serena hatte dem Gerichtssaal den Rücken zugewandt, bemerkte also nicht, dass der Prozess bereits zu Ende war, bevor er richtig begonnen hatte. Sie sagte zu dem Museumsdirektor:

»Herr Treschko, ich danke Ihnen sehr, dass Sie mit mir gesprochen haben!«

»Ich bitte Sie«, antwortete dieser gerührt. »Wenn Sie Wert auf meine Hilfe legen, bin ich gerne bereit, Ihnen mitzuteilen, was ich herausgefunden habe. Ich bleibe am Ball. Hier ist meine Karte.«

Serena bedankte sich und gab ihm die ihre.

»Ich habe meinen Anwalt gebeten, die Sache nicht weiterzuverfolgen. Er wird kein neues Gutachten beantragen. Wir ziehen unsere Klage gegen die Stadt Worms zurück. Wir haben verloren.«

Treschko schlug die Augen nieder. Er fühlte sich in diesem Moment nicht als Sieger, eher beschämt. Er beschloss, alles in seiner Macht Stehende zu tun, um dieser Frau zu helfen, an ihr Eigentum zu gelangen.

In diesem Moment kam Johannson auf seine Mandantin zu. Er hatte im Sinne von Serena Houseman gehandelt. Jetzt beriet das Gericht über das Urteil. Gegen 13 Uhr sollte es gesprochen werden.

## 7

Nach der Urteilsverkündung, die erwartungsgemäß ausgefallen war, spürte Treschko das Gefühl der verhaltenen Freude lange nicht so stark wie jetzt, wo er nach einem Büronachmittag und einem deftigen Abendessen in den *Zwölf Aposteln* wieder bei sich zu Hause war.

Er hörte den Anrufbeantworter ab, was er seit Tagen nicht mehr getan hatte, und rief seine Mutter zurück, die in Sorge war, weil er sich schon so lange nicht gemeldet hatte. Die alte Dame machte sich immer Sorgen, wenn sich Oliver nicht meldete, zumal sie in den Nachrichten von dem Prozess in Worms gehört hatte. Sie war sehr am Zeitgeschehen interessiert und analysierte die Informationen mit klarem Verstand.

»Ich kann dich beruhigen, Mutter, wir haben den Prozess gewonnen. Das Porträt bleibt bei uns.«

Durch geschicktes Nachfragen versuchte Frau Treschko herauszubekommen, ob das Urteil des Richters in diesem Punkt gerecht war oder nur das Resultat der Strategie eines klügeren Anwalts. Sie hatte Lebenserfahrung genug, um zu wissen, dass es einen großen Unterschied zwischen Recht und Gerechtigkeit gibt.

Aber auch in diesem Punkt konnte Treschko sie beruhigen. Er erzählte ihr die Geschichte von Marietta Robusti, Hintergrundinformationen, die Treschkos Mutter ausgesprochen spannend fand. Und er erzählte ihr auch, dass er mit der Klägerin gesprochen habe, einer sympathischen jungen Frau aus den Staaten. Er habe angeboten, ihr bei der Suche nach dem verschollenen Werk zu helfen.

Diese Mitteilung erfreute die alte Dame besonders und sie forderte ihren Sohn dringend auf, dieser jungen Dame gegenüber Wort zu halten.

Außer der Mutter hatte auch Pierre Bonnard eine Nachricht auf dem Anrufbeantworter hinterlassen. Es sei nun soweit, der Katalog sei jetzt aus der Druckerei und an jeder Litfaßsäule in Paris hinge außerdem ein wunderschönes Plakat.

»Und rate mal, was auf dem Plakat zu sehen ist?«, fragte er lachend. »Unter anderem euer gläserner Hochzeitspokal des Herren Nachtrueb.«

Bonnard machte eine Pause und fügte dann noch hinzu: »Ich will dich nur noch mal erinnern, am kommenden Samstag ist die Eröffnung. Ich habe dir auf Kosten des Hauses im *Ritz* ein Zimmer reservieren lassen – Einzelzimmer, oder bringst du jemanden mit? Gib Bescheid, dann können wir das noch umbuchen.«

Oliver war zufrieden mit sich. Er fühlte sich wohl. In dieser Stimmung wollte er noch nicht schlafen gehen. Er machte sich also auf den Weg, durchstreifte die Kämmererstraße und ging in Richtung des kleinen Lokals, wo er vor einigen Wochen so eine hübsche Bekanntschaft gemacht hatte.

Tatsächlich stand Jana auch an diesem Abend hinter dem Tresen und es waren wieder nur wenige Gäste da. Aber leider sollte sich das im Laufe des Abends noch ändern. Als er eintrat, hatte Jana Zeit, ein wenig mit ihrem neuen Gast zu plaudern.

»Schau mal, ich wusste gar nicht, dass du so berühmt bist«, sagte sie und legte ihm die neueste Ausgabe des *Wormser Tagblatts* auf den Tisch.

Oliver zuckte die Schultern und lächelte.

»Von wegen Verwaltung, langweilige Zahlenreihen aufaddieren«, spottete sie.

»Das gehört auch zu meinem Job«, rechtfertigte er sich.

Sie brachte ihm das Bier, das er bestellt hatte.

»Ich habe das Interview gelesen. Das ist ja sehr spannend, dieser Prozess. Oder willst du nicht darüber reden?«, fragte sie verständnisvoll.

»Es gibt nicht viel dazu zu sagen. Der Prozess ist zu Ende. Das Porträt bleibt in Worms. Hast du es überhaupt schon mal gesehen?«

»Ich war schon mal im Museum, aber eigentlich interessiert mich die alte Malerei nicht so sehr. Habe ich dir erzählt, dass ich in Prag Kunst studiert habe? Mein Schwerpunkt lag allerdings auf künstlerischer Fotografie, nicht so sehr auf Malerei oder Zeichnen. Das mussten wir auch machen. Ich hatte einen sehr guten Prof, der mittlerweile auch im Westen ziemlich bekannt ist: Jan Kundera heißt er. Kennst du ihn?«

Treschko kramte in seinem Gedächtnis. Irgendwie kam ihm der Name schon bekannt vor. Aber er konnte weiter nichts damit verbinden.

»Du hattest erwähnt, dass du Fotografie studiert hast«, erinnerte er sich.

»Mich hat immer nur die zeitgenössische Kunst interessiert. Die Liebe zu den Alten haben uns unsere Kunstlehrer ausgetrieben. Zum Beispiel in Český Krumlov. Diese langweiligen Seminare im Schloss, in der Sammlung, schrecklich schwülstig.

Wir haben uns mit unseren Kommilitonen da lieber an der Moldau herumgetrieben und sind Kanu gefahren. Meistens endeten diese Fahrten irgendwo in einem Gebüsch. Wir liebten uns und tranken literweise Budweiser Bier und *Becherovka*.«

Sie lächelte, als sie von ihren Jugendabenteuern so freimütig erzählte.

Oliver konnte sich Jana als ganz junge Frau sehr gut vorstellen. Sie hatte sicher nichts ausgelassen.

Er hatte ein zwiespältiges Gefühl, als er an die Nacht mit ihr dachte. Auf der einen Seite der Reiz, der ihn dann doch wieder hierher getrieben hatte, in diese kleine Bar, die, wie er wusste, in Worms nicht den besten Ruf genoss. Auf der anderen Seite sprach da die Stimme der Vernunft: »Wie kannst du so was tun, mit einer Frau, die vom Alter her deine Tochter sein könnte?«

Ein Gast rief nach Jana und sie verschwand für eine Weile an einen Nachbartisch. Dort redeten ein paar Männer mit ihr als würden sie sie schon lange kennen. Jana lachte und erzählte irgendwas über einen Karel.

Aus vorausgegangenen Erzählungen wusste Oliver, dass dieser Karel der Besitzer der Bar war. Er musste wohl irgendwie in illegale Geschäfte verwickelt gewesen sein, denn er saß offenbar im Knast. Soviel konnte Treschko dem Gespräch entnehmen.

Jana kam zurück.

»Würdest du mir Český Krumlov mal zeigen?«, fragte Treschko, als sie sich für einen Moment ihm gegenüber auf den Stuhl gesetzt hatte und ihn mit ihren großen, braunen Augen verträumt anschaute.

»Ich dir?«, sie sah ihn überrascht an. »Ist das dein Ernst?«, fasste sie nach.

»Ja, natürlich. Die Sammlung interessiert mich. Über die gibt es kaum Literatur.«

»Das wundert mich nicht. In Tschechien werden heute nur noch Bücher verlegt, die Geld bringen. Für Kunst interessiert sich da heute niemand mehr.«

Die drei Herren, mit denen sich Jana zuvor unterhalten hatten, bestellten etwas und sie musste das Gespräch wieder unterbrechen. Sie zapfte Bier und stellte Schnäpse auf ein Tablett. Neue Gäste waren gekommen, die sich an die Theke setzten und Bier bestellten. Diesmal dauerte es fast eine halbe Stunde, bis sie sich wieder zu Treschko setzen konnte. Auch er bestellte noch ein Bier.

Als sie es ihm brachte, fragte sie beiläufig: »Wann möchtest du denn fahren?«

»Ich habe nächste Woche noch was in Paris zu tun. Danach würde ich gern fahren, vielleicht Mitte April. Die Reise geht natürlich auf meine Kosten«, sagte er generös.

Sie ging an die Zapfanlage zurück und stellte fest, dass das Bierfass leer war.

»Pass mal bitte einen Moment auf«, verlangte sie von Treschko. »Ich muss schnell mal ein neues Fass anstechen. Das dauert etwa zehn Minuten.«

Oliver versprach aufzupassen.

Sie brauchte noch nicht einmal zehn Minuten, hatte aber dann an der Zapfanlage allerhand zu tun, bis die Bierflüssigkeit durch den Schaum drang. Treschko beobachtete, wie geschickt sie mit den Gläsern hantierte, bis endlich das Pils in der gewünschten Konsistenz durch die Leitung floss. Wieder stellte sie eine Runde Schnapsgläser auf das Tablett und brachte sie zu den Gästen. Dann hatte sie wieder einige Minuten Zeit für Treschko.

»Wenn du mich nach Paris mitnimmst, dann zeige ich dir auch Český Krumlov«, sagte sie entschlossen. »Ist das ein Deal, was hältst du davon?«

Sie sah ihn erwartungsvoll an.

Treschko schaute verdutzt. So viel Entschlossenheit hatte er von ihr gar nicht erwartet. Es kamen neue Gäste und Jana musste zu ihrer Zapfanlage zurück. Oliver hatte Zeit zu überlegen.

Nun dauerte es eine ganze Weile, bis sie wiederkam. In der Bar gab es einige Kleinigkeiten zu essen, die sie in der Küche zubereiten musste. Als sie damit fertig war, gab es neue Getränkebestellungen. Auch Treschko bestellte sich ein weiteres Bier. Die ersten Gäste wollten zahlen. Jana ging mit einem prallen Geldbeutel zu ihnen und brachte die Bons von der Kasse. Dann ging sie wieder hinter die Theke zurück und zapfte neues Bier.

»Also, was ist? Hast du es dir überlegt?« Sie lächelte provozierend.

»Ja«, sagte Oliver. »Ich bin einverstanden. Wir fahren am kommenden Samstag.«

»Fein«, antwortete sie. »Ich war noch nie in Paris, muss aber noch frei nehmen, denn eigentlich hätte ich am Wochenende Dienst. Bis wann bleiben wir?«

»Bis Montag.«

»Okay, bis Montag.« Sie lächelte glücklich.

»Ich rufe die Frau meines Chefs gleich an und frage.«

Die Gruppe am Nachbartisch brach auf. Sie verabschiedeten sich auf Tschechisch, wie Treschko vermutete. Er verstand kein Tschechisch. In Spanien hatte er versucht, Russisch zu lernen, aber nach zwei Universitätskursen aufgegeben und sich wieder intensiver der spanischen Sprache zugewandt.

Nachdem die Gruppe gegangen war, holte Jana ihr Handy aus der Handtasche und drückte auf den Knopf mit den gespeicherten Nummern. Kurz darauf hörte er sie wieder Tschechisch reden. Ein kurzes Gespräch, vielleicht zwei, drei Minuten.

Freudestrahlend kam sie danach zu Oliver zurück.

»Alles klar, mein Lieber. Ich kann mit. Super! Bringst du mich nachher nach Hause?«

Sie lächelte ihr vielversprechendes Lächeln.

## 8

Am Samstag saßen sich Treschko und Jana im Intercity Richtung Paris gegenüber. Um diese Jahreszeit gab es wenig Touristen, die samstags in die französische Hauptstadt fuhren. Es war in der Rheinebene noch ziemlich kalt, anders als in Paris, wie Treschko am Vorabend bei einem Telefonat mit Pierre Bonnard erfahren hatte. Dort war es nämlich schon sehr frühlingshaft.

»Du kommst also nicht allein«, äußerte sich Pierre gespannt.

»Nein, ich bringe Jana mit. Sie ist sehr lieb. Ich habe sie allerdings erst kürzlich kennengelernt. Sie ist ein paar Jahre jünger als ich.«

»Ein paar Jahre, das macht doch nichts. Du weißt doch, ich lebe mit Madeleine zusammen und altersmäßig könnte ich gut ihr Vater sein. Ein paar Jahre machen da gar nichts.«

»Na ja, ein paar Jahre«, relativierte Treschko. »Es ist da schon eher wie bei dir«, gab er schließlich zu.

»Da bin ich mal sehr gespannt. Ich freue mich auf euch. Das Zimmer im *Ritz* werde ich also auf zwei Personen umbuchen.«

Treschko und Jana waren glücklich.

Sie hatte vorgesorgt und einen Picknickkorb mit Sekt und Brötchen sowie echtem Wildlachs mitgebracht. Auch an Vitamine hatte sie gedacht und Weintrauben eingepackt, die sie im Supermarkt in der Kämmererstraße eingekauft hatte. Oliver lächelte über ihre liebevollen Bemühungen, diese Reise zu einem ganz besonderen Erlebnis zu machen.

Als sie ihren Mantel auszog und an den Kleiderhaken im Abteil hängte, bemerkte er ihre Garderobe. Jana hatte eine blaue Jacke angezogen, dazu einen gelben, relativ kurzen Rock, der zu dem Ereignis, zu dem sie im Begriff waren zu fahren, in keiner Weise passte. Dazu trug sie hohe Stiefel mit auffällig dünnen Absätzen. Um den Hals hatte sie eine ziemlich markante Kette geschlungen, wie sie zu einem Musical aus der Hippiezeit gut gepasst hätte, aber keinesfalls zu einer Ausstellungseröffnung im Louvre.

Treschko lächelte, als er sich ihren Auftritt in den heiligen Hallen der französischen Kulturaristokratie vorstellte. Die Herren kamen alle im Smoking und die Damen in teuren, dezenten Chanel-Kostümen. Jana dagegen, wie ein Paradiesvogel, mit einer Ausstattung, die sie in der Wormser ›Kämmerergasse‹ kostengünstig erworben hatte.

Auf dem Weg vom Taxistand in Mannheim zum Bahngleis hatte er bewundernd bemerkt, wie sicher sich die junge Frau auf ihren Stiefelabsätzen bewegen konnte. Sie tänzelte förmlich durch den Schneematsch, aber als Garderobe für einen Empfang im Louvre, zu dem sogar ein Staatsekretär und wichtige Vertreter der internationalen Kulturszene erwartet würden, ging das einfach nicht.

»Hast du noch etwas anderes zum Anziehen mitgebracht?«, fragte er vorsichtig. Er wollte sie auf keinen Fall kränken.

»Ja, wieso? Ich habe noch Jeans und Turnschuhe mit dabei, wenn wir nach dieser Vernissage um die Häuser ziehen.«

Treschko zog die Stirn in Falten.

»Dann müssen wir uns in Paris noch um deine Garderobe kümmern, mein Schatz. So geht das nicht. Solche offiziellen Ereignisse sind in Paris immer etwas steif. Da musst du dich schon ein bisschen anpassen.«

Sie wirkte verunsichert.

»Aber ich habe nichts anderes. Mein Kleiderschrank ist nicht so differenziert. Das ist das Eleganteste, was ich habe. Ich dachte, es gefällt dir.«

»Sicher«, versuchte Treschko zu beschwichtigen. »Mir gefällt dein Outfit schon, aber wir sollten in Paris schauen, ob wir vielleicht nicht doch noch etwas weniger Farbenfrohes finden. Immerhin kommt ein Herr zu der

Ausstellung, der so etwas wie ein Minister ist. Und mein Freund, der uns eingeladen hat, der ist auch ein bisschen konservativ in seinem Geschmack. Mach dir keine Sorgen. Wir schauen mal. Da gibt es sicher noch ein Geschäft, das samstagmittags offen hat und wo wir für dich noch etwas Schönes finden.«

Vom *Gare de l'Est* aus fuhren sie mit dem Taxi zum *Ritz.*

*Place Vendôme.* Von ihrem Zimmer aus konnten sie auf den Platz schauen, auf dem die berühmte Säule stand, die aus russischen und österreichischen Kanonen gegossen worden war. Napoleon hatte sie bei der Schlacht von Austerlitz erbeutet.

Von alldem wusste Jana nichts, war aber sehr beeindruckt von der Schönheit und Harmonie des Platzes, wofür sie ein feines Gespür hatte. Das *Ritz* in Paris assoziierte sie vor allem mit Prinzessin Diana. Von hier aus war sie in den Tod gefahren.

Auch Treschko sah diese Fernsehbilder vor sich, das zertrümmerte Auto im Tunnel. Er hatte damals gerade seine Stelle im Prado angetreten und hoffte, dort endlich Karriere machen zu können, was ihm in Rom versagt geblieben war. Er begann, sich in Madrid einzuleben. Seine Mutter war einige Tage bei ihm gewesen. Er hatte sie an dem Abend, als der Unfall oder was immer geschehen war, gerade zum Flughafen Barajas gebracht. Mit dem Bus, die Metrolinie zum Flughafen gab es damals noch nicht, war er zurückgefahren und hatte in seiner Lieblingsbar an der *Puerta del Sol* noch einen Absacker getrunken. Er wollte sich gerade auf den Heimweg machen, als diese Meldung kam.

Diese Fernsehbilder hatten sich auch in Janas Gedächtnis eingeprägt, obwohl das Ereignis für ihre Begriffe schon ziemlich weit zurücklag. Sie besuchte noch das Gymnasium in Budweis und verbrachte den Sommer mit ihrer Familie am Plattensee. In Kroatien herrschte damals Krieg. Später, noch bevor sie nach Deutschland ging und versuchte, dort Fuß zu fassen, war sie im Sommer meistens an der Adria gewesen.

Beim Einchecken im Hotel wurden sie als Madame und Monsieur Treschko begrüßt. Das Haus war sich darüber bewusst, dass es sich bei den eben eingetroffenen Gästen um Ehrengäste des Louvre, somit um französische Staatsgäste, handelte. Sie wurden entsprechend willkommen geheißen. Auf dem Zimmer befand sich ein aufwändig gestaltetes Blumenbouquet, eine Flasche Champagner und einige Snacks, die Jana sachkundig als »Kaviarbrötchen« analysierte.

Sie machten sich frisch. Jana musste Oliver beipflichten, ihre Garderobe passte wirklich nicht zum Stil des *Ritz*, und wenn der Empfang so festlich werden würde, wie im Louvre zu erwarten war, noch weniger dorthin.

Sie war drauf und dran, Treschko zu bitten, alleine zum Empfang zu gehen, denn sie überschlug ihren Kontostand und wusste, dass sie damit in Paris wahrscheinlich nicht einkaufen gehen können würde, zumindest in kein Geschäft, das über die entsprechende Garderobe verfügte, die in das Ambiente, auf das sie sich eingelassen hatte, passen würde. Irgendwie bereute sie jetzt sogar, überhaupt mitgefahren zu sein. Welcher Teufel hatte sie denn da geritten, fragte sie sich.

»Mach dir bitte keine Sorgen, Schatz«, tröstete sie Treschko, der ihre Gedanken zu erraten schien. »Ich kenne in der *Rue de Seine* eine Boutique, die ist, glaube ich, ganz gut und auch gar nicht so teuer.«

Jana ließ sich darauf ein. Hand in Hand schlenderten sie durch die *Rue Saint-Honoré*, am Louvre vorbei und wechselten auf die andere Seite der Seine.

Oliver hatte diese Ecke von Paris bei seinen Streifzügen durch die Galerien der französischen Hauptstadt kennengelernt. Er wusste, dass es in diesem Viertel einige angesagte Boutiquen gab, aber er hatte noch nie in seinem Leben eine Dame bei einem Einkaufsbummel begleitet und auch keine Vorstellung von Preisen. Er selbst kleidete sich stilvoll, aber nicht übertrieben, eher mit einer gewissen Lässigkeit, die bei ihm sehr elegant wirkte.

Jana schien unsicher und besuchte einige Geschäfte, bevor sie sich entschied. Sie genoss es offensichtlich, dass Oliver sie begleitete, wohlwollend ansah und beriet, bis sie sich schließlich für ein figurbetonendes schwarzes Abendkleid entschied. Dazu suchte sie sich noch einen passenden Mantel aus, einen leichten Übergangsmantel, denn in Paris war es bereits viel wärmer als in der Rheinebene, wo immer noch Schneematsch auf den Straßen lag.

An der Kasse zahlte Treschko dezent die Rechnung. Als er den Bon unterschrieb, wurde ihm leicht schummrig vor Augen. Für sich selbst hatte er noch nie so viel Geld für einen einzigen Kleidungskauf ausgegeben, aber egal, dachte er. Besser diese Investition, als die neugierigen Blicke wegen des für Paris ungewöhnlichen Stylings seiner Freundin.

»Mit diesem Kleid«, dachte er, »kann sie sich im Louvre sehen lassen. Selbst ihre Stiefel passen ausgezeichnet dazu und geben ihrer Erscheinung eine aparte Note. Die Ausgaben für neue Schuhe haben wir uns wenigstens gespart.«

Sie fuhren mit dem Taxi zurück und nahmen auf dem Zimmer noch einen kleinen Imbiss, die »Kaviarbrötchen«, bevor sie sich für den großen Abend zurechtmachten.

»Soll ich mir das Haar hochstecken«, fragte sie aus dem Badezimmer heraus.

»Dadurch wirke ich etwas reifer.« Sie drehte ihren Kopf vor dem Spiegel.

Treschko verstand genau, was sie meinte.

## 9

Die Tür zum Festsaal des Louvre wurde ihnen von livrierten Dienern geöffnet. Pierre Bonnard kam ihnen freudestrahlend entgegen, reichte Jana die Hand und begrüßte sie auf Deutsch, ein Gruß, den sie dankbar erwiderte, weil sie kein Französisch sprach. Englisch hatte sie auf dem Gymnasium gelernt, aber sie war sich selbst nicht sicher, ob das, was sie in ihrer Budweiser Schule gelernt hatte, für die Gesellschaftsschicht, in der sie sich nun bewegte, angemessen wäre.

Pierre signalisierte seinem deutschen Freund und Kollegen mit einem pfiffigen Lächeln Anerkennen und Bewunderung gleichermaßen. Geschickt platzierte er Jana neben Madeleine, die auch ein wenig Deutsch sprach, zog dann Oliver am Jackenärmel und leitete ihn zur Loge der

Prominenz, in deren Zentrum der Staatssekretär thronte, daneben der Direktor des Louvre, die Abteilungsdirektoren und die Ehrenbürger von Paris, die Mitglieder der Akademie der Wissenschaften, die Stadtverordneten sowie weitere Würdenträger, die mit der Förderung von Kunst und Kultur zu tun hatten.

Treschko hatte es vorausgesehen, die Eröffnung würde ziemlich lange dauern und in entsprechender Steifheit abgewickelt werden. Trotzdem fühlte er sich in der Atmosphäre wohl. Sie strahlte etwas vom Glanz vergangener Epochen aus.

Verstohlen blickte er zu Jana hinüber. Sie schien sich mit Madeleine gut zu unterhalten. Die beiden tuschelten miteinander, während der Direktor des Louvre ein paar feierliche Einleitungsworte sprach, bevor er das Rednerpult für den Staatsekretär freigab.

Danach war Pierre Bonnard an der Reihe. Jetzt verstummten auch die beiden jungen Damen. Der Experte erläuterte ausführlich den Charakter der Ausstellung und kam auf den Sinn seines so lange vorbereiteten Unternehmens zu sprechen.

»Die Ausstellung über die Geschichte der europäischen Glasherstellung«, so erklärte er mit klaren Worten, »verbindet die Kunst mit der Industriegeschichte Europas. Eine Geschichte, die keineswegs nur eine humane Seite hat, sondern auch eine ziemlich grausame.«

Er ließ eine spannungsvolle Pause entstehen, bevor er seine Rede fortsetzte. Dabei war zu beobachten, wie sich die Mienen der anwesenden Politiker verdüsterten. Auch der Direktor des Louvre schaute etwas nervös. Er war auf die

Gunst der Politiker ebenso angewiesen wie auf die Großzügigkeit der Industriellen, die den Louvre mit generösen Spenden bedachten. »Jetzt nur keine Philippika gegen das Kapital«, wird er gedacht haben. Frankreich wurde in dieser Zeit konservativ regiert.

Aber Bonnard fuhr indessen unbeirrt fort:

»Im Vergleich zu anderen Kontinenten verfügt Westeuropa über kaum nennenswerte Rohstoffvorkommen. Deswegen lag der Schwerpunkt der industriellen Entwicklung von Anfang an auf der Verarbeitung von Rohstoffen und der Weiterentwicklung von Fertigungsverfahren. Dies brachte letztendlich den unbändigen Forschungsdrang hervor, der unser gesamtes Gesellschaftssystem kennzeichnet.

Immer wieder musste verbessert, umgedacht und erweitert werden. Das erforderte Kapital, Erfindungsgeist und, wenn Sie so wollen, auch Skrupellosigkeit in jeder Beziehung. Und wenn ich das so sage, meine ich damit, dass weder vor der Ausbeutung der Rohstofflieferanten, noch vor der der Ware Arbeitskraft und erst recht nicht vor dem Diebstahl fremder Ideen zurückgeschreckt wurde.

Damit sage ich Ihnen nichts Neues, meine Damen und Herren. Die erbarmungslose Ausbeutung der Rohstoffe in Afrika und Lateinamerika, die bis heute fortdauert, ist bekannt. Auch der skrupellose Umgang mit der Ware Arbeitskraft zu Beginn der industriellen Revolution bis Ende des 19. Jahrhunderts ist oft genug eindrucksvoll beschrieben worden. Was vielleicht neu ist, ist der zuletzt genannte Punkt: die Ausbeutung fremder Ideen.

Dies zeigt sehr eindrucksvoll ein Ausstellungsstück, das uns das Städtische Museum Worms ausgeliehen hat.«

Er projizierte die Abbildung des Prunkpokals von Albogast Nachtrueb an die Großleinwand und alle bestaunten das Gefäß, das in Worms so schnöde vernachlässigt wurde und hier in der Vitrine jetzt, wie Oliver auf dem Foto sehen konnte, in vollem Glanz erstrahlte.

»Dieses Gefäß wurde nach einem Entwurf von Leonardo da Vinci geschaffen. Auch die Entwurfszeichnung hierfür kommt aus Worms. In diesem Zusammenhang darf ich auch den Direktor des Museums, meinen Freund und Kollegen, Dr. Oliver Treschko, mit seiner Lebensgefährtin hier bei uns im Louvre herzlich begrüßen.«

Das Publikum applaudierte und blickte sich nach Treschko um, der sich aus den Reihen der Honoratioren artig erhoben hatte und vor dem Auditorium verbeugte.

Als der Applaus verstummt war, fuhr Bonnard fort, den Zusammenhang zwischen Glaspokal und den projizierten Zeichnungen zu erläutern.

An dieser Stelle kamen Treschko jedoch Zweifel. Leonardo, das wusste er, war um 1500 in Venedig gewesen. Der Wormser Hochzeitspokal wurde aber erst auf das Ende des 16. Jahrhunderts datiert, also mindesten 90 Jahre später. Sollten Leonardos Zeichnungen erst so lange Zeit nach der Entstehung ausgeführt worden sein? Oder hatte sich Bonnard schlicht geirrt?

»Das wäre allerdings sehr peinlich«, dachte Oliver, doch er wurde bald von diesen quälenden Befürchtungen erlöst.

Als Pierre den Zusammenhang zwischen den Entwürfen und dem Gefäß schlüssig bewiesen hatte, kam er nämlich auf die Oliver brennend interessierende Frage zu sprechen.

»Der Wormser Glaspokal wird im Museum der Nibelungenstadt auf das Ende des 16. Jahrhunderts datiert, wohingegen die Form eindeutig aus der Zeit um 1500 stammt. Wie lässt sich dieser Anachronismus erklären?«

Bonnard hatte ein paar Fotobeispiele, die seine Aussage zur Datierung der Formgebung eindeutig belegten, vorsorglich an die Wand projiziert. Dieser Vergleich rechtfertigte offensichtlich die von ihm vorgenommene Datierung.

Aber im Unterschied zu diesen Gefäßen, die er als Vergleich herangezogen hatte, wies der Wormser Pokal keinerlei Färbung im Glas auf.

Pierre Bonnard machte auf diesen Umstand noch einmal besonders aufmerksam und unterstrich die Tatsache, dass die Produktion von farblosem Glas, also Glas ohne Blau- oder Grüntöne erst mit einem Verfahren, das nicht auf Kobalt, sondern auf Mangan basierte, möglich war.

»Und hierin«, so fuhr er fort, »waren die Nachtruebs, nach denen dieser Pokal genannt ist, Experten. Albogast Nachtrueb, zu dessen Hochzeit dieser Pokal, wie ich hier beweisen möchte, nicht gefertigt, sondern bemalt wurde, entstammt einer reichen Familie. Der Ursprung des Familienreichtums lässt sich auf die Mineraliensuche zurückführen, ein Geschäft, das im Mittelalter sowohl mit großem Wissen um die Natur der Mineralien als auch mit nicht minder großen Gefahren verbunden war. Denn diese Suche vollzog sich meist illegal, auf fremdem Hoheitsgebiet und wahrscheinlich oft bei Nacht, woraus sich möglicherweise der Familienname ableitet. Leute, die sich auf diese Weise ihr Geld verdienten, nannte man Walen oder Venediger. Letzteres lässt eindeutig darauf schließen, dass es da schon Vermutungen gab, die mit der Glasherstellung in Zusammenhang standen.

Aus venezianischen Quellen wissen wir, dass ein Vorfahre des Albogast Ende des 15. Jahrhunderts beim Hohen Rat der Serenissima eine Lizenz zur Herstellung von Glas erworben hatte, und den Aufzeichnungen Leonardos können wir wiederum entnehmen, dass er in Venedig für einen Franken gearbeitet hat. Mehr können wir bis jetzt noch nicht sagen. Die Vermutung liegt aber auf der Hand, dass es sich bei diesem Franken um jemanden aus der Nachtrueb-Familie gehandelt haben könnte.«

Bonnards Auditorium hielt gespannt den Atem an, denn er konnte sehr gut reden und die Aufmerksamkeit durch seine kunstvollen Pausen angespannt halten.

»Also«, sagte er schließlich. »Ich würde diesen Pokal auf die Zeit um 1500 datieren und somit in diesem Stück einen Prototyp für das erste farblose Glas sehen, das im neuzeitlichen Europa hergestellt wurde. In dieser Bedeutung wurde der Pokal als unbemalter, glasklarer Schatz von Generation zu Generation vererbt, bis er schließlich in die Hände von Albogast Nachtrueb kam.

Als Albogast Nachtrueb auf diese Weise zum Oberhaupt der Familie gemacht worden war, war der Stern Venedigs sowie der der Glasmacher und insbesondere der der Familie Nachtrueb bereits im Sinken begriffen.

Durch die Holländer, die den Orienthandel über den Seeweg ums Kap der Guten Hoffnung neu organisierten, verlor der östliche Mittelmeerraum ziemlich an Bedeutung. Hinzu kam noch das weitere Vordringen der Osmanen auf dem Balkan. Die Eroberung der Küstenstädte in Dalmatien machte der Wirtschaftsmacht Venedig zu schaffen. Venedig mit seiner Flotte war im Niedergang begriffen.

Zu allem Übel brach in den späten 1570er-Jahren auch noch die Pest in der Stadt aus. All dies warf die Serenissima so weit zurück, dass sie sich nie mehr von diesem Rückschlag erholte.

Hinzu kommen bei den Nachtruebs wahrscheinlich noch Fehlspekulationen. Wir wissen aus anderen Quellen, dass die Familie mit dem Hause Fugger in enger Verbindung stand. Und da Fugger dem Kaiser große Summen Geldes geliehen hatte, um dessen Amerikaprojekt zu finanzieren, wird auch die Staatspleite Spaniens sowohl für das Haus Fugger als auch für die Nachtruebs nicht folgenlos geblieben sein. Alle diese Umstände legten einen Ortswechsel nah.

Wir wissen noch nicht genau wann, weil das Archivwesen, das in Venedig bis zur Mitte des 16. Jahrhunderts vorbildlich war, gegen Ende des Jahrhunderts an Qualität verlor, aber irgendwann in den Achtzigerjahren verließ Albogast Nachtrueb die Stadt.

An materiellem Besitz nahm er wahrscheinlich nicht viel mit, mit Sicherheit aber diesen wertvollen Pokal.

Gold, wertvoller Schmuck oder sonstige Luxusgüter hätten ihn auf seiner Reise sicher sehr belastet, denn er musste schnell vorwärtskommen, ja geradezu fliehen. Er besaß nämlich etwas, das wertvoller war als Gold. Er kannte das Geheimnis der Glasherstellung, und das war der Grundstock zum Aufbau einer neuen Existenz in einem fremden Land.

Nur, die Republik Venedig bedrohte jeden, der solches Wissen außer Landes brachte, mit dem Tod. Deshalb musste sich der Flüchtling beeilen. Gerichtsakten belegen, dass die Serenissima nach ihm fahndete.

Aus diesen bruchstückhaft erhaltenen Dokumenten wissen wir auch, dass er nach Böhmen gegangen ist und dort bei einer damals sehr reichen Mäzenin Schutz fand, bei Livinia von Rosenberg.«

Bei der Erwähnung dieses Namens spannten sich Treschkos Muskeln. Livinia von Rosenberg, die Herrin von Český Krumlov. Dort glaubte er auch das Geheimnis des Porträtierten lüften zu können. Aber damit nicht genug. Pierre hatte noch weitere, sensationelle Hintergrundinformationen.

»Livinia war damals sehr vermögend und sie war Witwe. Sie war hochgebildet, förderte die Künste und die Wissenschaften. Energisch baute sie gegen Ende des 16. Jahrhunderts ihr Schloss zu einem kulturellen Zentrum von europaweiter Bedeutung aus.

Bevor sie den venezianischen Admiral Agostino Barbarigo geheiratet hatte, war sie weit gereist und hatte lange in England und Frankreich gelebt. Von ihren Studien in England wusste sie, dass es für den Adel überlebenswichtig war, die Wirtschaft zu fördern und zu unterstützen.

Livinia von Rosenberg hatte dazu auch die Möglichkeit, denn der Reichtum ihrer Familie gründete in den Silberbergwerken Südböhmens. Die kluge Dame wusste allerdings sehr genau, dass die Quelle ihres Reichtums endlich war. Und da kam ihr der kluge Albogast Nachtrueb gerade recht.

Wir wissen nicht, ob sich die beiden schon in Venedig kannten. Wir wissen aber, dass Livinia Nachtrueb alle Vollmachten einräumte und alle Mittel zur Verfügung stellte, um in Český Krumlov eine konkurrenzfähige Glasindustrie aufzubauen. Denn Konkurrenz in dieser Branche gab es genug. In Nordböhmen wurde Bleiglas hergestellt, das an den feinen, europäischen Höfen aber bei Weitem nicht so gut ankam, wie das vollkommen transparente Glas Venedigs. Wenn es gelingen könnte, in Südböhmen venezianisches Glas herzustellen, dann wäre der Wohlstand des Landstrichs für die Zukunft gesichert, wird sich die Gräfin gedacht haben. In Albogast fand sie allerdings nicht nur einen Bruder im Geiste, sondern bald auch einen Geliebten, der ihr die letzten Lebensjahre versüßte.«

Treschko hielt den Atem an und vergaß alles um sich herum.

Ihm fiel es in diesem Moment wie Schuppen von den Augen. Es gab da eine gewisse Ähnlichkeit zwischen dem Mann auf dem Glaspokal und dem umstrittenen Porträt. Das war ihm zwar schon aufgefallen. Er hatte diese Spur aber bis jetzt nicht weiterverfolgt.

Bonnard trank aus seinem Wasserglas, dann fuhr er mit ruhiger Stimme fort:

»Gerade diese Bemalung drückt kongenial die Verbindung der beiden Familiengeschlechter aus. Der Körper, das farblose, durchsichtige Glas und die Bemalung – der Bräutigam, schon etwas älter, etwas gebeugt von der Last, nicht nur der Jahre. Sie in einem üppigen farbenfrohen Seidenkleid, das damals wohl ein Vermögen gekostet hat.«

Wieder machte Pierre Bonnard eine kunstvolle Pause in seinem Vortrag.

»Sie müssen wissen«, fuhr er mit einem Zeigestab über die Projektion gleitend fort, »dass es solche Kleider damals eigentlich sehr selten gab. Fast überall in Europa trug man gegen Ende des 16. Jahrhunderts Schwarz mit weißem, spanischem Kragen. Und hier dieses Kleid«, er zeigte das Detail stark vergrößert.

»Das Kleid von Livinia in Gelb und Weiß mit großzügigem Dekolleté. Dazu Schmuck und eine sehr aufwändige, sehr gewagte Frisur, die an Hörner erinnert. Eine Anspielung vielleicht auf ihren Charakter, auf ihre Durchsetzungskraft, Symbolismus, wie wir ihn in der Malerei des damals gebräuchlichen derben Manierismus häufig finden. Besonders in Nürnberg war ein solcher Stil weit verbreitet. Dort vermuten wir auch den Handwerker, der diese Arbeit ausgeführt hat.«

Wieder trank Pierre aus seinem Wasserglas, bevor er weiterredete. Die Luft in dem historischen Saal war ziemlich trocken.

»Man bemerkt an der Bemalung deutlich die Dominanz der Dame. Die Nürnberger Maler in dieser Zeit waren nicht gerade zurückhaltend in ihren Äußerungen und plauderten auf ihre Weise aus, was andere hinter vorgehaltener Hand tuschelten.

Die Herrschaften konnten diese Offenheit übrigens ruhig zulassen und sich darüber amüsieren, denn solche Kostbarkeiten wurden ja nur im intimsten Familien- oder Freundeskreis gezeigt. Dass der Pokal einmal, wie heute, einer breiten Öffentlichkeit zugänglich gemacht und sogar in Bildform publiziert werden würde, konnten sich die Menschen damals vermutlich nicht vorstellen.«

## 10

Am Montag kam Gabriele Steiner wie gewohnt ins Museum und schloss, pünktlich um 9 Uhr, die Tür zu ihrem Büro auf. Es gab natürlich eine ganze Menge Büroarbeit, zumal das Halbjahresprogramm möglichst bald in Druck gehen sollte, und sicher würde Herr Kruljau, dem die Gestaltung der Infobroschüre oblag, im Laufe des Vormittags die Korrekturfahne zur Durchsicht vorbeibringen. Ihr Chef setzte volles Vertrauen in ihre Rechtschreibkompetenz. Zur Not gab es da auch noch den Duden im Internet, den Gabriele Steiner in Zweifelsfällen konsultierte.

Um 10 Uhr klingelte es an der Pforte, aber es war leider nicht Herr Kruljau, auf den sie mit Spannung gewartet hatte, sondern Matthias Adam, den sie um diese Zeit am allerwenigsten vertragen konnte. Er gab vor, ihr Prospekte vom Stadtarchiv zu bringen, die sie im Museum auslegen sollte. Unter dem Arm trug er einen Karton, in dem wohl die Prospekte waren.

»Gib schon her«, sagte Gabriele Steiner barsch. Dann überfiel sie das Mitleid und sie wollte ihn doch nicht so stehen lassen. Um die Höflichkeit nicht ganz beiseite zu lassen, lud sie ihn zu einem Kaffee ein.

Seit seinem letzten Versuch, am Stuhl ihres Chefs zu sägen, tat er ihr sogar ein wenig Leid. Das war aber nur ein Grund für ihre Freundlichkeit. Ein viel gewichtigerer war die strategische Vernunft. Sie wusste aus Erfahrung, dass es besser war, Leute im Auge zu behalten, die einem gefährlich werden konnten. Deshalb wollte sie wissen, welche Gemeinheiten er jetzt, nach Treschkos triumphalem Sieg vor Gericht, im Sinn hatte.

»Wie gehts dir denn so?«, fragte sie ihn und gab dabei ihrer Stimme einen betont harmlosen Klang. Er griff den Ball prompt auf und erwiderte:

»Nicht so gut wie deinem Chef. Der ist doch jetzt in Paris, wie man so hört.«

Natürlich war Gabriele Steiner klar, dass er davon wusste. Er hatte ja die besten Verbindungen zum Vorzimmer des Oberbürgermeisters.

»Ja«, brummte er bedächtig, als sie ihm schweigend zuhörte und die Ohren spitzte.

»Und er reist ja nicht allein, sondern in ausgesprochen hübscher Begleitung.«

Diese Bemerkung machte Frau Steiner einigermaßen nervös und weckte ihre Neugier. Er kannte sie genau und wusste ihre Reaktionen zu deuten. Er grinste breit, als er merkte, wie sich ihre Rückenmuskeln spannten.

»Ja, er hat die Jana mitgenommen.«

Und als sie ihn fragend anblickte, ergänzte er die Information:

»Das ist die Bardame von der kleinen Tschechenbar, hinten in der Kämmererstraße. Die steht ja nicht gerade im besten Ruf, die Bar meine ich, nicht die Dame. Die kenne ich nur vom Sehen. Einen guten Geschmack hat er ja, dein Chef.

Aber den sollte er lieber woanders ausleben. In der Bar geht es nämlich ziemlich heiß her. Das weiß ich von einem Freund, der ein hohes Tier bei der Kripo ist. Glücksspiel, Prostitution und was weiß ich.«

Gabi Steiner machte große Augen. Auch diese Reaktionen kannte Adam von seiner Exfreundin und fügte deshalb noch süffisant hinzu:

»Der Besitzer wurde kürzlich verhaftet. Er sitzt, glaube ich, immer noch in Untersuchungshaft, wird wohl tatsächlich nicht so harmlos sein.« Adam gab vor, besorgt zu sein.

Auf Gabi Steiner wirkte das alles sehr bedrückend. Sie liebte ihren Chef und hatte ihn auch nie in einem anderen Licht gesehen als dem des Museumsdirektors. Schon sein erster Tag im Museum hatte etwas Surreales gehabt. Er erschien ihr wie ein Wesen von einem anderen Stern, ein Mann, der ganz in seiner Welt lebte, der Welt der Kunst. Ein Forscher, der nach der Wahrheit sucht.

Wie hatte er ihr bei der Gerichtsverhandlung imponiert, wie klar waren seine Worte, wie fundiert seine Argumente.

Und wenn sie sich vorstellte, dass er sich mit Leuten aus diesem Milieu einließ! Das befremdete sie. Aber sie hatte keinen Grund, an den Worten ihres Exlovers zu zweifeln. Sie sah ihn erstaunt an und war sprachlos.

Gabi Steiner wusste, wo diese Bar war, ein Stück Wormser Halbwelt. Dass es in der Bar einmal eine Razzia gegeben hatte, wussten viele in Worms. Und dass da krumme Geschäfte liefen, wurde hinter vorgehaltener Hand gemunkelt.

Man ging in eine solche Bar nur in Ausnahmefällen, höchstens an Fasnacht auf einen Absacker. Sie konnte sich das erlauben. Aber der Chef einer öffentlichen Einrichtung, wie dem Museum, sollte sich von solchen Orten besser ganz fernhalten, war ihre Meinung.

Das behielt sie aber in diesem Moment für sich, denn sie wollte Adam auf keinen Fall den Triumph gönnen, sie –

und hätte er auch noch so recht – auf seine Seite gezogen zu haben.

»Was geht es dich an, mit wem Dr. Treschko nach Paris fährt«, setzte sie ihm provokativ entgegen. »Du bist ja bloß neidisch, bist wohl abgeblitzt bei der Dame?«

»Hör bloß auf, ihn in Schutz zu nehmen. Wenn er mit so einer Dienstreisen macht und sich auf Kosten des Steuerzahlers amüsiert, geht mich das sehr wohl was an. Ich werde ihm auf die Finger schauen, deinem Herrn Chef. Darauf kannst du dich verlassen.«

»Er wird schon mit seinem eigenen Geld gefahren sein«, nahm sie Treschko in Schutz. »Die Einladung erfolgte übrigens vom Louvre aus. Die haben auch die Hotelkosten übernommen und die waren gewiss nicht billig.«

»Strafrechtlich nennt man das Vorteilsnahme«, sagte er spitz.

»Blödsinn, meinst du die vom Louvre wollten Dr. Treschko bestechen, damit er ihrem Haus Vorteile in Worms verschafft? Du spinnst doch wohl, du hast die Relationen total aus den Augen verloren.«

»Das ist ganz egal. Was zählt, das ist die Absicht. Ich habe einen Freund, der ist Rechtsanwalt. Der kennt sich in solchen Fällen aus. Den werde ich mal fragen.«

»Versuch nur, Dr. Treschko am Zeug zu flicken. Du wirst dabei sicher wieder auf die Schnauze fallen wie das letzte Mal, als du geglaubt hast, er würde wegen des Tintoretto-Bildes Probleme bekommen. Hast du gesehen, wie bravourös er im Amtsgericht gesprochen hat? Ich habe dich genau beobachtet bei seiner Befragung. Du warst richtig neidisch. Der hat einfach viel mehr drauf als du.«

In diesem Moment klingelte es an der Tür.

Gabi Steiner erhob sich und sah im Monitor Kruljau. Sie drückte auf den Öffner und der Grafiker trat ein. Er blickte etwas irritiert auf Adam, den er vom Sehen kannte.

»Kommen Sie nur rein, Herr Kruljau«, forderte sie ihn auf. »Ich habe schon auf Sie gewartet. Und der Herr wollte sowieso gerade gehen.«

Adam wurde sauer.

»Du wirst es ja sehen«, zischte er, erhob sich und ging davon.

## 11

Treschko kam erst am Mittwoch ins Büro.

Er war noch ganz erfüllt von dem wunderbaren Wochenende in Paris. Jana und Madeleine hatten rasch Freundschaft geschlossen. Sie fanden sich spontan sympathisch, eben weil sie so verschieden waren, oder vielleicht doch nicht?

Nach dem offiziellen Teil der Feierlichkeiten waren sie noch mit einer kleinen Gruppe losgezogen. Mit dem Taxi fuhren sie quer durch Paris und genossen die Nacht. Gegen drei beendeten sie den Abend im *Polly Maggoo*, einer Bar, die es schon im Mai 1968 gegeben hatte, wie sich Pierre erinnerte, der in jenem Jahr an der Sorbonne mit seinem Studium begann.

Ungewöhnlich formal war die Begrüßung von Gabi Steiner gewesen, fand Oliver, als er die Tür zu seinem Büro hinter sich schloss. Sie hatte kaum aufgeblickt, als er ihr die Flasche Champagner überreichte, die er noch am letzten Tag in einem Delikatessengeschäft auf dem

Montmartre gekauft hatte. Sie bedankte sich nur höflichkeitshalber. Er spürte, dass sich etwas in ihrer Beziehung verändert hatte, vermochte aber nicht, der Sache auf den Grund zu gehen.

Als er allein war, wählte er die Nummer von Bonnard. Es war nach 10 Uhr, er musste also jetzt in seinem Büro sein.

»Hallo, Oliver«, begrüßte ihn der französische Kollege erfreut. »Bist du gut angekommen?«

Oliver berichtete kurz über die Rückreise, die am Abend erfolgt war. Gegen zehn waren sie in Worms angekommen und hatten sich nach einem späten Abendessen im *Ambiente* in Treschkos Wohnung von den Strapazen der Rückreise erholt. Jana hatte noch geschlafen, als er kurz nach 9 Uhr das Haus verließ.

»Sie hat mir sehr gut gefallen, deine Freundin«, lobte Pierre. »Und mit Madeleine hat sie sich auch ausgezeichnet verstanden. Beide sind halt Künstlerseelen. Die haben sich sofort erkannt.«

Oliver stimmte zu.

»Jana hat Madeleine erzählt, dass sie sogar schon in Prag ausgestellt hätte.«

»Ja, sie hat in Prag an der Kunstakademie studiert, aber hier in Deutschland hat sie kaum Chancen, als Künstlerin ihren Lebensunterhalt zu verdienen. Sie jobbt in einer Bar, die nicht gerade den besten Ruf hat.«

»Du musst sie fördern, Oliver! Wenn ich dich dabei unterstützen kann, ich kenne hier in Paris einige Galerien, die einen sehr guten Ruf haben und sogar auf der Art Basel vertreten sind. Ich kann ja mal meine Beziehungen spielen lassen. Das wird sicher von Nutzen sein.«

»Klar«, pflichtete Treschko bei. »Wenn du als Direktor des Louvre vorsprichst. Die tanzen dann bestimmt gleich in Worms an und wollen Janas Arbeiten ausstellen.«

»Es ist mein voller Ernst, Kollege. Ich setze mich für sie ein. Außerdem hat Madeleine heute Morgen auch schon gefragt, wann ihr wieder nach Paris kommt. Sie mag euch beide.«

»Ich würde am liebsten gleich nächste Woche fahren«, erwiderte der Wormser Museumsmann.

»Wann immer ihr wollt«, lud Bonnard freundlich ein. »Ihr seid herzlich willkommen.« Dann verabschiedete er sich und legte auf.

Als Treschko den Hörer auf die Gabel legte, empfand er mit einem Male eine Traurigkeit. Sein Museum, das er bis vor kurzem so innig geliebt und mit dem er sich so sehr identifizierte hatte, kam ihm eng und provinziell vor. Er würde etwas ändern müssen. Die Konzeption, den Auftritt, das Programm. Alles erschien ihm mit einem Mal altbacken und eingefahren.

Nur mit Mühe konnte er sich auf die Aufgaben konzentrieren, die auf ihn warteten. Er hatte sich nämlich die schriftliche Fassung der Rede von Pierre geben lassen und ging sie noch einmal Punkt für Punkt durch. Davor hatte er sich die Fotos des Pokals aus dem Archiv geholt und auch die Aufzeichnungen dazu, die im Museum vorhanden waren. Beim Restaurator wollte er auch ein neues Schildchen in Auftrag geben, das besagten Pokal Leonardo zuordnete: ›Nach einem Entwurf Leonardos um 1500 in Venedig gefertigt‹, sollte draufstehen. Aus einem Zusatz sollte dann noch hervorgehen, dass die Bemalung etwa hundert Jahre später in Nürnberg, aus Anlass der Hochzeit von Albogast Nachtrueb mit der böhmischen Gräfin Livinia von Rosenberg, erfolgt sei.

Noch in Paris und sogar auf der Rückreise im Zug hatte er einiges zu dieser Frage aufgeschrieben. Er wollte gleich nach seiner Rückkehr im Germanischen Nationalmuseum anrufen, um dort etwas über Nürnberger Glasmaler zu erfahren, die in der fraglichen Zeit in dieser Stadt gewirkt hatten.

Nachdem er mehrfach mit Kollegen verbunden wurde, die sich auf diesem Gebiet nicht auskannten, landete er schließlich bei einem Sachgebietsleiter, der sich als Pavel Kossut vorstellte. Auch er gab zu, nicht viel über Nürnberger Glasmaler zu wissen. Er könne sich sogar vorstellen, dass dieser Beruf gar nicht als eigenständige Zunft geführt worden sei, sondern als Untergruppe der Fassmaler oder Goldschmiede.

Und Goldschmiede habe es Ende des 16. Jahrhunderts in Nürnberg viele gegeben. Etliche von ihnen hätten sogar am Hof Rudolfs II. in Prag gewirkt. Immer wieder habe dieser fortschrittlich denkende Monarch Spezialisten aus Nürnberg in die Metropole geholt, um dort von ihrem Wissen zu profitieren.

Es sei also nicht einfach, einen einzelnen Handwerker zu identifizieren, der in dieser Zeit eine bestimmte Arbeit gemacht habe.

»Ich bin Tscheche und habe in Prag studiert« erzählte der freundliche Historiker. »In Prag sind die Archive in jüngster Zeit auch nicht mehr ordentlich geführt worden. Ich habe an mehreren Orten gearbeitet und weiß, wovon ich rede. Der Staat steckt kein Geld mehr in die Kultur und die Mittel aus der europäischen Kulturförderung sind längst verbraucht. Die tschechischen Kulturinstitute überleben nur, wenn sie spendable Sponsoren finden.

Nach meinem Studium habe ich in Český Krumlov gearbeitet. Dort haben die Kollegen mehr Glück als die in Prag. Ein reicher Glasfabrikant steckt dort eine Menge Geld in die Kultur und zum Glück auch in die Archive. Ein reicher Italiener, Signor Daniele nennen sie ihn dort. Dieser Mensch hat wirklich Kultur. Er hat die Industrie dort wieder richtig auf Vordermann gebracht und auch die Kultur der Stadt aus ihrem langen Dornröschenschlaf erweckt.«

»Český Krumlov, wieder so eine Synchronizität«, dachte Treschko. »Der Ball wird ins Rollen gebracht und plötzlich ereignen sich Dinge, die man sich vorher noch nicht einmal vorstellen konnte.«

»Český Krumlov«, antwortete er dem tschechischen Kollegen euphorisch. »Auf diesen Ort hat mich kürzlich ein Pariser Kollege aufmerksam gemacht. Demnächst werde ich einmal dorthin reisen. Ich möchte mir unbedingt die Sammlung Rosenberg anschauen.«

»Die Sammlung Rosenberg«, rief Kossut am anderen Ende der Leitung aus. »Diese Sammlung kenne ich gut. Sie ist sehr eindrucksvoll, aber viel kann ich dazu nicht sagen, ich bin kein Kunsthistoriker. Leider ist nur noch ein kleiner Teil von der ursprünglichen Sammlung im Schloss.

Den größten Teil haben sich die Österreicher bei Kriegsausbruch 1914 unter den Nagel gerissen. Dieser Teil ist heute im Kunsthistorischen Museum in Wien. Dort lagern auch die wichtigen Dokumente aus der Sammlung, auch der umfangreiche Briefwechsel von Livinia. Der wurde übrigens erst nach 1990 dorthin gebracht. Ein Wiener Professor hat ihn gekauft, Senghas, glaube ich, heißt er. Damals war er Leiter des Kunsthistorischen Museums. Ihm war sehr daran gelegen, diesen Briefwechsel in die Hände zu bekommen, denn er hat, für tschechische Verhältnisse, ein Vermögen dafür bezahlt. Verstehen Sie denn Tschechisch?«

»Leider nicht«, sagte Treschko etwas verlegen. »Aber meine Lebensgefährtin ist Tschechin. Sie wird mir beim Übersetzen helfen.«

»Ah, das ist sehr vorteilhaft. Ich habe im Rahmen meiner Doktorarbeit die Industriegeschichte von Südböhmen untersucht. Dabei bin ich auch auf die Familie Rosenberg gestoßen. Livinia von Rosenberg wurde mir bei meinen Forschungen so vertraut, als wäre sie meine Tante gewesen«, sagte der Tscheche scherzhaft und fuhr fort:

»Livinia von Rosenberg hat quasi die Glasproduktion in Böhmen begründet. Ihr erster Mann, ein berühmter venezianischer Admiral, von dem sie ein Vermögen geerbt hat, war vor Lepanto gefallen. Ein türkischer Pfeil hatte ihm das Auge durchbohrt.

Ihr Vermögen floss in diese prächtige Sammlung und in den Aufbau der südböhmischen Glasmanufakturen. Venezianische Experten auf diesem Gebiet waren in ihrem Gefolge.«

Treschko hörte aufmerksam zu und notierte Kossuts Adresse in sein Notizbuch.

»Ich werde Ihnen meine Dissertation zuschicken«, sagte dieser dann, weil er Treschko nicht mit zu vielen Details langweilen wollte.

»Darin finden Sie meine Forschungsergebnisse über die erste Phase der Industrialisierung von Vilémova Hora, was auf Deutsch ›Wilhelmsberg‹ hieß. Dort gründete Livinia um 1600 die erste Glashütte. Genau dort steht heute die Glasfabrik dieses Signor Daniele, der für die Stadt so viel Gutes getan hat.

Übrigens setzt dieser Daniele mit seiner italienischen Linie auch eine Tradition fort, die das Glas aus Český Krumlov auszeichnet: Im Gegensatz zu den nordböhmischen Gläsern, die mit einem hohen Bleianteil hergestellt wurden, produzierte man das Glas dort nach dem venezianischen Verfahren, das auf Mangan basierte. Diese Art der Glasproduktion hatte Livinia von Rosenberg einführen lassen, nicht nur der Qualität des so hergestellten Glases wegen, sondern weil sie damals schon an die Belastung der Umwelt und an die Gesundheit ihrer Arbeiter dachte.

Bis zum Dreißigjährigen Krieg prosperierte die Hütte der Rosenbergs und lieferte Glas an alle Fürstenhöfe Europas.«

Treschko war tief beeindruckt von dem Wissen Kossuts. Zum Schluss wollte er noch wissen, ob Kossut jemanden von den venezianischen Glasspezialisten, die für Livinia von Rosenberg gearbeitet hatten, habe ausfindig machen können.

»Das ist sehr schwierig«, antwortete Kossut. »Die Dogen von Venedig waren alles andere als begeistert, wenn man ihre Betriebsgeheimnisse ins Ausland brachte. Darauf stand sogar die Todesstrafe, die auch vollstreckt wurde, sobald die Geheimpolizei der Serenissima den Verräter dingfest machen konnte. Es war also überlebenswichtig, dass die Namen der Spezialisten geheim blieben. Deshalb wird man da auch schwer etwas finden. Wahrscheinlich haben diese Spezialisten sich auch umbenannt und unter einer falschen Identität gelebt, wie das bei Spionen in aller Regel der Fall ist.«

Treschko bedankte sich sehr bei Kossut. So viel zu erfahren, hatte er sich nicht erhofft. Kossut versprach noch einmal, Treschko die Dissertation zu schicken, und der Wormser Museumsdirektor lud den Kollegen nach Worms ein.

»Das nächste Mal, wenn ich in Ihrer Gegend bin, schau ich bei Ihnen rein«, antwortete Pavel freundlich.

»Wann beabsichtigen Sie eigentlich, nach Český Krumlov zu reisen? Meine Tante, ich meine nicht meine imaginäre Tante Livinia, sondern meine reale, Teresa, hat dort in der Stadt ein Häuschen. Ich bin dieses Jahr im April dort. Wenn es sich ergibt, könnten wir da ja mal ein Bier zusammen trinken, das ist dort sehr gut, besser als in Nürnberg, obwohl das Bier hier auch nicht zu verachten ist.«

Treschko versprach, ihn anzurufen, sobald seine Reisepläne konkreter geworden wären.

## 12

Serena war maßlos enttäuscht vom Ausgang des Prozesses und von der gnadenlos hohen Honorarrechnung des Hamburger Anwalts, der sich in Worms ihrer Meinung nach bis auf die Knochen blamiert hatte.

Sie war ihrer Mutter weinend in die Arme gefallen, als sie ihr am John-F.-Kennedy-Flughafen entgegengelaufen war.

Deutschland war Serena bitter geworden und sie brauchte ein paar Tage Abstand, bis die Namen »Worms« und »Tintoretto« kein bedrückendes Gefühl mehr in ihr auslösten.

Zunächst hatte sie ja noch Hoffnung geschöpft und einige Tage nach dem Prozess versucht, Dr. Treschko zu erreichen. Er war ja so freundlich zu ihr gewesen, nach dem für sie verlorenen und für ihn gewonnenen Prozess. Er sei auf Dienstreise im Ausland, hatte es geheißen. Das war kurz vor ihrer Abreise.

Zu Hause in Newark studierte die Mutter die Gerichtsakte, die Serena mitgebracht hatte.

»So sind sie, die Deutschen. Ganz gründlich. Alles muss buchhalterisch erfasst werden«, sagte sie resigniert und klappte den Ordner zu.

Serena nickte und pflichtete ihr bei. Sie hatte sich nach dem Prozess Notizen gemacht, um nicht zu vergessen, was sie ihre Mutter fragen wollte. Ganz hatte Serena die Hoffnung doch noch nicht aufgegeben, ihr Bild zu finden.

»Kannst du dich erinnern, ob je von zwei Gemälden die Rede war?«, fragte sie, als sie ihre Notizen durchblätterte. Das war einige Tage nach ihrer Ankunft, als sie wieder offen war für das Nachdenken über Tintoretto und Worms.

Ihre Mutter überlegte. Jahrzehntelang hatte sie sich bemüht, die Schrecken ihrer frühen Kindheit aus dem Gedächtnis zu verdrängen. Aber sie konnte sich an die genauen Zusammenhänge dann doch nicht mehr erinnern.

Dann, auf einer Autofahrt, fiel Mrs. Houseman plötzlich wieder etwas dazu ein:

»Richtig, da war mal was«, murmelte sie, als sei da gerade eine verschwommene Erinnerung vor ihrem geistigen Auge aufgetaucht.

Serena fuhr den Wagen und steuerte gerade über die Brücke, die die Bundesstaaten New Jersey und New York verbindet. Seit Wochen gab es hier immer wieder große Staus und die Pendler brauchten stundenlang, um vom Wohnort zum Arbeitsplatz und wieder zurück nach Hause zu gelangen.

»Das hat Jack herausgefunden, als er nach mehr Informationen über das Bild in Rom suchte. Reisen konnte er ja nicht mehr. Das Herz machte nicht mehr mit. Aber durch Zufall fiel ihm in Brooklyn, bei einem Antiquar eine Handschrift auf, die er dann für sehr viel Geld erwarb. Die hatte angeblich mit unserem Gemälde zu tun. Ich konnte den Text nicht lesen, er war so undeutlich geschrieben, alles handschriftlich. Sie hat ein Vermögen gekostet. Ich habe Jack Vorwürfe gemacht. Sicher hat ihn der Händler übers Ohr genauen, aber er hat darauf bestanden, dass es ein guter Kauf war.«

Serena war wie elektrisiert.

»Wo ist diese Handschrift jetzt?«, wollte sie wissen.

»Gib sie mir!«, befahl sie, vielleicht ein bisschen zu heftig, sodass die Mutter sogar Angst vor dieser Stimme bekam.

»Du hast zu lange unter den Deutschen gelebt«, warf sie ihr vor und weinte fast dabei.

Serena war selbst über sich erschrocken und entschuldigte sich.

»Ich weiß es selber nicht, woher diese Leidenschaft bei mir kommt. Als ich von Frankfurt abgeflogen bin, habe ich mir vorgenommen, die ganze Sache zu vergessen. Hier holt mich jetzt dieser Kram doch wieder ein und ich denke die ganze Zeit an nichts anderes als an dieses verfluchte Gemälde.«

»Amanda hat also doch recht«, stellte Mrs. Houseman entschieden in den Raum.

»Mit was genau?«, wollte Serena wissen.

»Sie sagt, du seist verbissen. Wenn du mal auf einem Weg bist, dann gehst du den, komme, was da wolle, zu Ende und lässt dich nicht mehr davon abbringen. Ich habe dich immer anders eingeschätzt.«

»Wie hast du mich eingeschätzt?«

»Ich habe dich immer für weicher gehalten und Amanda für die Sturere von euch beiden.«

Serena wusste nicht, ob sie das als Kompliment auffassen sollte oder als Beleidigung.

Zu Hause parkte sie den Wagen in der Garageneinfahrt und half ihrer Mutter, die Einkäufe ins Haus zu schaffen. Sie würden das Wochenende allein zu Hause verbringen. Amanda war zur Begrüßung zwar extra nach New Jersey gekommen, am nächsten Tag aber gleich wieder abgefahren. Seit Kurzem lebte sie mit ihrem neuen

Freund in einer Landkommune. Sie hätten auch Tiere, da könne sie es sich nicht leisten, lange wegzubleiben, hatte sie erklärt. Aber die Ankunft ihrer geliebten großen Schwester hatte sie natürlich nicht verpassen wollen.

Als Serena die Lebensmittel verstaut hatte, ging sie auf ihr Zimmer. Sie hatte sich aus Deutschland Arbeit mitgebracht und schrieb an ihrer Hausarbeit über Friedrich V., den sogenannten Winterkönig, weiter.

Im April würde sie nach Deutschland zurückfliegen und bis zum Ende des Sommersemesters in Heidelberg bleiben. Dann würde sie weitersehen.

Anfangs hatte sie geglaubt, dass ihr Thema leicht zu bewältigen sei, weil es dazu eine Menge Literatur gab. Aber je tiefer sie sich einarbeitete, desto weiter uferte es aus und sie hatte größte Mühe, dem Stoff eine Struktur zu geben.

Sie hatte etwa eine Stunde am Computer gesessen und sich mit einem Text aus dem Internet auseinandergesetzt, in dem es um die Übersiedlung der Familie des Kurfürsten in die Residenz von Rhenen ging, da klopfte es.

»Ich habe die Handschrift gefunden«, meldete sich Mrs. Houseman. »Es ist ein alter Text.« Serena wusste sofort, was sie meinte.

»Ein altes Notizbuch, auf Deutsch geschrieben, in einer alten Schrift, die ich noch nicht einmal entziffern kann. Jack hat damals gesagt, dass es hier einen Eintrag gebe, wo von dem Gemälde die Rede sei. Vielleicht bringt dich das weiter.«

Sie legte das Büchlein auf Serenas Bett und ging wieder hinaus, um das Abendessen zuzubereiten.

Serena staunte sehr, als sie nach etwa einer Viertelstunde das in braunem Rindsleder gebundene Buch in die Hand nahm. Es kam ihr auf eine merkwürdige Weise bekannt vor, obwohl sie sich sicher war, es nie zuvor gesehen zu haben. Oder vielleicht doch?

Hatte es ihr der geliebte Großvater vielleicht einmal gezeigt oder sogar daraus vorgelesen? Sie konnte sich nicht daran erinnern, aber an das Buch irgendwie schon.

Noch mehr als dieses Déjà-vu-Erlebnis überraschte sie der Umstand, dass sie die Handschrift scheinbar ohne größere Probleme lesen konnte. Dies führte sie auf die Tatsache zurück, dass sie sich in den letzten Wochen sehr intensiv mit handgeschriebenen Texten aus dem 17. Jahrhundert befasst hatte und mittlerweile im Entziffern dieser Schriften große Fortschritte machte.

Eindeutig für sie war, dass es sich hier um Notizen handelte, die aus dem ersten Drittel des 17. Jahrhunderts, also aus der Zeit Friedrichs V. stammten.

Nach etwa einer Stunde wurde ihr auch inhaltlich klar, welchen wertvollen Schatz sie da in Händen hielt. Hier erzählte eine Person über das Leben im niederländischen Exil. Als sie las, wo dieser Mensch gelebt hatte, glaubte sie zuerst zu träumen. Rhenen, dieser kleine Ort bei Utrecht, nach dem sie gerade im Internet geforscht hatte.

Der Schreiber dieser Zeilen war nämlich dem unglücklichen Friedrich V. in die Niederlande gefolgt, wo der Onkel des Kurfürsten, ein strenger Calvinist wie er selbst, Schutz und Fürsorge bot. Schutz und Fürsorge hatte der einst mächtige Fürst, der von den böhmischen

Ständen gegen den Willen des Ferdinand II. zum König von Böhmen ausgerufen worden war, bitter nötig, denn er musste um sein Leben fürchten.

Serena hatte genug historisches Wissen, um sich den Zusammenhang, der für dieses Schicksal ausschlaggebend war, erklären zu können: Prag, Winterkönig, die Schlacht am Weißen Berg, wo Friedrich alles verloren hatte.

Das Heer der böhmischen Stände war von Tillys Truppen vernichtend geschlagen worden. In den folgenden Jahren verlor Friedrich den Rest seines einst mächtigen Reiches und lebte nur noch für die Hoffnung, eines Tages alles zurückzubekommen.

Diesen Tag sollte er nicht mehr erleben, noch nicht einmal das Ende jenes schrecklichen Krieges, dessen Ausgangspunkt die Entscheidung Friedrichs war, die Krone der böhmischen Stände anzunehmen.

Der Schreiber, so entnahm Serena den vergilbten Seiten, hatte einst am Hofe Peter Woks von Rosenberg als Kanzler gedient und dessen Reformpläne im südlichen Böhmen maßgeblich unterstützt. Peter Wok hatte das Vermögen seiner Tante Livinia geerbt und die zu Lebzeiten der Gräfin sehr erfolgreiche Glasmanufaktur weiter ausgebaut. Peter Wok hatte auch begonnen, für seine Arbeiter zu sorgen, und am Rande von Krumau eine Werksiedlung angelegt. Dort gab es sogar ein Hospiz und eine Krankenanstalt.

Der Autor des Notizbuchs lobte die Weitsicht seines Herrn. Bereits die reiche Tante, die in Venedig offenbar ein Vermögen gemacht hatte, habe erkannt, dass das Silbererz, das bis dahin die Quelle des Wohlstandes der

Region um Krumau gewesen war, begrenzt sei, dass also der Silberbergbau in nächster Zukunft nicht mehr rentabel sein würde. Deshalb habe sie begonnen, andere Wirtschaftszweige zu erschließen und nach Kräften zu fördern. Glas sei ein Produkt gewesen, das an den europäischen Höfen und beim immer reicher werdenden Bürgertum, das die Luxusbedürfnisse des Adels teilte, sehr begehrt war.

Trüber, wie der Schreiber laut eines Vermerks auf der ersten Seite hieß, lobte seinen Herren, weil er die Entwicklung des Landstriches im Sinne der Pläne seiner verstorbenen Tante weitergeführt habe. Glas wurde damals auch in anderen Landesteilen Böhmens produziert, schrieb Trüber weiter. Aber das nordböhmische Bleiglas sei bei Weitem nicht so elegant und fein wie das nach einem venezianischen Verfahren in Krumau hergestellte.

Sein Großoheim habe dieses Verfahren in Böhmen eingeführt. Dies habe ihm großen Ruhm und Reichtum eingebracht. Und nicht nur das, er sei auch in den Adelsstand erhoben worden und Livinia von Rosenberg sei sogar die Ehe mit ihm eingegangen. Die prunkvolle Hochzeit habe im März 1593 im Schloss in Krumau stattgefunden.

## 13

Es war schon ein merkwürdiges Gefühl für Treschko, nach Hause zu kommen und zu wissen, dass er dort nicht allein sein würde.

Jana würde da sein. Sie hatte das Essen vorbereitet, den Tisch gedeckt, den Wein geöffnet. Solche Rituale lösten bei ihm Gefühle aus, die er bis dahin noch nicht gekannt hatte. Diese Gefühle schwankten zwischen Zutrauen und Bindungsangst.

In Rom hatte er in einer Wohngemeinschaft gelebt. Da waren zwar immer viele Freundinnen und Freunde da gewesen, mit denen er Bad und Küche geteilt hatte oder die in der WG übernachtet hatten, aber all das war völlig unverbindlich gewesen.

Selbst Estelle hatte ihm seine Freiräume gelassen und ihn nicht mit Heiratsabsichten bedrängt. In manch stiller Stunde bedauerte er das, aber letztendlich war er froh darüber.

In Madrid hatte er wieder alleine gewohnt. Bei seinen kurzfristigen Beziehungen blieben einige Frauen mal für ein, zwei Nächte. Dann brauchten sie selbst wieder ihre Freiheit, weil sie sich, genau wie er, nicht auf längerfristige Bindungen einlassen wollten.

Dabei war er älter und älter geworden. Und mit dem Alter kamen auch die Bewusstheit der Endlichkeit des irdischen Daseins und die Frage nach dem Sinn des Strebens.

Mit Jana schien nun auf einmal alles anders. Sie verhielt sich bei solchen Fragen offenbar ziemlich pragmatisch und vermied jedes Theoretisieren.

Jana hatte zwar ihre eigene Wohnung behalten und dachte auch gar nicht daran, an diesem Status etwas zu verändern, aber sie übernachtete doch die meiste Zeit bei Treschko. Instinktiv spürte sie, trotz seiner gegenteiligen Beteuerungen, dass er das Gefühl der Freiheit und Unabhängigkeit brauchte und zu den Leuten gehörte, die rasch Reißaus nahmen, wenn ihnen eine Bindung zu eng vorkam.

Die Leute im Westen waren ganz anders als die aus der Welt, aus der sie ursprünglich kam. Wenn sie über ihre erste Zeit in Deutschland nachdachte, über ihre Beziehungen und Enttäuschungen, so kam sie zu dem Schluss, dass hier viele junge Leute an einem Bindungskomplex litten, der es ihnen schwer machte, Nähe zu akzeptieren, ohne diese schon nach kurzer Zeit als tödliche Bedrohung zu erleben. Auch Treschko schätzte sie so ein.

Trotz der Nähe, die offenbar auch er suchte, hielt sie Abstand. Das schaffte sie auch recht gut. Gestern hatte sie bei sich zu Hause übernachtet und auch vergangenen Mittwoch, als es abends in der Bar recht spät geworden war, ging sie nicht mehr zu Treschko, wie sie es ursprünglich vorgehabt hatte, sondern schlief zu Hause.

Gewöhnlich zog sich Treschko nach dem Abendessen in sein Zimmer zurück und überließ ihr das Wohnzimmer, wo sie sich mit ihren Zeichnungen beschäftigte. Sie hatte wieder begonnen zu zeichnen. Bevor sie in Prag Fotografie studierte, hatte sie dort bereits einen Zeichenkurs belegt. Sie studierte bei einem Lehrer, den sie sehr bewunderte, der allerdings als ziemlich exzentrisch galt. Jan Kundera war schon etwas älter und hatte vor der Revolution von 1989 viel durchgemacht. Er hatte sogar einige Male im

Gefängnis gesessen, weil man ihn regimefeindlicher Aktivitäten bezichtigte.

An diesen Repressionen ging er schier zugrunde. Er hatte selbst nie darüber gesprochen, aber von Bekannten des Professors wusste sie, dass er nach seinem letzten Gefängnisaufenthalt mental beinahe zerbrochen wäre.

Kundera hatte sich damals in ein Dorf im Böhmerwald zurückgezogen und dort seinen Wahnsinn ausgelebt. Dieser Wahnsinn äußerte sich bei ihm vor allem in einem obsessiven Voyeurismus. In der Nähe dieses Dorfes gab es ein Freibad.

Die Körper junger Frauen faszinierten ihn so, dass er sich aus allen möglichen Gegenständen Fotoapparate baute und sich heimlich auf die Lauer legte.

Es gelang ihm sogar, mit seinen Konservendosenkameras bizarre Bilder zu machen, die er dann in seiner Behausung, die mehr einem Loch glich als einer Wohnung, ausstellte.

Beargwöhnt von der Polizei ließ man ihn doch in Ruhe, zumal die jungen Frauen keine Anzeige erstatteten, obwohl sie genau wussten, was dieser verwahrloste Mann hinter dem Gebüsch trieb. Sie lachten über ihn und streckten ihm sogar ihre nackten Hintern in die Kamera, damit er sie auch ja genau erwischte.

Das Glück dieses Mannes war, dass ein berühmter Museumsdirektor aus Brünn in den Böhmerwald kam, weil er von diesem verrückten Menschen gehört hatte. Es gelang dem Museumsdirektor nach einigen Flaschen *Becherovka* schließlich, das Misstrauen des Fotografen abzubauen, und so bekam er endlich dessen heimlich gemachte Fotografien zu sehen.

Was dann folgte, klang wie ein Märchen. Kundera hatte kein halbes Jahr später eine große Einzelausstellung in Brünn. Ein Jahr danach zeigte ihn eine große Galerie in Prag, aber das war schon 1990 und da galt er bereits als eine Art Nationalheld, der sich dem Regime nicht gebeugt hatte und standhaft geblieben war. Kurz nach dieser Ausstellung erhielt er dann auch den Ruf an die Kunstakademie und von Václav Havel persönlich eine Verdienstmedaille um den Hals gehängt.

»Schön, was du da machst«, lobte Treschko, der in der Zwischenzeit wieder ins Wohnzimmer gekommen war und Jana über die Schultern blickte.

»Ach weißt du, ich bin noch nicht zufrieden mit dem, was ich da mache. Ich habe lange nicht gezeichnet und auch nicht fotografiert. Das merkt man den Zeichnungen auch an. Früher war ich gut. Heute frage ich mich die ganze Zeit, ob ich überhaupt künstlerisches Talent habe. Im Moment spüre ich da eher meine Grenzen.«

»Ach, das wird schon«, beruhigte er. »Und ich verspreche dir, in ein paar Monaten werden wir in Paris eine Ausstellung für dich organisieren. Pierre hat sogar versprochen, dass er sich für dich einsetzen wird, und bei Madeleine hast du ja einen sehr guten Eindruck hinterlassen. Danach dann, wenn du dich in Paris etabliert hast, zeigen wir deine Arbeiten im Wormser Museum, versprochen.«

»Spätestens dann ...«, fiel Jana ihm ins Wort und presste beide Lippen aufeinander. Das tat sie immer, wenn sie wütend war, wie Treschko bereits herausgefunden hatte. »Spätestens dann wird mir deine Frau Steiner eigenhändig beide Augen auskratzen. Mach das lieber nicht. Hast du nicht gemerkt, wie aggressiv sie mich immer anschaut, wenn ich bei dir bin?«

Das hatte Treschko allerdings bemerkt. Und zwar von Anfang an. Seit er aus Paris zurück war, war das einst so vertrauensvolle Verhältnis, das die Sekretärin zu ihrem Chef gehabt hatte, rapide abgekühlt. Gabi Steiner war seit dieser Zeit permanent schlecht gelaunt, nahm nur noch widerwillig Treschkos Anweisungen entgegen und redete kaum noch ein privates Wort mit ihm. Das Ganze verschlimmerte sich noch, als Jana ins Museum kam und er sie zwei Stunden lang durch die Räume führte.

»Ja, das habe ich bemerkt, aber das ist mir ziemlich egal. Die Befindlichkeiten von Frau Steiner interessieren mich nicht.«

»Die sollten dich aber interessieren. Immerhin ist sie deine engste Mitarbeiterin und mit solchen Leuten soll man es sich nicht verscherzen. Also fang nicht an, mich in Worms zu protegieren. Das ist nicht gut. Ich habe eine andere Idee.«

Sie erzählte Treschko von Jan Kundera und von dessen internationalen Erfolgen. Er sei ein gefeierter Künstler, der sicher auch in Worms sein Publikum finden würde.

»Wie wäre es, wenn wir ihn auf unserer Reise nach Český Krumlov besuchen? Du könntest dir seine Arbeiten anschauen und danach entscheiden, ob du eine Ausstellung mit ihm machen willst.«

# 14

Sie kamen Anfang April in Prag an und stiegen in einem Hotel in der Nähe der Karlsbrücke ab. Treschko war nie zuvor in Prag gewesen, hatte aber immer den Wunsch dazu verspürt, diese Stadt, die für die Entwicklung der europäischen Kunst von einer solch zentralen Bedeutung gewesen war, näher kennenzulernen.

Das Hotel *Marek*, das Jana für sie ausgesucht hatte, war europäische Spitzenklasse und verfügte über ein ausgezeichnetes Restaurant, dessen Koch sogar einen Stern hatte. Nach dem Abendessen spazierten sie über die Karlsbrücke zur Kleinseite hinüber und genehmigten sich dort in einer schicken Cocktailbar noch einige Drinks.

Am nächsten Morgen waren sie mit Kundera verabredet. Dessen Atelier lag ganz in der Nähe des Wenzelsplatzes, war also zu Fuß vom Hotel aus leicht zu erreichen. Auf dem Weg dorthin führte Jana ihn an der Akademie vorbei, wo sie einige Semester lang studiert hatte, allerdings ohne die Abschlussprüfung zu machen.

Kundera empfing sie an der Haustür eines feudalen Stadthauses. Er gab vor, weder Deutsch noch Englisch zu sprechen, und Jana kam die Aufgabe zu, für Treschko zu übersetzen.

Zum Glück gab es im Haus einen Fahrstuhl, denn das Atelier des Künstlers befand sich im fünften Stock. Von dem schönen Balkon aus hatte man einen weiten Blick über die ganze Altstadt bis hinauf zum Hradschin. Treschko war sehr beeindruckt.

In der geräumigen Atelierwohnung waren mehrere Großformate des Künstlers zu sehen. Malerei, wie

Treschko unschwer erkannte, die von den Fotografien blutjunger Frauen inspiriert war. Bizarre Akte, die in allen möglichen und unmöglichen Verzerrungen posierten. Der Künstler hatte offenbar seinen Spaß daran, junge Modelle bis zur Grenze der Erschöpfung posieren zu lassen.

»Ich mag Mädchen in Trance. Ein Mädchen ist dabei sogar einmal bewusstlos zusammengebrochen«, erzählte er stolz.

»Ich musste den Rettungswagen holen«, übersetzte Treschkos Freundin.

Der Museumsdirektor hatte nach den Katalogen Anderes erwartet. Kunderas frühere Fotografien, so unscharf sie auch waren, wirkten geheimnisvoll und lebendig. Diese Riesengemälde hier hatten etwas Obszönes. Ihnen fehlte jegliche Spontaneität. Sie waren rein auf den Effekt hin komponiert, also ziemlich vordergründig angelegt.

Die meisten von Kunderas neuen Bildern schienen ziemlich gewollt. Pornografische Verzerrungen junger Körper ohne Seele und lesbische Paare, die sich ineinander verrenkten, wobei sie die absurdesten Kunststücke vollführten, die eher komisch als erotisch wirkten.

Kundera redete sich bei der Beschreibung seiner Bilder regelrecht in Rage, weil er in dem Wormser Museumsdirektor einen potenziellen Interessenten sah. Treschko kam nicht dazu, dem Redeschwall, den ihm Jana nur teilweise übersetzte, zu widersprechen.

Endlich nahmen sie wieder im Wohnzimmer Platz. Kundera offerierte ein Glas Champagner, den er vorher kaltgestellt hatte, und sie unterhielten sich über die Schwierigkeiten auf dem internationalen Kunstmarkt.

Treschko widersprach ihm mehrmals und hätte schon fast sein voreiliges Versprechen, ihn in Worms auszustellen, zurückgenommen. Als Jana merkte, dass Treschko kalte Füße bekam, brach sie für ihren alten akademischen Lehrer eine Lanze, indem sie dessen Weiterentwicklung mit überaus blumigen Worten lobte.

»Am Abend ein Spielchen?«, fragte Kundera beim Abschied verschmitzt auf Deutsch. Er hatte sie noch bis zum Fahrstuhl begleitet. Treschko sah ihn etwas verunsichert an und wusste zunächst nicht, wie er diese Aufforderung verstehen sollte. Jana erklärte ihm: »Es gibt da einen Spielsalon im alten *Palais Lisitzki*. Dort treffen sich Künstler und Intellektuelle allabendlich. Es wird Roulette und Black Jack gespielt. Kundera ist dort Stammgast. Dass er uns dazu einlädt, das ist schon eine große Ehre.«

Treschko verstand. Er hatte bis dahin noch keinen Spielsalon von innen gesehen. »Da wird es aber mal Zeit«, munterte ihn Jana auf, als sie Hand in Hand in Richtung Hotel spazierten. »Du brauchst aber auch die richtige Kleidung dazu. So, ohne den passenden Anzug, lassen die dich dort gar nicht rein.«

Und so verbrachten sie den Rest des Nachmittags in verschiedenen Damen- und Herrenboutiquen, eine Freizeitgestaltung, die Oliver immer mehr gefiel, zumal er staunend feststellte, wie überaus unterschiedlich entsprechende Kleidung den erotischen Reiz seiner jungen Freundin unterstrich. Er konnte sich gar nicht sattsehen an ihr und achtete nicht besonders darauf, welcher Kreditkartenbetrag von seinem Konto abgebucht wurde.

Um Geld hatte sich Treschko bisher nie Sorgen machen müssen. Seine Familie war vermögend, wenn auch in den letzten Jahren die Landwirtschaft immer unrentabler wurde und die Kosten, welche die Erhaltung des alten Hofgutes im Wendland verursachte, nicht ganz unbeträchtlich waren. Er selbst hatte sich nie einschränken müssen, hatte aber auch nicht auf besonders großem Fuß gelebt. Er hatte studiert, war viel gereist, liebte gutes Essen und ausgesuchte Weine. Aber sein Gehalt hatte bisher zur Begleichung dieser gehobenen Lebensbedürfnisse immer ausgereicht. Gut, die teure Wohnung in Madrid war durch das Familienvermögen finanziert worden.

Nachdem sie sich im Hotel frischgemacht hatten, stiegen sie in ein Taxi und ließen sich zum *Palais Lisitzki* bringen. Dieses prächtige Gebäude stammte noch aus der Zeit der k.u.k. Monarchie und strahlte den mondänen Charme einer längst vergangenen Epoche aus.

Treschko trug seinen neuen schwarzen Anzug, den er am Nachmittag erworben hatte. Die Hose war noch etwas gekürzt worden. Ein Angestellter der Boutique hatte ihm das gute Stück ins Hotel gebracht.

Janas rotes Abendkleid passte wie angegossen. Treschko hatte ihr auch ein paar neue Schuhe geschenkt, passendes Lackleder mit feinen Riemchen, was die grazile Form ihrer Füße besonders unterstrich. Auch ein silbernes Kollier hatte er ihr geschenkt. Das war allerdings nicht mit Brillanten besetzt, wie es auf den ersten Blick schien, sondern aus Swarovski-Kristall.

Jan Kundera kam strahlend auf sie zu, als sie den Salon betraten. Auch er war festlich gekleidet und trug sogar einen grauen Seidenschal um den Hals. So viel Stil und Geschmack hätte ihm Oliver gar nicht zugetraut. In seinem

Atelier entsprach die Aufmachung noch ganz dem etwas verwahrlosten Außenseiter, als den Jana ihren ehemaligen Professor beschrieben hatte. Er sprach sogar, der Atmosphäre des Palais angemessen, ziemlich passabel Französisch, wie Treschko erstaunt feststellen konnte.

Dem Stil des Hause gemäß löste Treschko an der Kasse für 300 Euro Chips ein und steckte seiner Gefährtin dezent die Hälfte davon zu. Ebenso unauffällig verstaute Jana ihren Spieleinsatz in ihrer kleinen Abendhandtasche.

Kundera begleitete sie zum Roulettetisch, wo es an der Stirnseite noch zwei freie Stühle gab. Die Gäste nahmen Platz und Kundera schaute ihnen über die Schulter.

Der Kunsthistoriker hatte nur vage Vorstellungen von Roulette und dessen Regeln, die ihm geheimnisvoll vorkamen. Jana hingegen schien sich gut auszukennen. Sie beobachtete eine Weile die Kugel, dann setzte sie auf eine *Transversale pleine* und gewann auch tatsächlich. Treschko begnügte sich anfangs mit einer Farbe, gewann, verlor aber gleich wieder. Nach etwa einer halben Stunde war von der ursprünglichen in Chips eingelösten Summe nicht mehr viel übrig. Jana würde vorsichtiger sein müssen. Er nahm sich vor, sie darauf anzusprechen, und ging noch einmal zur Kasse, um neue Chips zu holen.

Seine Freundin liebte an diesem Abend offenbar das Risiko. Außerdem glaubte sie, nach dem ziemlich herben Verlust bei der ersten Runde, etwas gutmachen zu müssen. Tatsächlich waren ihre Einsätze dann auch gewinnbringender und die Kriegskasse war bald wieder auf 500 Euro angewachsen.

In diesem Moment meldete sich Kundera zu Wort, diesmal auf Tschechisch, das Treschko nicht verstand.

Jana zögerte einen Augenblick, dann raffte sie ihre Chips zusammen, die vor ihr lagen und packte sie in ihre Handtasche.

»Madame und Monsieur Treschko«, sagte Kundera feierlich in bestem Französisch. »Darf ich Ihnen einen großen Freund vorstellen, einen Gönner und Förderer der Künstler und der Kunst Prags«.

Treschko wandte den Blick Kundera zu. Neben ihm stand ein nicht mehr ganz junger Herr, sehr elegant gekleidet, graues Haar, ein altmodischer Backenbart.

»Signor Daniele.«

Der Signore sah Jana und Treschko neugierig an.

»Herr Dr. Treschko, Museumsdirektor der Stadt Worms, und dessen Frau, unsere Landsmännin Jana Stepanova«, stellte Kundera seine beiden Gäste vor.

»*Piacere*«, erwiderte Daniele erfreut darüber, in Prag einen fließend Italienisch sprechenden Deutschen zu treffen. Er bat die drei, ihr Spiel doch für einen Moment zu unterbrechen und ihm in die Bar des Casinos zu folgen. Dort lud er sie zu einem Drink ein.

»Sie sind zum ersten Mal hier in Tschechien, *Dottore?*«, fragte Daniele neugierig.

»Ja, und ich bin sehr erfreut darüber, wie sorgfältig hier in Prag mit der historischen Substanz umgegangen wird.«

»Ja, das stimmt«, pflichtete ihm Daniele bei. »Nach dem Ende des Kommunismus ist viel Geld in die Stadt geflossen, das durchaus sinnvoll eingesetzt wurde. Ich liebe solche historischen Plätze, wo man noch die Aura vergangener Jahrhunderte spürt. Nehmen Sie dieses Palais: 1990, als ich zum ersten Mal hier war, nisteten hier noch die Tauben. Durch eine private Stiftung kam sehr viel Geld zusammen. Heute ist das *Palais Lisitzki* ein Juwel in dieser an historischen Gebäuden nicht gerade armen Stadt.«

Kundera pflichtete kopfnickend bei. »Signor Daniele hat sehr viel für die Stadt getan«, bestätigte der Künstler.

»Leben Sie hier in Prag?«, wollte Treschko wissen.

»Manchmal. Ich habe hier ein Apartment auf der Kleinseite mit Blick auf die Moldau, aber eigentlich lebe ich mit meiner Familie in Český Krumlov. Ich habe dort in den 90er-Jahren eine Glashütte aufgebaut. Wir produzieren dort Glas nach einem alten venezianischen Verfahren und liefern unsere Produkte in die ganze Welt. Schauen Sie hier«, Daniele fixierte das Kollier von Jana. »Schauen Sie hier, auch das Brillantglas des Halsschmucks Ihrer entzückenden Gattin stammt aus unserer Fabrik.« Er lächelte zufrieden.

»Das ist ja interessant, Signor Daniele. Auch wir wollen nach Český Krumlov reisen. Ich bin da einer Sache auf der Spur, einer Gemäldesammlung, die Aufschluss über ein Werk, das sich bei uns in Worms befindet, geben könnte. Es wäre möglich, dass es sich ursprünglich dort in einer Sammlung befunden hat.«

»Sie meinen sicher die Sammlung Rosenberg, die sich jetzt im dortigen Schloss befindet. Ja, die ist wirklich hochinteressant.

Hauptsächlich Werke venezianischer Meister sind das. Auch hier konnte ich finanziell unterstützen, um der Sammlung ein würdiges Ambiente zu geben. Die Kosten für die Renovierung des Schlosses waren immens, aber es hat sich gelohnt. Sie werden sehen.

Die Sammlung Rosenberg ist leider nicht mehr komplett, aber das werden Sie sicher wissen. Der größte Teil des ehemaligen Besitzes befindet sich heute im Kunsthistorischen Museum in Wien. Aber bereits vorher, in den Wirren des Dreißigjährigen Krieges, verschwanden wertvolle Gemälde, darunter auch einige Werke von Tintoretto.«

»Tintoretto? In der Sammlung haben sich auch Werke von Tintoretto befunden?«, hakte Treschko interessiert nach. Er war überrascht, in Daniele, den er zunächst als reichen Wichtigtuer angesehen hatte, einen überaus kompetenten Gesprächspartner zu finden.

»Ja, ganz sicher sogar. Es gibt da am Nürnberger Museum einen kompetenten Historiker, mit dem wir damals zusammengearbeitet haben. Der hat eine ganze Menge über die Sammlung herausgefunden. Wie hieß er doch gleich?« Daniele überlegte.

Treschko kramte ebenfalls in seinem Gedächtnis nach dem Namen des tschechischen Kollegen aus dem Germanischen Nationalmuseum, mit dem er vor einigen Wochen gesprochen hatte: »Hieß er vielleicht Pavel Kossut?«, fiel ihm plötzlich ein.

»Kossut?«

Daniele dachte einen Moment nach.

»Richtig, Kossut hieß er. Ein sehr kompetenter junger Mann. Ich glaube, er hat auch eine Doktorarbeit verfasst, aber nicht über die Sammlung, sondern über die wirtschaftlichen Unternehmungen der Familie Rosenberg. Sie haben damals mit der Glasproduktion in Český Krumlov begonnen. Auf diesem Wege sind wir damals zusammengekommen.«

Jetzt fiel auch Treschko wieder ein, dass Kossut ihm diese Dissertation sogar geschickt hatte. Er war allerdings noch nicht dazu gekommen, hineinzuschauen.

»Sogar Tintorettos Tochter, Marietta Robusti, hat einige Jahre auf dem Schloss gelebt«, fuhr Daniele fort. »Livinia von Rosenberg hat sie sehr geschätzt, sogar mehr noch als den Vater. In Venedig hatte Marietta in der Zeit der Gegenreformation keine Chance. Sie war dort sogar angefeindet worden und musste um ihr Leben fürchten. Vermutlich ist sie deswegen nach Böhmen gekommen.«

Daniele sah lächelnd zu Jana hinüber, so als ob er eine Reaktion von ihr erwartete. Als sie schwieg und aufmerksam schaute, fragte Daniele:

»Wann wollen Sie nach Südböhmen reisen?«

»Wir werden den morgigen Sonntag noch hier in Prag verbringen. Am Montag, denke ich, reisen wir weiter«, antwortete Oliver.

»Bitte seien Sie in Český Krumlov mein Gast. Es wäre mir eine große Ehre, Sie in meiner Stadt willkommen heißen zu dürfen. Ich werde Ihnen gleich morgen ein Hotelzimmer reservieren lassen. Wir haben da ein herrliches Hotel, das dem internationalen Standard entspricht, ganz in der Nähe des Egon-Schiele-Zentrums. Dieser weltberühmte Künstler hat ja auch einige Zeit in Český Krumlov gelebt, wie Sie sicher wissen, *Dottore.*«

Treschko bedankte sich für die Einladung, doch bevor er eine neue Runde Drinks bestellen konnte, erhob sich Daniele und verabschiedete sich.

»Ich habe leider noch eine Verabredung. Geschäfte. Auch am Wochenende lassen sie uns keine Ruhe. Ich wünsche Ihnen noch einen schönen Abend. Wir sehen uns am Montag in Český Krumlov. Ich freue mich auf Sie. Noch einen schönen Abend und gute Fahrt dann nach Südböhmen.«

## 15

Oliver hatte einen solchen Riesenofen noch nie gesehen. Durch eine kleine Luke fiel ein Feuerschein in die dunkle Werkhalle, durch die sie Signor Daniele persönlich führte. In seiner Begleitung waren zwei Betriebsmeister, die vor allem dem großen Chef, den sie hier nur selten zu Gesicht bekamen, zeigen wollten, dass sie ihr Handwerk verstanden.

Einer dieser beiden Meister wies mit der Hand auf die Öffnung und erklärte: »Hier können Sie sehen, wie die ganzen Substanzen für den Ofen eingefüllt und gemischt werden. Seien Sie vorsichtig, hier ist es ziemlich heiß«, warnte er.

Diese Äußerung hätte er sich sparen können, denn seine Zuhörer spürten die Hitze bereits in allen Poren. Nach kurzer Zeit bemerkten sie, dass der Schmelzvorgang die verschiedenen Bestandteile zum Wabern brachte.

Treschko war schwer beeindruckt. Der Werkmeister drängte sie weiter.

»Hier sehen Sie«, er wies auf eine zweite ungeheuer groß wirkende Maschine, die etwas abseits stand, »hier sehen Sie – dorthin wird die Glasflüssigkeit transportiert. Unten ist bereits das flüssige Zinn, auf das sie dann gleichmäßig fließt.

Leider können Sie das nicht sehen, aber vielleicht können Sie sich vorstellen, wie das aussieht. Mit Schiebern, die dann von links und rechts einwirken, können wir die Stärke des Glases bestimmen.«

Signor Daniele nickte anerkennend und der Werkmeister fühlte sich geehrt. Er sprach, wie im Übrigen auch Signor Daniele, sehr gut Deutsch.

»Aber gehen wir weiter«, forderte der Werkmeister die kleine Gruppe auf.

Er führte sie quer durch die Halle. Dabei bemerkten die Besucher zunächst gar nicht, dass die langgestreckten technischen Aufbauten an der Seite der Halle einen sehr wichtigen Teil des Produktionsprozesses ausmachten.

Das verfestigte und stark abgekühlte Glas lief über ein 160 Meter langes Band und wurde dabei immer weiter heruntergekühlt. Erst am Ende, dort wo die fertigen Glasscheiben zugeschnitten wurden, wurde klar, wie der Produktionsprozess vom Ofen aus weitergegangen war.

An diesem Punkt endete auch die Führung. Sie bedankten sich freundlich bei den beiden Werkmeistern, die zu ihrer Arbeit zurück mussten.

»Ich habe uns in der Kantine einen kleinen Imbiss bereiten lassen. Ich glaube, Dr. Treschko, Sie und Ihre Frau haben sicher nichts gegen die einfache Umgebung einzuwenden. Oder liege ich da falsch?«

»Nein, ich finde die Atmosphäre hier großartig«, bestätigte Treschko und Jana nickte zustimmend.

»Das ist alles ganz toll. Ich habe mir nie vorstellen können, wie Glas produziert wird«, schwärmte sie bewundernd.

»Ja, das ist wirklich sehr interessant. Und das war auch letztendlich der Grund dafür, dass ich diese Firma von einem amerikanischen Konzern gekauft habe.

Die haben mich sicher für einen Spinner gehalten und sich insgeheim ins Fäustchen gelacht, weil sie ihre Investition in die südböhmische Glasherstellung für einen Fehler gehalten haben. Aber sie haben sich geirrt. Der Erfolg gibt mir recht. Mittlerweile liefern wir von hier aus Glas in die ganze Welt.«

Sie gingen die Treppe hinauf und über einen hellen Gang in die Kantine, die große Fenster hatte. Man konnte hinaussehen über den Fabrikhof, wo sich geschäftige Arbeiter tummelten, Spezialfahrzeuge Glas aufluden und riesige LKWs Quarzsand für die Glasherstellung brachten.

Daniele und seine Gäste nahmen an dem für sie vorgesehenen Tisch Platz und gleich darauf brachten die Bediensteten das Essen. Es gab etwas Böhmisches mit Serviettenknödel, wie Oliver erfreut feststellte.

»Die Amerikaner, die die Firma gekauft hatten, wollten die Kantine ganz abschaffen und auch die Küche. Sie wollten Automaten aufstellen, an denen sich die Arbeiter Sandwichs oder Hamburger kaufen sollten.

Die achten gar nicht darauf, dass sich die Menschen wohlfühlen bei ihrer Arbeit. *Hire and fire*, wenns dir nicht passt, kannst du ja gehen. Wir Europäer sind da ganz anders«, sagte Daniele in einem Ton der Selbstzufriedenheit.

»Als ich die Firma übernahm, habe ich die Kantine sogar noch erweitert. Die großen Fenster habe ich einsetzen lassen und auch die Küche modernisiert. Ich finde, wenn sich die Menschen an ihrem Arbeitsplatz nicht wohlfühlen, dann leisten sie auch weit weniger. Solche Investitionen in die soziale Infrastruktur lohnen sich auf jeden Fall.«

Jana und Oliver nickten zustimmend. Die Teller wurden abgetragen. Es gab noch einen Nachtisch.

»Ich komme selbst aus einfachen Verhältnissen. Ich bin auf Sizilien aufgewachsen. Meine Vorfahren waren Tagelöhner und mussten sich ihr Brot in der Landwirtschaft verdienen. Das steckt mir noch in den Knochen. Für mich sind Menschen nicht nur Zahlen. Die Löhne, die die Mitarbeiter hier verdienen, sind übrigens weit höher als der Durchschnittslohn in Tschechien.«

Der Nachtisch kam. Er bestand aus einem wunderbaren Mirabellenkompott, das wie hausgemacht schmeckte.

Nach dem Nachtisch entschuldigte sich Treschko für einen Moment. Auch die Toilette entsprach ganz dem Stil des Hauses, war sauber und nach dem neuesten technischen Standard eingerichtet. Sogar der Wasserverbrauch war genaustens reguliert.

Als Treschko gegangen war, blickte Daniele Jana freundlich lächelnd an.

»Gefällt Ihnen unsere Fabrik hier? Ich habe bemerkt, wie interessiert Sie den Ausführungen des Betriebsmeisters zugehört haben.«

»Ja, sehr, das interessiert mich sehr. Meine Familie hatte viel mit Glas zu tun, allerdings in Nordböhmen. Meine Großeltern hatten sogar eine eigene kleine Fabrik, die aber dann verstaatlicht wurde. Mein Großvater hat immer viel davon erzählt.«

Daniele hörte zu und lächelte wieder.

»Ich habe Sie nicht ohne Grund gefragt. Ich suche nämlich einen Geschäftsführer, besser noch eine Geschäftsführerin. Und ich traue Ihnen zu, dass Sie in dieser Funktion einen guten Job machen würden. Ich weiß nicht, wie fest Sie an Worms gebunden sind, und moderne Ehen – wir haben einen kleinen Flugplatz ganz in der Nähe – halten auch Entfernungen aus. Also überlegen Sie es sich. Ihnen stehen hier alle Türen offen.«

In diesem Moment kam Treschko wieder zu seinem Platz zurück und Daniele lächelte verschwörerisch.

Jana war über das Angebot des Signore überrascht. Damit hatte sie überhaupt nicht gerechnet. Sie brauchte einen Moment, um sich zu sortieren. Treschko schaute sie fragend an, denn er verstand nicht, was seine Freundin so beschäftigte. Sie sah sich bereits in einem kleinen Privatflugzeug von Český Krumlov aus nach Worms fliegen, wo sie mit Treschko die Wochenenden verbrachte. Träume könnten wahr werden. Vor allem träumte sie von Unabhängigkeit. Finanziell fühlte sie sich schon etwas abhängig von Treschko, der ihr großzügig Reisen finanzierte, sie zum Essen einlud und mit ihr, wie er sagte, gerne in teure Boutiquen ging, Ausgaben, die sie sich für das Geld, das sie beim Jobben verdiente, nie hätte leisten können.

Nicht dass er ihr Vorwürfe gemacht hätte, noch nicht einmal andeutungsweise. Aber ihre finanzielle Abhängigkeit bedrückte sie. Sie tröstete sich damit, dass das sicher nicht ein Dauerzustand bleiben würde. Aber bis zum jetzigen Zeitpunkt war ihr vollkommen unklar gewesen, wie sie ihre Einkünfte würde verbessern können.

Und dann plötzlich dieses verlockende Angebot von dem Signore. Sicher würde er sie fürstlich bezahlen, wenn er schon von einem Flugplatz sprach und von den Möglichkeiten einer Wochenendbeziehung, die, wie er sich sicher würde vorstellen können, hohe Reisekosten mit sich brächte.

»Daniele ist sicher ein großzügiger Mensch«, ging es ihr durch den Kopf.

Sie hatte immer noch kein Wort gesprochen.

»Ist was, habe ich etwas verpasst?«, frage Treschko etwas irritiert.

»Nein, sicher nicht«, kam ihr Daniele zu Hilfe.

»Wir haben gerade über unseren gemeinsamen Bekannten gesprochen, Professor Kundera, mit dem sie eine Ausstellung planen«, log der Fabrikant.

Diese Notlüge gab Jana die Gelegenheit, den Kopf aus der Schlinge zu ziehen.

»Ja, dir ist es doch ernst damit?«, fragte sie, um wieder auf ein gemeinsames Thema zu kommen.

Treschko war verunsichert. Einerseits wollte er die Ausstellung auch Jana zuliebe machen. Andererseits waren ihm aber in Prag doch Zweifel gekommen, die er bis jetzt unterdrückt hatte.

»Ich habe Ihrer Freundin versprochen, dass ich die Ausstellung finanziell unterstützen werde. Mit einer halben Million können Sie rechnen.«

Treschko fiel der Unterkiefer herunter. Eine halbe Million für eine einzige Ausstellung? Der gesamte Ausstellungsetat des Museums betrug noch nicht einmal fünf Prozent davon für das ganze Jahr. Treschko wusste nicht, was er zu dieser Großzügigkeit sagen sollte. Unangenehm dabei war ihm nur das Gefühl, dass er wohl nun nicht mehr zurückkonnte. Dass er die Ausstellung auf jeden

Fall würde machen müssen und er gewissermaßen im Wort stand.

»Das ist sehr großzügig von Ihnen Signor Daniele«, bedankte er sich. »Ihnen scheint das Weiterkommen von Herrn Kundera offenbar sehr am Herzen zu liegen?«

»Ja, sehr. Ich schätze seine Kunst und auch seinen Charakter. Er hat dem kommunistischen Regime lange getrotzt und war sogar im Gefängnis. Davor habe ich hohen Respekt. Wer macht das schon? Die meisten unserer Zeitgenossen passen sich doch an und marschieren im Glied. Er ist ein Ausnahmemensch.«

Nach dem Kaffee verabschiedete sich Daniele. Er habe noch einen arbeitsreichen Nachmittag vor sich, verkündete er und entschwand. Der Chefin der Kantine fragte noch, ob sie ein Taxi rufen solle. Aber beide winkten ab.

»Wir gehen lieber ein Stück zu Fuß. Nach diesem hervorragenden Mittagessen wird uns die frische Luft sicher guttun«, antwortete Treschko der Dame, die sehr gut Deutsch sprach.

»Den Spaziergang sollten Sie aber besser auf einen anderen Tag verschieben«, erwiderte die freundliche Frau. »Der Wetterbericht hat Regen angesagt.«

»Das ist nicht so schlimm«, tröstete Jana. »Wir haben ja einen Schirm dabei.«

Das Hotel *Smetana* lag in der Oberstadt, ganz in der Nähe eines schönen Parks. Nach der Werksbesichtigung waren sie noch ein bisschen am Ufer der Moldau entlanggegangen. Junge Studenten machten dort ihre Kanus bereit, um ein Stück in dem recht reißenden Fluss zu paddeln. Treschko lächelte und erinnerte sich an die Geschichten, die ihm Jana aus ihrer Gymnasialzeit erzählt hatte. Er versuchte sich den Mief eines postsozialistischen Gymnasiums in Tschechien vorzustellen und dann plötzlich das Gefühl der Freiheit in einem Ferienlager.

Jana kam ihm ziemlich nachdenklich vor, wie sie da so still neben ihm herging. Ganz abwesend schien sie ihm. »Hast du was?«, fragte er nach.

Kurz schreckte sie auf, als habe Treschko sie aus ihren Träumen gerissen.

»Nein«, antwortete sie.«Es ist bloß so, dass mir Signor Daniele da ein ziemlich gutes Angebot gemacht hat, als du draußen warst, auf der Toilette. Er hat mich gefragt, ob ich mir vorstellen könnte, für ihn hier in Český Krumlov als seine Geschäftsführerin zu arbeiten. Die Geschäfte liefen gut und er bräuchte dringend jemand in der Leitung zur Verstärkung.«

Treschko war überrascht, geradezu geschockt.

»Und, was hast du ihm gesagt?« wollte er wissen.

»Er hat mir auch angeboten, seinen Privatjet zu nutzen. Wochenendbeziehungen seien modern heutzutage, meinte er.«

Treschko kam dieser Ausspruch fast zynisch vor. Obwohl er vor Jana in Beziehungen immer auf seiner Freiheit bestanden hatte und sich auf keinen Fall hatte binden wollen, schien sein Gefühl ihr diese Freiheit nicht zubilligen zu wollen. Er fühlte einen Stich in der Magengegend und die Kehle war ihm wie zugeschnürt.

Natürlich war sie frei und sicher sah er auch ihre Situation in klarem Licht. Von ihrem Einkommen konnte sie gerade ihre Grundbedürfnisse abdecken. Das Angebot Danieles würde ihr jetziges Gehalt wahrscheinlich um ein

Vielfaches übertreffen. Er, an ihrer Stelle, hätte ein solches Angebot sofort akzeptiert.

Treschko suchte nach Argumenten, die gegen Danieles Angebot sprechen sollten. Aber ihm fielen partout keine vernünftigen Gründe ein, warum sie hätte ablehnen sollen.

»Du hast einen guten Job in Worms«, hätte er ja schlecht sagen können, denn dieser Job in der Bar war alles andere als gut und außerdem miserabel bezahlt.

Das Einzige, was er in diesem Moment hätte tun können, wäre gewesen, ihr auf der Stelle einen Heiratsantrag zu machen. Aber dazu konnte er sich nicht durchringen, also ging er schweigend neben ihr her in Richtung Schlossbrücke.

Im Park waren städtische Arbeiter gerade dabei, die Bühne für das Laientheater aufzubauen. Kulissenteile standen bereit und die Tontechniker probten gerade den Sound. Als sie über die Schlossbrücke gingen, waren dicke Regenwolken aufgezogen und es fing an zu nieseln.

Jana holte ihren Schirm aus der Handtasche und spannte ihn auf. Treschko nahm ihn ihr aus der Hand und hielt ihn über sie. Er war gerade groß genug für sie beide.

# 16

Pavel Kossut freute sich sehr, als Treschko ihn am Nachmittag anrief. Er sei schon eine Woche im Hause seiner Tante Teresa. Mit dem Anruf Treschkos hatte er eigentlich nicht mehr gerechnet. Es war ja auch schon eine ganze Zeit her, seit er mit ihm gesprochen hatte. Und dass anfänglich euphorisch gemachte Versprechen schnell vergessen werden, daran war er längst gewöhnt.

Als Treschko an diesem Abend tatsächlich mit seiner wunderhübschen Freundin ins Gasthaus am Fluss kam, war Pavel noch überraschter. Er fand beide spontan sympathisch.

Das Lokal, das den populären und in aller Welt mit Tschechien verbundenen Namen *Schwejk* trug, machte einen rustikalen Eindruck. Es roch intensiv nach geräuchertem Schinken und selbstgebrautem Bier. Auf der Terrasse saßen bereits zahlreiche Gäste, die sich angeregt unterhielten. Und das Bier kam in großen, gläsernen Krügen.

Auch Jana fand ihren Landsmann recht sympathisch. Er war von schlanker Gestalt, hatte volle, strohblonde Haare und war nur wenig älter als sie, also mindestens zwei Jahrzehnte jünger als Treschko. Sie unterhielten sich anfangs locker über den Unterschied zwischen Deutschland und Tschechien, wie viel einfacher das Leben hier sei im Vergleich zum großen Nachbarn, wo man dafür aber viel mehr Geld verdiene.

»Als Akademiker nagst du hier echt am Hungertuch«, seufzte Pavel. »Aber das war früher auch schon so. Im Sozialismus hast du als Historiker damals auch kaum was verdient. Es sei denn, du hast für die Partei gearbeitet und deren Ideologie pseudowissenschaftlich unterfüttert.«

Unkompliziert waren sie vom ›Sie‹ aufs ›du‹ übergegangen. Pavel bestellte noch eine Runde Bier. Das Essen war mittlerweile gekommen. Sie aßen Knödel und Haxe. Alles ziemlich sättigend. Dann tranken sie zur Verdauung noch einen Schnaps, der ziemlich scharf schmeckte.

»Marietta Robusti muss hier wohl eine ganze Weile gelebt haben. Sie soll hier einige Madonnenbilder für Kirchen der Umgebung gemalt haben, aber genau lässt sich das nicht belegen. Viele der Dokumente sind ja in Wien. Auch Werke, von denen man nachweisen kann, dass sie existierten, sind verschwunden. Angeblich haben die Böhmischen Brüder diese Bilder zerstört. Aber auch dafür gibt es keine Beweise. Und ob es wirklich die Böhmischen Brüder waren? Ich glaube das nicht, denn der Ikonoklasmus war hier nicht so verbreitet wie anderswo.«

»Was ist mit der Familie Rosenberg? Leben da noch Verwandte?«, fragte Treschko neugierig. Er vergaß alles um sich herum, wenn er das Gefühl hatte, er folge einer heißen Spur.

»Ja, es gab da wohl noch einen Neffen, der das Erbe von Livinia angetreten hatte und die Entwicklung der Region in ihrem Sinne vorantrieb, das war ein gewisser Peter Wok von Rosenberg. Aber der geriet immer tiefer in die Krise und war am Ende so verschuldet, dass er seinen Besitz an Rudolf II. verkaufen musste.

Ein Grund, warum er sich so hoch verschuldete, lag eindeutig darin, dass mit der Unmasse Silber, das aus Amerika nach Europa kam, die Silberpreise stark nach unten gingen und sich die Ausbeutung der heimischen

Vorkommen kaum mehr lohnte. Dass es soweit kommen würde, hatte Livinia schon lange vorher vorausgesehen. Deswegen hatte sie die Glasmanufakturen gefördert. Sehr weitblickend, die Dame, allerdings wollte Rudolf II., der ja damals König von Böhmen war, davon nichts wissen und belegte die Glasproduktion nach dem venezianischen Verfahren mit allen möglichen Steuern. Das brach dann Peter Wok von Rosenberg ökonomisch das Genick.«

Jana war aufgestanden und hatte die beiden Männer für einen Augenblick allein gelassen. Zwischen diesen beiden Koryphäen, die sie kaum zu beachten schienen, kam sie sich irgendwie überflüssig vor.

Eine schöne Zierde für den weltgewandten Museumsdirektor aus Worms. Schon in Paris war ihr diese Rolle zuwider gewesen, aber dort gab es wenigstens Madeleine, mit der sie sich austauschen konnte und Madeleine hatte ihr diesen Aufenthalt dort recht angenehm gemacht. Sie teilte ihre ästhetischen Vorstellungen, konnte mit ihr über tolle Kunstprojekte reden oder einfach lachen. Mittlerweile telefonierten sie mehrmals in der Woche miteinander.

Sie holte eine Packung Zigaretten aus der Handtasche und rauchte. Jana sah auf den reißenden Fluss, der sich durch das Wehr zu ihren Füßen drängte. Warme Gefühle, Erinnerungsfetzen an eine schöne, unbeschwerte Jugendzeit. Drinnen im Lokal ging die Diskussion weiter.

»Nachdem du bei mir in Nürnberg angerufen hattest, hat es mir keine Ruhe gelassen. Ich habe versucht herauszufinden, wer nach dem Tod von Peter Wok noch in

Krumau geblieben war, und stieß da auf einige interessante Namen, die mit der Familie Nachtrueb in Verbindung gestanden haben könnten oder vielleicht sogar selbst Familienmitglieder waren, ihre Namen aber aus Tarnungsgründen geändert hatten.

Unter dem Schutz der Rosenbergs dürfte es ja kein Problem gewesen sein, die erforderlichen Dokumente zu erstellen. Vor allem einer fiel mir auf. Er trug den Namen Trüber und hatte offenbar weitreichende Vollmachten. Er scheint noch nach dem Böhmischen Aufstand vor Ort gewesen zu sein. Dann ist er wahrscheinlich nach Flandern geflohen. Wir finden im Verzeichnis der Hofbeamten Friedrichs V. ebenfalls jemanden mit diesem ungewöhnlichen Namen. Aber nach dem Tod Friedrichs gibt es keine Spur mehr von ihm. Ich habe nicht herausfinden können, ob er in Rhenen geblieben ist oder nach Böhmen zurückging, als sich der Hof Elisabeth Stuarts aufzulösen begann.«

In diesem Moment kam Jana wieder an den Tisch zurück und sagte: »Ich hoffe, ich störe nicht!« Sie sagte das ziemlich verbissen, sodass die beiden Diskutanten erschraken. Kossut war sich sofort seiner Schuld bewusst und entschuldigte sich beschämt, während Treschko sauer wurde und Janas Auftritt peinlich fand. War er nicht hier, um zu arbeiten, und hatte er durch die Informationen von Pavel nicht einen wertvollen Ansatzpunkt gefunden, den er unbedingt weiterverfolgen musste? Stand er nicht bei Serena Houseman und seiner Mutter im Wort damit, Tintorettos Geheimnis zu lüften?

DRITTER TEIL

# Die Rache der Serenissima

## 1

Gabriele Steiner runzelte die Stirn, als sie durch das Foyer des Museums ging. Nur einen kurzen Blick warf sie auf die Riesenformate, die dort ausgepackt standen. Blaue Akte, Verrenkungen, junge Frauen, die sich offenbar an etwas festsaugten oder wie verlorene Fische durch einen endlos erscheinenden Raum segelten. Sie konnte mit alledem nichts anfangen. Auch mit dem Maler nicht, Jan Kundera, der im Foyer stand und zusammen mit Treschko über die Arbeiten und deren Hängung in den Räumen diskutierte. Noch vor einem Jahr, da war sich Gabriele Steiner sicher, hätte ihr Chef es abgelehnt, eine Ausstellung mit solch zweifelhaften Arbeiten im Museum zu machen. Jetzt lobte Treschko das selbstverliebte Geschmiere dieses erotomanischen Greises überschwänglich, wie sie fand. Das stieß sie ab. Auch für die Person des Malers konnte sie wenig Sympathie aufbringen. Wie er sich so breitbeinig aufgestellt hatte, in ihrem Büro, als sie ihm zum ersten Mal begegnet war!

»Ist Ihr Chef da?«, hatte er nur gefragt. Und auf ihre Gegenfrage, ob er denn einen Termin habe, hatte er nur knapp geantwortet, er brauche keinen. Das Büro von Dr. Treschko stünde ihm immer offen.

Tatsächlich war es auch so. Treschko begrüßte ihn überaus freundlich und zuvorkommend, so als ob es sich wirklich um einen großen Künstler handelte.

Seit Treschko aus Tschechien zurückgekommen war, wirkte er sehr verändert. Alle für das zweite Halbjahr geplanten Ausstellungen hatte er abgesagt. Anstelle dieser für das Museum wichtigen Präsentationen rückte Kundera in den Vordergrund. Treschko hatte Frau Steiner eingeschärft, dass diese Ausstellung absolute Priorität habe, denn es hinge viel Geld an dem Projekt, Geld, das er einspielen wolle, um das Museum endlich auf gesündere finanzielle Füße zu stellen.

Bisher seien die Ausstellungsetats ja äußerst bescheiden gewesen, aber mit neuen Sponsoren im Hintergrund wären da ganz andere Projekte möglich.

Gabriele Steiner saß nur ruhig auf ihrem Stuhl und nickte. Bisher war sie, trotz aller Skepsis, für ihren Chef gewesen. Und seine Art, Kompromisse zu schmieden, um ein höheres Ziel zu erreichen, war ihr nicht fremd. Es beruhigte sie auch, dass tatsächlich, als das neue Programm gedruckt war, in dem die Ausstellung Kunderas groß beworben wurde, ein sechsstelliger Spendenbetrag auf das Konto des Museums einging. Sie hatte da ja den Überblick.

Bisher hatte es bei Ausstellungen immer Spenden gegeben, jedoch nie hatte sie Spendeneingänge in dieser Höhe registrieren können. 200 000 Euro, von einer tschechischen Glasmanufaktur! Sie war total überrascht und stand kurz davor, ihre Meinung über Treschko und seine Strategie zu ändern, überlegte auch, Kundera bei dessen zukünftigen Besuchen freundlicher zu behandeln. Da ereignete sich etwas, das sie dann doch wieder umstimmte. Eines Nachmittags kam Jana die Stufen herunter und begrüßte Treschko überschwänglich. Sie küsste ihn sogar, was Frau Steiner ungehörig fand. »So eine, und wie die sich benimmt!«, dachte sie nur und wollte sich schon in ihr Büro zurückziehen. Da rief sie Treschko noch einmal zurück.

»Frau Steiner«, sagte er mit einem maßregelnden Ton in der Stimme. »Seien Sie so nett und räumen Sie der jungen Dame hier einen Schreibtisch in Ihrem Büro ein. Sie wird mir bei der Kundera-Ausstellung zur Seite stehen, da sie als Einzige in meinem Bekanntenkreis Tschechisch spricht. Bitte seien Sie freundlich zu ihr, denn wir sind auf ihre Mitarbeit angewiesen.«

Gabriele Steiner fühlte sich herabgesetzt durch diese Zumutung und zog sich beleidigt aus dem Chefzimmer zurück. Zehn Minuten später stand Jana vor ihr und lächelte versöhnlich. Das brachte Gabriele Steiner noch mehr auf die Palme. Aber sie zeigte ihre Wut nicht und tat so freundlich, wie sie konnte. Im Abstellraum stand noch ein Tisch. Sie bat den Hausmeister, ihn zu holen und ins Sekretariat zu bringen. Dazu solle der Hausmeister noch einen passenden Stuhl besorgen und das Telefon sowie den Computer anschließen. Innerlich schäumte sie dabei vor Wut. Jana bedankte sich höflich, grüßte lächelnd und verließ den Raum. Sie hatte am Abend noch Dienst in der Bar und wollte vorher noch zu sich nach Hause. Da war schon eine ganze Menge Arbeit liegen geblieben. Sie war zu nichts mehr gekommen, seit sie aus Tschechien zurückgekehrt war.

## 2

Als Oberbürgermeister Kolberg von der Spende hörte, war er ganz und gar beglückt, fragte er sich doch schon eine ganze Zeit lang, wie er es ermöglichen könnte, Treschko die bereits zugesagten Mittel auch tatsächlich zukommen zu lassen. So hatte er jetzt wenigstens einen Aufschub, denn um die Finanzen der Stadt stand es denkbar schlecht und er konnte nicht weiter zusehen, wie sich Worms immer mehr verschuldete. Gleichzeitig musste aber die Einnahmeseite verbessert werden und das hieß vor allem, das kulturelle Image zu verbessern und gewinnbringend zu vermarkten.

Treschko schien ihm der richtige Mann zu sein. Nicht nur der wissenschaftliche Kopf, der sich gut in Szene setzen konnte, wie er beim Prozess gegen Serena Houseman eindrucksvoll bewiesen hatte. Er war offenbar auch in der Lage, potente Sponsoren zu akquirieren, wenn auch mit Ausstellungen, die nicht den Ansprüchen der Wormser Kunstpäpste entsprachen.

Dass Treschkos Ausstellungspläne nicht überall auf Begeisterung stießen, hatte er längst erfahren, denn Matthias Adam hatte bereits bei ihm vorgesprochen. Ganz aufgeregt klang er dabei, so als sei da wirklich etwas ganz Ungeheuerliches in Vorbereitung. Adam hatte Fotografien bei sich, die belegen sollten, dass es sich bei den Arbeiten von Kundera um reine Pornografie handelte, die mit Kunst überhaupt nichts zu tun hatte. Kolberg besah sich die Fotos und schüttelte den Kopf. Er wusste damals bereits von der noblen Spende, die mit der Ausstellung verbunden war.

»Glauben Sie denn, Herr Adam, Dr. Treschko hätte diese Ausstellung vorgeschlagen, wenn es sich tatsächlich so verhielte, wie Sie behaupten?« Adam hielt den Atem an. Er war klug genug, nicht weiter auf seiner Sicht zu beharren, denn er hatte verstanden, dass der Oberbürgermeister voll und ganz auf Treschkos Seite stand.

»Schauen Sie«, fuhr das Stadtoberhaupt an Adam gewandt fort und legte ihm die Vita Kunderas auf den Tisch, die ihm der Museumsdirektor ein paar Stunden zuvor zugemailt hatte. »Sie sehen, dieser Mann hat die höchsten Auszeichnungen des tschechischen Staates erhalten. Er bekleidet einen Lehrstuhl an der Prager Akademie, hat Ausstellungen in aller Welt und kommt jetzt nach Worms. Und da wollen Sie behaupten, er sei kein Künstler, sondern nur ein Pornograf?«

Adam sah ein, dass er verloren hatte und trat den verbalen Rückzug an.

»Ich wollte Worms nur vor einem Kunstskandal bewahren. Unser Publikum hier ist nicht geschaffen für diese Art Kunst. Das ist eher etwas für große Städte wie Mannheim oder Frankfurt. Hier bei uns sind die Leute bodenständiger.«

»Woher wollen Sie das wissen?« Kolbergs Stimme wurde unwillkürlich laut, sodass Adam erschrak. »Kümmern Sie sich um Ihren eigenen Kram. Haben Sie im Stadtarchiv denn nicht schon Probleme genug? Schauen Sie, dass Sie dort weiterkommen.«

Kolberg erhob sich. Er betrachtete das Gespräch als beendet. Adam blieb nichts anderes übrig, als es ihm nachzutun. Verlegen versuchte er Haltung zu bewahren und schlich sich aus dem Konferenzzimmer. Mit offenem

Visier war Treschko nicht beizukommen, gestand er sich ein.

Dr. Kolberg ging direkt auf sein Büro zu. Mit großen Schritten marschierte er an seiner Sekretärin vorbei.

»So ein Arschloch«, murmelte er dabei in seinen Bart. »Gerade sind wir dabei, mit unseren Kunstschätzen bekannter zu werden, da kommt so ein Trottel um die Ecke und redet von Pornografie, die Worms nicht verkraften könne. Das ist doch unerhört.«

Dann verschwand der Oberbürgermeister in sein Büro und knallte die Tür hinter sich zu.

Normalerweise drückte sich Dr. Kolberg nicht so drastisch aus wie an diesem Tag und schon gar nicht Fremden gegenüber. Aber zu seiner Sekretärin, Anneliese Frey, hatte er Vertrauen. Hier konnte er die Zügel locker halten und auch manchmal, in dieser ungebührlichen Weise, seinen Stimmungen Ausdruck verleihen.

Er wusste allerdings nicht, wie eng das Verhältnis zwischen seiner Sekretärin und der von Dr. Treschko war und wie offen die beiden Damen über die Angewohnheiten ihrer Chefs sprachen.

## 3

Von Gabriele Steiner wusste Anneliese Frey natürlich, wie es um Treschko momentan bestellt war und was es mit dieser direkt aus Tschechien importierten Ausstellung auf sich hatte. Sie wusste auch von Treschkos Affäre, die längst keine Affäre mehr war, sondern schon feste Formen angenommen hatte.

»Die junge Dame arbeitet jetzt sogar bei uns. Ich muss sie sogar in meiner direkten Nachbarschaft ertragen. Du weißt ja, wie eng die räumlichen Verhältnisse bei uns sind. Sie sitzt mir gegenüber und arbeitet Treschko zu. Hoffentlich ist die Kundera-Ausstellung bald vorüber. Dann werden wir sie sicher bald wieder los«, stöhnte Gabriele.

»Ungeheuerlich«, fand Anneliese.

»Diese kleine Maus«, so erzählte Gabi Steiner, »die ja mindestens fünfundzwanzig Jahre jünger als Treschko ist, führt sich auf, als sei sie schon die große Chefin. Sie macht zwar immer einen auf freundlich, aber das ist alles nur Taktik. In sehr kurzer Zeit hat sie sich in das Vertrauen von Treschko eingeschlichen. Was die Ausstellungspolitik, die Programmgestaltung und sogar die Hängung der Bestände angeht, hat sie mittlerweile mehr zu entscheiden als das Kuratorium.

Bei mir holt sich Treschko keinen Rat mehr. Dabei hätte er ihn gerade jetzt dringend nötig, denn Matthias Adam sägt schon wieder kräftig an seinem Stuhl. Aber ich sage da gar nichts. Ich lasse Treschko ins offene Messer laufen. Ist mir doch egal«, entfuhr es ihr ziemlich affektiert.

Anneliese Frey merkte der Freundin den Frust, der in ihr saß und an ihr fraß, so richtig an. Sie bestellte bei der freundlichen Bedienung des *Stadtcafés* zwei Gläser Cognac. Nach Kaffee war ihr jetzt nicht mehr zu Mute. Jetzt wurde zu härteren Drogen gegriffen.

Treschko saß um diese Zeit in seinem Büro im Museum und blätterte in den Katalogen, die er sich aus Wien hatte schicken lassen und worin eine ganze Reihe von nachgewiesenen oder vermeintlichen Tintoretto-Porträts abgebildet waren. Er versuchte darin Ähnlichkeiten zu dem Porträt zu entdecken, das sich in seinem Museum befand. Aber, so musste er sich schließlich eingestehen, es gab kaum welche.

Diese Porträts waren wirklich sehr eigen und gar nicht so weit entfernt von den Heiligenbilder El Grecos, die er von Madrid her in genauester Erinnerung hatte. Jene waren von spirituellem Licht durchdrungen. Das Wormser Bild wirkte dagegen viel kompakter, skulpturaler, dichter in seiner Form. Es gab zwar auch hier das spirituelle Licht, zweifellos, aber das kam von innen heraus, aus der Seele des Porträtierten und wirkte durch die Augen, die einen anschauten.

Hier mystifizierte Tintoretto, wenn er denn der Maler gewesen war, das Licht nicht, wie bei *Maria im Tempel*, das der Kunsthistoriker in der venezianischen Kirche *Madonna dell'Orto* gesehen hatte, oder bei der *Heiligen Maria Ægyptiaca*, bei dem der Künstler die Lichteffekte sogar bis hin ins Surreale gesteigert hatte. Auch war hier von dem flüchtigen Pinsel nichts zu spüren, den ihm seine Neider oft als Nachlässigkeit ausgelegt hatten.

Beim Wormser Porträt war es die Wärme, die Zuneigung und die Empathie, wie sie bei den Beispielen aus dem Wiener Katalog einfach nicht vorhanden waren.

Vincenzo Morosini beispielsweise, Prokurator von Sankt Markus und Präfekt von Bergamo, das damals zu Venedig gehörte, war ein machtbewusster, skrupelloser Mensch gewesen und so hatte ihn Tintoretto wohl auch gesehen. Die äußere Erscheinung war dem Künstler eine Metapher für den Charakter gewesen.

In diesem Moment klingelte draußen im Sekretariat das Telefon.

Es dauerte eine ganze Weile, bis Treschko realisierte, dass Gabi Steiner nicht, wie gewöhnlich, an ihrem Platz saß. Sie hatte sich für den Nachmittag freigenommen. Ihr sei nicht gut, hatte sie am Morgen verkündet. Sie müsse sich etwas erholen.

Treschko hatte Verständnis gezeigt. Es war ja auch nicht leicht für sie, sich mit dem neuen Kurs abzufinden, den er mit dem Museum zu fahren gedachte. Mehr Ausstellungen mit jungen Künstlern sollten vor allem junges Publikum an das Haus binden. Na gut, dachte er selbstkritisch. Kundera war jetzt gerade nicht der große Schlag, er hätte lieber einen bekannteren und fetzigeren Künstler gehabt, aber Kundera brachte Sponsorengeld. Und so schlecht war Kundera nun auch wieder nicht.

Es hatte bereits fünfmal geklingelt, bis sich Treschko endlich erhob und ins Vorzimmer hinausging. Im Stillen hoffte er, dass der Anrufer, bis Treschko endlich den Hörer abgenommen hätte, die Geduld verlieren und von sich aus auflegen würde. Aber dem war nicht so. Es klingelte weiter.

»Städtisches Museum Worms«, meldete er sich.

Am anderen Ende der Leitung war eine weibliche Stimme zu hören, die mit amerikanischem Akzent sprach.

»Mein Name ist Houseman«, meldete sie sich. »Ich hätte gerne mit Herrn Dr. Treschko gesprochen.«

»Am Apparat. Schön von Ihnen zu hören. Meine Sekretärin hat mich bereits darüber informiert, dass Sie angerufen haben. Ich hätte bestimmt die nächsten Tage zurückgerufen, aber Sie müssen verstehen. Ich bereite hier gerade eine Ausstellung vor und da gibt es immer eine ganze Menge zu tun, sodass man die eigentlich wichtigen Dinge aufschiebt. Was kann ich für Sie tun?«

Serena machte ein paar verständnisvolle Bemerkungen, die dem Museumsdirektor signalisieren sollten, dass er sich keinesfalls bedrängt fühlen solle. Sie hätte nur einiges bezüglich des Tintoretto-Porträts herausgefunden, worüber sie sehr gern mit ihm als Fachmann gesprochen hätte.

Das, was Serena nun von der in ihrem Elternhaus entdeckten Schrift aus den Niederlanden erzählte, versetzte Treschkos Forschergeist in höchste Aufmerksamkeit. Der Name ›Trüber‹, wie sich der Schreiber nannte, war doch bereits im Gespräch mit Pavel Kossut gefallen.

Bisher endeten alle seine Nachforschungen im Jahr 1600, als jene Dame, in der Treschko Livinia von Rosenberg zu erkennen glaubte, diesen kostbaren Glaspokal, von Leonardo da Vinci entworfen, in Nürnberg farblich hatte fassen lassen.

Mittlerweile hatte Treschko auch erfahren, dass solche hörnergleichen Frisuren, wie sie Livinia trug, im späten 16. Jahrhundert durchaus noch sehr modern waren.

Es hatte sie bereits im frühen 15. Jahrhundert gegeben, wie ein Porträt Jan van Eycks aus Brügge zeigte, auf dem dieser seine Gemahlin mit der gleichen Frisur porträtiert hatte.

Serena hatte mittlerweile im Manuskript weitergelesen und weitere Seiten entschlüsselt. In den Wirren des ausgebrochenen Krieges in Böhmen war der vermutliche Nachfahre Nachtruebs durch die feindlichen Linien nach Sachsen entkommen und hatte ein Schiff in Richtung Hamburg genommen. Nach einer wochenlangen Fahrt auf der Elbe, die immer wieder unterbrochen werden musste, weil Kriegshandlungen die Weiterfahrt nicht zuließen, kam er in Hamburg an, wo er sich eigentlich nach Amerika hatte einschiffen wollen, was ihm jedoch nicht gelang, denn ihm fehlten einfach die Mittel, um die Überfahrt zu bezahlen.

Der Schreiber hatte gehofft, so entnahm es Serena dessen Tagebuch, die mitgeführten Kunstschätze aus der Sammlung Rosenberg verkaufen zu können, aber er fand weder in Hamburg Kunden noch in Bremen, wohin er von Hamburg aus in der Hoffnung, von dort vielleicht eher nach Amerika zu kommen, gereist war.

»Dr. Treschko, wir sollten uns einmal treffen. Ich glaube tatsächlich, dass diese Aufzeichnungen einen Hinweis enthalten, warum ihr Gemälde dem unseren so ähnlich ist. Vielleicht finden Sie darin etwas über die Person, die Modell stand. Ich bin nicht so gut im Lesen dieser Texte. Und obwohl ich oberflächlich erfasse, worum es in den Berichten von Trüber geht, so tief bin ich doch noch nicht in die Sprache und in die Zeit eingedrungen, dass ich mir einbilden könnte, solche komplizierten Zusammenhänge erfassen zu können. Ich komme da ziemlich rasch an meine Grenzen.«

Treschko war von ihrer Bescheidenheit sehr beeindruckt und lud Serena ins Wormser Museum ein. Hier bestünde die Möglichkeit, das Bild direkt in Augenschein zu nehmen. Außerdem war er von der geheimnisvollen Frau doch ziemlich fasziniert und freute sich auf ein Wiedersehen.

Sie verabredeten sich also für den folgenden Dienstag, obwohl, wie der Museumsdirektor voraussah, in der nächsten Woche ziemlich viel Arbeit anstehen würde. Es ging ihm dabei natürlich auch um das geheimnisvolle Manuskript, von dem er sich neue Spuren bezüglich seines Porträts erhoffte.

Er hatte sich kaum wieder an seinem Schreibtisch niedergelassen, da hörte er draußen im Vorzimmer Geräusche. Er erkannte die Stimme Janas, die zusammen mit Kundera das Büro von Frau Steiner, das jetzt auch ihr Büro war, betreten hatte.

»Hallo Oliver«, grüßte sie ihn. »Jan und ich waren eine Kleinigkeit essen. Jetzt gehen wir wieder an die Arbeit. Mit dem Hängekonzept sind wir soweit durch. Jan ist mit allen meinen Vorschlägen einverstanden.«

Treschko nickte zufrieden und lächelte. Als ihr Chef würde er sagen, sie hat sich gut eingearbeitet, aber er sah sich nicht als ihr Chef, obwohl er diese Funktion rein arbeitsrechtlich gesehen doch einnahm. In den wenigen Wochen hatte sie sich wirklich bemüht, alles richtig zu machen. Und es war ihr ja auch zum großen Teil gelungen. Ihre Zweisprachigkeit wirkte sich für die bevorstehende

Ausstellung sehr hilfreich aus. Sie hatte Organisationstalent und eine klare, konsequente Art, Dinge umzusetzen, die sie sich vorgenommen hatte. Das gefiel ihm sehr gut.

Nur Gabriele Steiner gefiel das, wie Treschko vorausgesehen hatte, keineswegs und sie wurde zunehmend verstimmter. Die Feindseligkeit, die sie Jana gegenüber entwickelt hatte, übertrug sie zunehmend auch auf ihn. Das nervte Treschko gewaltig, zumal er mit Jana Großes vorhatte, nicht nur privat, sondern vor allem im Museum.

Er hatte sie mittlerweile zu seiner Assistentin gemacht, nicht nur weil er sie in seiner Nähe haben wollte, sondern vor allem, weil er sich auf sie angewiesen fühlte, seit er mit ihr zusammen die Sammlung in Český Krumlov besucht hatte.

Als sie durch die hellen, lichten Räume des Schlosses an der Moldau flanierten und die Schätze sahen, die sich noch dort befanden, gingen ihm die Augen über. Trotz der Plünderung durch den österreichischen Staat im Jahre 1914 gab es dort noch beträchtliche Kunstbestände, von denen der weit gereiste Kunsthistoriker vor seinem Besuch keine Ahnung gehabt hatte.

Es waren noch einige großartige Gemälde von Tizian dort, ebenso mehrere Kleinformate von Giorgione und einige Meisterwerke von Veronese. Aber es gab wirklich kein einziges Werk von Tintoretto oder eines, das man seiner Tochter Marietta hätte zuordnen können. Dabei war er sich doch sicher, dass sich gerade Werke von Tintorettos Tochter in der Sammlung hätten befinden müssen. Sie hatte ja einige Zeit in Krumau gelebt. Wohin waren diese Werke verschwunden?

Professor Senghas, den er natürlich gleich nach seiner Heimkehr angerufen hatte, versprach, eine Liste mit den Kunstwerken zu schicken, die von Krumau aus 1914 nach Wien überführt worden waren. Einige Tage später kam das gewünschte Verzeichnis per E-Mail. Die Auflistung war tatsächlich beeindruckend, aber auch in diesem Verzeichnis konnte Treschko kein einziges Werk der Tintorettotochter finden.

Auf der Rückfahrt von Tschechien, die über Linz führte, wo er noch einen Kommilitonen aus der Münchner Studienzeit besuchte, fasste er den Plan, Teile der Ausstellung aus Český Krumlov nach Worms zu bringen, die geplante Tintoretto-Schau also um dieses Umfeld zu erweitern.

Jana war nahe an Treschkos Schreibtisch herangetreten.

»Aha, die Porträts.« Sie zog die Augenbrauen neugierig nach oben.

»Und, hast du was Neues herausgefunden?«

Treschko hielt sie, seit er den Plan gefasst hatte, mit ihr zusammen die Ausstellung über die Sammlung Rosenberg zu machen, immer auf dem neuesten Stand und er war überrascht, wie sensibel sie auf diese Kunstwerke reagierte.

Bevor sie auf ihrer Reise die Sammlung im Schloss von Český Krumlov besuchten, hatten sie sich gestritten. Jana hatte fest vorgehabt, wieder in ihre alte Heimat zurückzukehren und dort an der Seite von Signor Daniele als Geschäftsführerin zu arbeiten. Treschko hatte ihr das unbedingt ausreden wollen. Aber er war bei ihr auf Granit gestoßen.

Auf der Rückfahrt war ihm schlagartig klar geworden, dass mit einer Einstellung Janas als Assistentin dies Problem zu lösen wäre. Heiraten wollte er keinesfalls. Das lag nicht an Jana, er hätte auch keine andere geheiratet. Der Zug war durch. Auch an Kinder dachte er längst nicht mehr. Hatte er überhaupt je daran gedacht, Kinder in diese Welt zu setzen? Wie manche seiner Generation schob er hier die Vernunft vor. Kinder in diese Welt, die keine Hoffnung bot? Kinder bei einer Erdbevölkerung, die die Sieben-Milliarden-Grenze gerade überschritten hatte?

Estelle hatte ihm einmal vorgeworfen, er wolle nur keine Kinder, weil er keine Verantwortung übernehmen wolle. Das hatte ihn sehr wütend gemacht. Sah er doch seine Verantwortung gerade darin, über die Struktur der Kleinfamilie hinauszudenken und sich als Teil des Universums zu begreifen.

Sehr intensiv und engagiert hatte sich Jana mit ihm über die Idee unterhalten, die Rosenberg'sche Sammlung in Worms zu präsentieren. »Mit Danieles Hilfe«, war sie sich sicher, »wird das überhaupt kein Problem sein. Er gibt in Tschechien so viel Geld für Kultur aus. Und die Möglichkeit, eine tschechische Sammlung in Deutschland zu zeigen, entspräche voll und ganz seinen Vorstellungen von Kulturförderung und Sponsoring.«

Kaum eine Woche später hatte Treschko Daniele am Telefon und weihte ihn in seine Pläne ein. Die Italiener war sofort Feuer und Flamme dafür und versprach, alles zu tun, dass Treschkos Wunsch Wirklichkeit würde. Geld spiele keine Rolle. Er solle nur erst einmal im Herbst die Ausstellung mit Jan Kundera über die Bühne bringen, dann würde man weitersehen. Diese Zusage reichte Treschko, um Jana im Museum einzustellen. Er wusste, dass es böses Blut geben würde.

»Sie haben eine wunderbare Frau«, grüßte Kundera. Trotz der kühler gewordenen Temperaturen trug Jan immer noch seinen hellen Sommeranzug. Der Kragen des weißen Hemdes stand offen und seinen Borsalino hatte er etwas zurückgeschoben.

»Danke«, bestätigte Treschko, »das weiß ich!«

»Wenn ich bedenke, dass sie mal meine Studentin war«, warf Kundera lächelnd ein und wandte sich zum Gehen.

In diesem Moment fiel Treschko ein, dass er selbst wohl kaum jünger als dieser alte Lüstling war, der mit einem solchen Wohlgefallen die Rundungen seiner Gefährtin taxierte, als ob er in ihr schon ein weiteres Modell für seine sexistischen Bilder sähe.

Treschko beschränkte sich darauf, diese abschließende Bemerkung zu überhören, um sich nicht in ein weiteres Gespräch verwickeln zu lassen. Nach einer Weile hörte er die beiden Tschechisch reden und vertiefte sich wieder ins Studium der Tintoretto-Porträts.

# 4

Am folgenden Dienstag stand Serena Housman vor seinem Schreibtisch. Gabriele Steiner hatte sie an der Pforte abgeholt und in Treschkos Büro begleitet. Dezent zog sich die Steiner danach zurück und schloss die Tür hinter sich. »Manieren hat sie ja«, stellte der Museumsdirektor in diesem Zusammenhang wieder einmal fest.

Rasch erhob er sich und bat die junge Frau, doch auf dem Besucherstuhl Platz zu nehmen. Neben seinem Schreibtisch hatte sein Vorgänger eine gemütliche Besucherecke eingerichtet, wo sie es sich nun bequem machen konnten. Frau Steiner brachte gleich Kaffee und etwas Gebäck. Serena bedankte sich lächelnd. Während Frau Steiner den Kaffee eingoss, war eine Gesprächspause entstanden, die Treschko dazu nutzte, Serena genau zu betrachten. Er hatte sie älter in Erinnerung gehabt. Nach dem ersten Schluck Kaffee kam Serena auch gleich auf den Grund ihres Besuches zu sprechen. Erst jetzt bemerkte er, dass sie eine Aktentasche bei sich trug, die wohl eher zu einem alten Buchhalter gepasst hätte als zu einer jungen Frau. Aus jener Aktentasche holte sie nun ein Buch, das sie sorgfältig vor ihn auf den Tisch legte.

»Sehen Sie, Dr. Treschko, das ist die Handschrift, die mein Großvater bei einem New Yorker Buchhändler erstanden hat und die sich als wunderbare Lebensbeschreibung eines Mannes entpuppte, der vor vier Jahrhunderten etwas mit unserem Bild zu tun hatte. Es ist die Schrift von jenem Trüber, über den wir am Telefon gesprochen haben.«

Treschko betrachtete das wunderbar erhaltene Exemplar europäischer Buchkunst, das vor ihm auf dem Tisch lag. Geschrieben war es in der exzellent lesbaren Kanzlei-Kurrentschrift des 17. Jahrhunderts.

Mit etwas Eingewöhnung war es leicht, die einzelnen Worte zu entziffern. Es wunderte ihn also nicht, dass es der Amerikanerin, die noch nicht so gut Deutsch sprach, gelungen war, den globalen Inhalt der Schrift zu verstehen und die Brisanz ihres Fundes zu erkennen. Sie sollte als Historikerin ja auch einige Übung im Lesen solcher Originalhandschriften haben.

Der Ledereinband des Buches wirkte ziemlich solide und war ohne aufwändige Verzierungen, aus schlichtem braunem Leder. Eine ausgezeichnete handwerkliche Arbeit, nach allen Regeln der Kunst gefertigt, wie Treschko sofort erkannte.

Irgendwie erinnerte ihn dieser Einband an ein Gemälde, das er vor einigen Tagen vom Restaurator abgeholt und im Holländersaal platziert hatte. Auf diesem Gemälde waren Schiffe zu sehen, holländische Fleuten, solide Handelsschiffe, die im 17. Jahrhundert die Route ums Kap der Guten Hoffnung beherrschten. Diese Schiffe waren nicht groß, aber durch die geschickte Proportionierung des Rumpfes in der Lage, große Mengen an Gütern aufzunehmen. Und die Ostindische Kompanie verfügte offenbar über Tausende solcher Schiffe.

Wahrscheinlich, so vermutete Treschko, war dieser Einband später hinzugefügt worden, denn in den Wirren der Böhmischen Aufstände und des Dreißigjährigen Krieges gab es in den Gebieten, wo sich Trüber bis zu seiner Reise in die Niederlande aufgehalten hatte, eine eher geringe Nachfrage nach solch aufwändigen Handwerksprodukten. In den Niederlanden hingegen blühten um diese Zeit alle Sparten der Handwerkskunst. Dort war ein ›Goldenes Zeitalter‹ angebrochen.

Während die anderen Länder Mitteleuropas in Blut und Asche versanken, hatten die Niederländer die Kontrolle über die Weltmeere erlangt. Selbst England hatte gegen die mächtige Flotte der Generalstaaten kaum eine Chance gehabt.

Die Ostindische Handelskompanie hatte Stützpunkte rund um den schwarzen Kontinent sowie in Batavia und sogar in China errichtet.

Von dort aus brachten die wagemutigen Handelsleute all die Kostbarkeiten nach Europa, die vorher über gefährliche Landwege durch ganz Asien hatten transportiert werden müssen. Und dann noch durch das Mittelmeer, wo die Sarazenen und die Zolleintreiber des spanischen Königs lauerten. Gewürze, Stoffe und Luxuswaren kosteten durch die neu gefundenen Transportwege nur noch einen Bruchteil ihres ursprünglichen Preises.

Trüber kannte sich in wirtschaftlichen Dingen und in den weltweit geknüpften Handelbeziehungen offenbar sehr gut aus. Seine böhmische Heimat war der Zerstörung preisgegeben. Plünderer zogen durch die Lande und schleppten alles mit sich fort, was ihnen von Wert erschien.

Treschko überflog einige Seiten der Handschrift. Aber es schien ihm dann doch zu unhöflich, seinen Gast so zu ignorieren.

»Verzeihung«, entschuldigte er sich nach einer Weile.

Sie lächelte. »Ihr Interesse kann ich gut verstehen. Und es freut mich auch, dass Sie sich so für meinen Fund interessieren. Ich überlasse ihn Ihnen gerne für einige Tage, damit Sie sich in Ruhe damit beschäftigen können.

Ich habe die Schrift auch gleich lesen müssen, nachdem meine Mutter sie mir gegeben hat. Sie sind da, glaube ich, an einer sehr spannenden Stelle angekommen.

Trüber begründete in Rhenen eine Glasmanufaktur, um den Hof von Elisabeth Stuart, die nach der Vertreibung aus Prag dort im Exil lebte, und später noch andere europäische Höfe mit hochwertigem Glas zu beliefern. Mit Glas, das nach dem venezianischen Verfahren hergestellt wurde.«

Treschko sah sie aufmerksam an.

»Das werden die Venezianer aber nicht gerne gesehen haben«, warf er ein. »Denn nachdem sie ihr Handelsmonopol für Waren aus dem Orient an die Portugiesen und die Holländer verloren hatten, waren sie sicher nicht besonders erfreut, dass ihnen jemand auch noch ihr Luxuswarenmonopol streitig machen wollte.«

Serena nickte: »Elisabeth Stuart hat Trüber durch ihre Bestellungen offenbar sehr gefördert. Aber seine Glückssträhne hielt auch in Holland nicht ewig an. Es gab andere, die sich an seine Stelle drängten.«

Sie erhob sich und nahm ihm das Buch aus der Hand. Vorsichtig schlug sie eine Seite am Ende der Aufzeichnungen auf.

»Hier sehen Sie, da ist ein Verzeichnis«, erläuterte sie.

Tatsächlich war da ein Verzeichnis, auf dem zahlreiche Gegenstände aufgeführt waren, unter anderem drei Gemälde, die als Werke Tintorettos bezeichnet waren, darunter eines, zu dessen Beschreibung haargenau das Bild passte, das im Städtischen Museum von Worms hing. Treschko lächelte.

»Da haben wir ja unser Bild«, stellte er zufrieden fest.

Serena hatte die Beine übereinandergeschlagen und sah ihn herausfordernd an.

»Ja«, bestätigte sie. »Aber in wessen Besitz ging es über, nachdem Trüber sein Vermögen verloren hatte? Und wie kam es von Holland nach Worms? Auf diese Fragen geben uns diese Aufzeichnungen keine Antwort.

Sie enden 1642, als der englische Bürgerkrieg ausbrach und Elisabeth von dort kein Geld mehr bekam, das sie für den Kauf von Luxusgütern verjubeln konnte«, behauptete Serena ziemlich schnippisch. »Wahrscheinlich ist das auch der Grund, warum Trüber dieses Vermögensverzeichnis angelegt hat. Er musste nämlich Konkurs anmelden«, fügte sie hinzu.

In diesem Moment klopfte es an der Tür. Auf Treschkos »Herein« kam Jana mit ihrem ehemaligen Professor durch die Tür und blickte etwas irritiert auf Serena, die hier so vertraut mit Treschko zu plaudern schien. Der schien etwas verwirrt, so als wäre er gerade aus einer völlig fremden Welt und aus einer vollkommen anderen Zeit aufgetaucht und müsse sich erst wieder neu orientieren.

Dann stellte er die Angekommenen der Besucherin vor. Serena erhob sich und begrüßte sie.

»Wir unterhalten uns gerade über ein Schriftstück, das Frau Houseman entdeckt hat.«

Jana war sofort im Bilde und wusste, wie brisant das Gespräch war, das Treschko eben mit seiner ehemaligen

Prozessgegnerin geführt hatte. Sie wollte sich schon zurückziehen, aber Kundera hatte offensichtlich überhaupt kein Gespür für die Situation. Ihm schien Serena Houseman sehr zu gefallen und er bemühte sich, in bestem Englisch, mit ihr ins Gespräch zu kommen. Jana suchte die Situation zu entflechten:

»Eigentlich wollten wir dich nur bitten, dass du dir die Ausstellung anschaust«, sagte sie. »Wir haben jetzt die letzten Bilder gehängt und du solltest uns sagen, ob du jetzt damit einverstanden bist, aber entschuldige, wir sehen, dass du beschäftigt bist. Wir machen das später, kommen Sie, Herr Professor«, forderte sie Kundera auf, der nicht daran dachte, den Raum zu verlassen.

Bei der ersten Präsentation hatte der Museumsdirektor einige Einwände gehabt, die Jana widerwillig akzeptiert und nun umgesetzt hatte.

Treschko wollte etwas sagen, doch Serena hatte sich bereits erhoben.

»Dr. Treschko, ich sehe, Sie haben viel zu tun. Danke für die Zeit, die Sie mir gewidmet haben«, sagte die Amerikanerin höflich.

»Ich überlasse Ihnen, wie gesagt, das Manuskript gerne und würde mich freuen, wenn Sie mir in ein paar Wochen Bescheid geben könnten, ob sie darin noch weitere Hinweise auf das Gemälde gefunden haben.« Sie schüttelte dem Museumsdirektor die Hand und entschwand durch die offene Bürotür ins Vorzimmer, wo Treschko noch hörte, wie sie Gabriele Steiner zurief: »Danke, ich finde selbst hinaus.«

## 5

Die Ausstellungseröffnung war am folgenden Freitagabend. Wie erwartet, erschienen zahlreiche Besucher, die etwas irritiert durch die Räume des Hauses wandelten, denn so etwas war im Städtischen Museum bisher noch nicht gezeigt worden. Die freizügigen Aktmalereien Kunderas lösten, wie den geflüsterten Bemerkungen zu entnehmen war, unterschiedliche Reaktionen aus, die von schamhafter Betroffenheit über offen ausgesprochene Bewunderung bis hin zu entsetzter Abkehr reichten. Der Oberbürgermeister stand etwas ratlos zwischen all den Bildern. Er sollte die Begrüßungsrede halten und nestelte nervös an seiner Mappe herum, in der das Redemanuskript lag, worin viel von der böhmischen Kultur, von der Überwindung der staatlichen Bevormundung und von den guten wirtschaftlichen Beziehungen die Rede war, die zwischen der Tschechischen Republik und Rheinland-Pfalz bestünden.

Kurz vor Beginn trat Kundera in den Saal. Seine langen, grauen Haare, die er gelockt nach hinten gekämmt trug, und der elegante, helle Anzug gaben ihm das Aussehen eines Malerfürsten aus längst vergangenen Tagen. Er nahm auf einem Sitz vor dem Podium Platz. Jana setzte sich neben ihn. Der Platz an ihrer Seite war offenbar für Treschko reserviert, der noch im Foyer stand. Er unterhielt sich mit einer älteren Dame, die anscheinend ziemlich entrüstet war. Treschko versuchte sie zu beruhigen.

Bei dieser Dame handelte es sich um Patrizia Freifrau von Ellenberg, die sich darüber beschwerte, dass man die Bilder ihrer Großeltern von den Wänden genommen hatte, um Platz für Kunderas Aktbilder zu schaffen. Darüber empörte sich die Dame so laut, dass es sogar drinnen im Festsaal zu hören war. Die Porträts ihrer Eltern stammten von einem berühmten deutschen Maler des 19. Jahrhunderts und hatten bis zu Kunderas Ausstellung einen unverrückbaren Ehrenplatz im Museum gehabt.

Den von Ellenbergs, insistierte Freifrau Patrizia immer lauter, stünde ihr Ehrenplatz zu, schließlich hätten sie den Großteil ihrer Sammlung dem Museum vermacht. Ohne das Erbe Ellenberg, so wiederholte sie mehrmals, wäre das Städtische Museum in Worms arm.

Oliver kannte diese Argumentationslinie von den Kuratoriumssitzungen her zu Genüge und konnte der Dame natürlich nicht widersprechen, denn es stimmte ja, was sie sagte.

Für seine Arbeit war er auf die Harmonie zwischen allen Beteiligten angewiesen. Neben den von Ellenbergs gab es weitere Familien, die stolz darauf sein konnten, zum Wertbestand des Museums mit ihrem Vermögen beigetragen zu haben.

Aber zwischen diesen einzelnen Familien herrschte oft Streit und Missgunst, weil jede von ihnen im Vordergrund stehen wollte. Das machte die Arbeit im Museum bisweilen ausgesprochen schwierig.

Er hätte diesen Ärger voraussehen müssen, sagte er sich. Aber er hatte Jana freie Hand gelassen, und die hatte zusammen mit Kundera entschieden, dass die Porträts der Stifter nicht zu den Bildern des Prager Malergenies passten, und entsprechend gehandelt.

Natürlich war Treschko sofort aufgefallen, dass die beiden Porträts fehlten, als Jana ihn zur Begutachtung aus seinem Büro geholt hatte. Aber die Gedanken noch ganz beim Gespräch mit der Houseman, hatte er es nicht für so wichtig gehalten und schließlich seine Zustimmung zu der Hängung in dieser Form erteilt.

Insgesamt fand er das Hängekonzept, das Jana zusammen mit dem Professor entwickelt hatte, schlüssig. Sollten die von Ellenbergs doch ein paar Wochen darauf verzichten, in der Öffentlichkeit so präsent zu sein. Jana hatte ja recht, es wäre vollkommen unpassend gewesen, die adligen Herrschaften zwischen diesen sich rekelnden, aalenden, lasziven Akten hängen zu lassen.

Freifrau von Ellenberg hingegen ließ sich nicht beruhigen, auch durch den Oberbürgermeister nicht, der inzwischen hinzugetreten war, sichtlich bemüht, die Wogen zu glätten.

Am Ende verließ die Dame empört das Museum und die am Gespräch Beteiligten gingen zu ihren Plätzen. »Das wird sicherlich ein Nachspiel haben«, raunte Kolberg dem Museumsdirektor zu. Dieser nickte stumm.

Treschko und der Oberbürgermeister hatten in der vorderen Reihe Platz genommen. Die Mitglieder des Wormser Kammerorchesters, das weit über die Region hinaus einen guten Ruf hatte, begannen zu spielen, Smetana, was sonst. Allmählich beruhigten sich die Gemüter. Auch Treschko entspannte sich für einen Augenblick. Der Zuspruch zur Vernissage beruhigte ihn. Viele waren gekommen, um der Eröffnung der schon im Vorfeld von der Presse als »skandalumwittert« apostrophierten Ausstellung beizuwohnen.

Es saßen auch zahlreiche Bekannte im Festsaal des Museums. Zu seiner Überraschung entdeckte er unter ihnen auch Pavel Kossut, der ihm, als sich ihre Blicke kreuzten, freundlich zunickte. Oliver war über Kossuts Erscheinen verwundert. Aber andere Gedanken waren mächtiger. Befürchtungen drängten sich in den Vordergrund. Die lokale Presse, würde sie weiter gegen die Ausstellung hetzen?

»Skandalumwittert«, ging es Treschko durch den Kopf. »Anderswo wäre eine solche Ausstellung wohl keinem aufgefallen, aber in Worms, da gehen die Leute noch wegen ein paar nackter Brüste auf die Barrikaden. Worms eben«, brummelte er, als er den Schmähartikel über die Ausstellung in der *Wonnegauer Allgemeinen* las.

Mit einem Mal hörte die Musik auf und der Oberbürgermeister begrüßte die Anwesenden. Er dankte Dr. Treschko für diese spannende und sehenswerte Ausstellung sowie den zahlreichen Sponsoren, durch deren Engagement diese Ausstellung erst möglich geworden sei.

»Kolberg meint es ehrlich«, sinnierte Treschko. »Er hört nicht auf das dumme Geschwätz der *Wonnegauer Allgemeinen.*«

Er hatte längst bemerkt, dass der Chefredakteur jenes Blattes, der diesen bissigen Artikel gegen die Ausstellung verfasst hatte, direkt hinter ihm saß.

Neben ihm Matthias Adam, der dem Museumsdirektor permanent auf den Fersen war und, wie es Treschko schien, nach Schwachstellen bei ihm suchte, um ihn zu Fall zu bringen.

Dass Adam auf den Leitungsposten im Städtischen Museum scharf war und er es immer noch nicht verwunden hatte, dass Treschko ihm vorgezogen worden war, pfiffen in Worms die Spatzen vom Dach.

Anfangs hatte Gabriele Steiner Treschko immer vor Adam gewarnt, aber in letzter Zeit hatte sie kaum noch etwas Persönliches mit Treschko besprochen. Deshalb war er nicht mehr so ganz auf dem Laufenden. Aber der Museumsdirektor konnte sich denken, dass Adam immer noch auf seine Chance lauerte. Und dass dieser Intrigant jetzt neben dem Kotzbrocken von Zeitungsschreiber saß, trug nicht gerade zu seiner Beruhigung bei.

Nach dem Oberbürgermeister spielte das Kammerorchester noch ein kleines Musikstück und dann war er schon an der Reihe. Treschko hatte es sich nicht nehmen lassen, persönlich eine kleine Einführung in die Ausstellung zu geben. Er hatte sich vorgenommen, nicht so viel zu reden, sondern hauptsächlich dem Publikum das Urteil zu überlassen, aber wie immer, wenn er sich vornahm, wenig zu reden, wurde sein Vortrag immer länger und dauerte fast schon eine halbe Stunde, als er aufkommende Ungeduld im Publikum bemerkte.

Zehn Minuten später kam er dann langsam zum Schluss. Aber bevor er schloss, bedankte er sich noch bei allen Beteiligten, die am Gelingen dieser Ausstellung mitgewirkt hatten.

Dies seien die Sponsoren und der Künstler selbst, der mit Hand angelegt habe, vor allem aber seine Ko-Kuratorin, Jana Stepanova, gewesen, ohne die die Ausstellung nicht zustande gekommen wäre, denn sie hätte durch ihre Zweisprachigkeit wahrlich eine Brückenbauerfunktionen erfüllt, bekannte er stolz.

Das Publikum applaudierte artig. Gabriele Steiner erschien mit einem großen Blumenstrauß auf der Bühne und überreichte ihn der so Gelobten feierlich.

Wieder gab es Applaus und gleich im Anschluss stürzten sich die zahlreichen Gäste auf die bereitstehenden Weingläser und die Brezeln.

Bei seiner Rede hatte Treschko den Redakteur der *Wonnegauer Allgemeinen* aus dem Augenwinkel heraus beobachtet. Er tuschelte offenbar sehr angeregt mit Adam. Dabei schrieb er eifrig mit, obwohl es in diesem Moment sicher nichts Wesentliches zu schreiben gab. Die Vertrautheit zwischen dem Redakteur und Matthias Adam beunruhigte Treschko aber ziemlich, zumal der Zeitungsmann bis jetzt noch nicht auf ihn zugekommen war, was Treschko sonderbar fand.

Nachdem sich die Masse ins Foyer verzogen hatte, standen Kolberg und Treschko noch eine Weile im Festsaal und unterhielten sich.

»Das wird Ärger geben«, befürchtete das Stadtoberhaupt.

»Haben Sie bemerkt, Dr. Treschko, wie intensiv der Zeitungsmann gleich hinter Ihnen bei Ihrem Vortrag mitgeschrieben hat? Und wie er die Ohren spitzte, als wir auf dem Gang mit der von Ellenberg herumstritten? Das ist für ihn ja das gefundene Fressen. Und neben ihm saß der Adam vom Stadtarchiv. Der war auch schon bei mir und hat wegen der Ausstellung rumgemeckert.«

Kolberg redete sich in Rage, bemühte sich aber dennoch, die Tonlage seiner Stimme zu mäßigen, was bei ihm zu einem zischenden Flüstern führte. »Was bilden sich diese Leute eigentlich ein? Ich habe volles Vertrauen zu Ihnen, Dr. Treschko. Sie haben das Museum vorangebracht. Durch Ihr Engagement haben sich die Sponsorengelder vervielfacht. Wenn ich allein sehe, welche Gelder für die aktuelle Ausstellung eingegangen sind, grandios, gratuliere.«

Treschko nickte bescheiden.

»Ja, danke, Herr Oberbürgermeister. Aber halten Sie mir bitte den Rücken frei, wenn die von Ellenberg gegen mich loshetzt. Ich habe schon genug Schwierigkeiten im Kuratorium. Das sind ja alles ziemliche Ignoranten. Denen geht es doch nur darum, dass nichts passiert in ihrem Museum, dass alles so bleibt, wie es ist. Dabei haben wir doch einen öffentlichen Auftrag. Dem können wir nicht nachkommen, wenn keine Mittel bewilligt werden. Wenn ich, wie jetzt, internationale Sponsoren für unser Haus interessieren will, so muss ich auch sehen, dass deren Kunstwerke optimal zur Geltung kommen. Das sieht das Kuratorium offenbar anders. Die glauben, man müsse gar nichts für die Werbung investieren. Die Sammlung sei an für sich schon gut genug. Die treiben mich noch zum Wahnsinn«, machte der Museumsdirektor seinem Ärger Luft.

»Ich verstehe Sie gut, Herr Dr. Treschko«, räumte Kolberg ein. »Und ich bewundere Sie nicht zuletzt wegen Ihrer Standhaftigkeit. Aber vor Freifrau Patrizia brauchen Sie sich nun wirklich nicht zu fürchten. Die fletscht nur die Zähne und lechzt nach Anerkennung. Im Grunde ist das, was ihre Vorfahren vor hundert Jahren hier eingebracht haben, ziemlich überschaubar, wie ich mich inzwischen informiert habe. Im Wesentlichen beschränkt sich die Schenkung eigentlich auf den Guardi, den Sie hier im Raum hängen haben. Ein hervorragendes Werk, zweifellos, aber eben nur eines der Werke, die hier hervorragend sind. Dieses Gemälde hat übrigens ein Vorfahre der Dame auf einer Venedigreise erstanden. Das war Anfang des 19. Jahrhunderts. Ebenso das Tintoretto-Porträt. Auch das, behauptet Patrizia, stamme aus dem Besitz ihrer Familie. Sie sollten sich da mal schlau machen, ob das stimmt. Soweit ich weiß, betrieben die Ellenbergs über Generationen hinweg Glasmanufakturen, seit Anfang des 19. Jahrhunderts hier in der Gegend. Begonnen haben sie, als die Region französisch war. Worms war eine Provinzstadt im Département du Mont-Tonnerre und die Ellenbergs waren Günstlinge der napoleonischen Beamten. Sie gingen beim Baron de St. André in Mainz ein und aus. So kamen sie vermutlich auch zu ihren Adelstitel.«

»Darüber müssen Sie mir mehr erzählen«, bat Treschko. Doch die Zeit drängte und der Oberbürgermeister wurde unruhig. »Ich werde noch bei einem anderen Termin erwartet. Ein andermal vielleicht. Entschuldigen Sie mich bei Ihren Gästen, Herr Dr. Treschko«, sagte er noch im Fortgehen. Er eilte die Treppe hinunter und entschwand durch das große, metallbeschlagene Museumsportal, das ihm sein Fahrer aufhielt.

## 6

Am folgenden Tag, es war ein Freitag, kam Treschko erst spät ins Büro. Der Abend war lang geworden, wie meistens nach Vernissagen waren sie noch ins *Ambiente* gegangen. Auch Pavel Kossut hatte sie begleitet. Er entschuldigte sich bei Treschko, dass er sich nicht vorher angemeldet hatte, es sei lange unklar gewesen, ob er überhaupt kommen könne, aber dann habe er sich doch spontan entschieden. Selbstbewusst setzte sich der Historiker neben Jana, die für Kundera die Fragen, die andere Tischgäste an ihn stellten, übersetzte, weil er angeblich nicht so gut Deutsch verstünde.

Nachdem sich die Runde gegen eins aufgelöst hatte, begleiteten Treschko und Jana den Künstler und Pavel zu ihrem Hotel in der Nähe des Museums. »Ich habe gerade noch das letzte freie Zimmer bekommen«, sagte Kossut, »als ich vorgestern anrief, um zu reservieren.«

Dann war Oliver mit Jana allein und sie gingen durch den kleinen Park hinter dem Museum Richtung Seminariumsgasse. Bizarr zeichnete sich die Herkulesgrotte vor dem herbstlichen Nachthimmel ab. Der Dom warf einen schwarzen Schatten auf die Wiese. Bedrohlich leuchtete der helle Vollmond am Himmel.

»Du hättest das nicht sagen sollen, mit der Ko-Kuratorin«, kritisierte Jana vorwurfsvoll. Treschko war etwas irritiert. »Ehre, wem Ehre gebührt«, zitierte er lapidar.

»Ich stehe nicht gerne im Vordergrund, das weißt du. Und wegen meines früheren Jobs habe ich in Worms nicht gerade den besten Ruf, das weißt du auch. Ich hoffe nur, dass uns das nicht schadet, was du da gesagt hast.«

Sie schien ängstlich zu sein und auch etwas sauer.

»Ach, diese Spießer, was interessieren die mich«, tönte Treschko mit einem Selbstbewusstsein, das ziemlich aufgesetzt erschien, denn auch er hatte diese Befürchtungen und sie steigerten sich noch, je länger der Abend im *Ambiente* gedauert hatte.

Sonderbar kam ihm auch vor, dass dieser Redakteur der *Wonnegauer Allgemeinen* nicht im *Ambiente* aufgetaucht war. Saß er etwa schon an seinem Artikel und drehte den Strick, an dem der Museumsdirektor bald baumeln sollte?

»Mach dir keine Sorgen, Liebes«, sagte Treschko noch zärtlich, bevor er die Wohnungstür aufschloss. Aber auch er empfand eine ähnliche innere Unruhe wie sie. War er zu weit gegangen, fragte er sich.

Gabriele Steiner saß an ihrem gewohnten Platz und tippte Zahlen für irgendeine Statistik in den Computer. Sie blickte kaum auf, als Treschko am späten Vormittag das Büro betrat. Auch sie hatte sich über das allzu große Lob geärgert, das Treschko seiner Geliebten hatte angedeihen lassen. Nur knapp grüßte sie, pflichtbewusst.

An seinem Schreibtisch sitzend, sah er das in Leder gebundene Buch vor sich, in dem er vor der Ausstellungseröffnung noch gelesen hatte. Der gelesene Abschnitt handelte von der Glasindustrie, die im Süden der Niederlande entstanden war und deren Grundlagen der Mann, der sich Trüber nannte, gelegt hatte. Er googelte im Internet, aber gerade über dieses Thema fand er kaum Informationen. Vielleicht konnte ihm sein Freund Bonnard da weiterhelfen.

Während er die Nummer auf der Tastatur eingab, kamen ihm Zweifel, ob Pierre an diesem Herbsttag, der in Paris sicher so schön war wie in Rheinhessen, überhaupt in der Stadt sein würde. Aber Bonnard meldete sich schon nach dem dritten Klingelton.

Die Stimme des französischen Kollegen schien etwas deprimiert, das fiel sogar Treschko auf, der, wenn er eine Idee verfolgte, wie jetzt die, etwas über die Glasproduktion in den Niederlanden zu erfahren, persönliche Befindlichkeiten von Gesprächspartnern völlig ignorierte. Aber in diesem Falle schien es ihm doch geboten, etwas gründlicher nachzufragen.

»Ach, Oliver, Madeleine hat mich verlassen. Vor zwei Wochen ist sie aus unserem Appartement ausgezogen. Sie hat sich eine eigene Wohnung im zehnten Arrondissement gesucht. Seither habe ich nichts mehr von ihr gehört.«

»Aber sie arbeitet noch in deiner Abteilung, oder?«

»Nicht mehr«, antwortete Bonnard. »Ihr Zeitvertrag wurde nicht mehr verlängert. Aber das war schon vor ein paar Monaten klar. Ich hatte keine Möglichkeit, sie zu halten, obwohl ich alles versucht habe. Stellenkürzungen, Sparmaßnahmen. Frankreich muss dringend Haushaltsdefizite abbauen. Du weißt. Selbst meine Stelle hier ist gefährdet.

Glas – wer interessiert sich heute noch für Glas? Große Ausstellungen mit weltbekannten Namen, die ein Massenpublikum anziehen. Die sind gefragt. Solide kunstgeschichtliche Forschung, wen interessiert denn das. Die bringt kein Massenpublikum. Somit kann man auch auf die Leute getrost verzichten, die eine solche Forschung betreiben. Die braucht keiner mehr, erst recht nicht so eine kleine Angestellte wie Madeleine oder einen Abteilungsleiter wie mich. Was spielen wir denn für eine Rolle im Konzert der Mächtigen?«

Bonnard kam ihm zynisch vor, vielleicht sogar resigniert. Es entstand eine Gesprächspause. Nach einer Weile gestand Bonnard:

»Sicher war Madeleine auch von mir enttäuscht, weil ich nichts machen konnte. Jedenfalls kühlte die Beziehung in den letzten Wochen ziemlich ab. Das war sehr frustrierend, wie du dir vorstellen kannst. Wie geht es Jana?«

»Sie hat sich im Museum gut eingearbeitet und jetzt mit mir zusammen die Ausstellung mit Kundera kuratiert, die wir gestern sehr erfolgreich eröffnet haben.«

Da fiel Bonnard ein, dass auch er dazu eingeladen gewesen war. Er entschuldigte sich rasch.

»Ich wäre gern gekommen, aber leider, die Arbeit. Die kürzen zwar überall die Mittel für die Museumsarbeit, aber die Aufgaben verdoppeln sich im gleichen Zeitraum.«

Bonnard schien wirklich sehr deprimiert. »Aber was hast du auf dem Herzen, Oliver, du rufst doch nicht nur an, um dich von meiner Traurigkeit anstecken zu lassen?«

»Natürlich ist es mir sehr wichtig, zu erfahren wie es dir geht. Aber du hast recht. Ich habe noch ein Anliegen, bei dem ich gern auf dein umfassendes Wissen als Glasexperte zurückgreifen würde. Ich habe da ein Buch in die Hand bekommen, eine Art Tagebuch aus dem 17. Jahrhundert, in sauberer Handschrift geschrieben. Darin ist sehr viel von der Glasproduktion in Holland die Rede. Weißt du etwas darüber?«

»Über die Glasproduktion in den Niederlanden im 17. Jahrhundert? Da müsste ich nachlesen. Ich glaube, die war nicht so besonders entwickelt, wenn du nur von den Generalstaaten ausgehst.

Viel spannender ist da Flandern als Ganzes, die Spanischen Niederlande mit einbezogen, und vor allem Antwerpen. Ich meine, Antwerpen dürfte sogar das Zentrum der flämischen Glasproduktion gewesen sein, von wo aus auch die befreiten Niederlande mit feinen Glaswaren beliefert wurden.

Natürlich gibt es da eine Menge Literatur, aber alles in Niederländisch. Ich glaube, es waren solche kelchförmigen Pokale mit einem schleifenartigen Griff. Sehr fein gearbeitet.

Die Griffe waren blau, wie das Delfter Dekor des Porzellans. Daran kann man sie gut erkennen. Sie waren auf das beliebte Delfter Design abgestimmt. Das hat bestimmt sehr schön ausgesehen, die saubere, bürgerliche Kaffeetafel. Ist in dem Buch, das du gefunden hast, davon die Rede?«

Treschko hatte das Buch vor sich liegen. Tatsächlich gab es darin einige Zeichnungen, die zu der Beschreibung von Bonnard passten. Bisher hatte er sich diese Zeichnungen noch nicht besonders genau angesehen. Sie schienen ihm wie Kritzeleien, aber näher besehen hatten sie doch eine ziemliche Bedeutung.

Der Museumsdirektor legte seinen Briefbeschwerer auf diese Seite und machte sich einige Notizen zu den literarischen Quellen, die ihm der französische Kollege nannte.

Dann fiel Oliver ein, dass er eine ähnliche Zeichnung, wie die in dem Buch, das er gerade vor sich hatte, auch unter den wertvollen grafischen Blättern der Sammlung des Wormser Museums gesehen hatte. Und er war kaum mehr in der Lage, sich voll auf das Gespräch mit dem französischen Freund zu konzentrieren.

»Wenn ich in den nächsten Tagen Zeit finde«, versprach Bonnard, »gehe ich mal in unser Magazin. Es könnte sein, dass wir einige Exemplare dieser Antwerpener Gläser besitzen. Ich habe diesen Objekten bisher keine so große Bedeutung beigemessen. Ich fand sie ziemlich epigonenhaft. Aber jetzt, wo du sie erwähnst, müsste ich sie mir doch mal genauer ansehen. Ich halte dich auf dem Laufenden, wenn ich etwas herausgefunden habe.«

Treschko bedankte sich und machte sich gleich auf den Weg in die Grafikabteilung.

Die Blätter lagen im selben Fach wie die Entwurfszeichnung Leonardos, die Bonnard damals entdeckt hatte. Treschko war erstaunt, in der Schublade noch weitere Entwurfszeichnungen dieser Art zu finden. Trinkgefäße verschiedener Art, denen er bis dahin wenig Beachtung geschenkt hatte.

Erst als Pierre Bonnard nach der Entwurfszeichnung von Leonardo gesucht hatte, war ihm die Bedeutung solcher scheinbar banalen Zeugnisse des Erfindergeistes bewusst geworden. Aber dass es sich bei den anderen Handzeichnungen ebenfalls um Entwürfe von solchen Objekten handeln könnte, hatte er erst jetzt in Erwägung gezogen.

Einer seiner Vorgänger war hier wohl umsichtiger gewesen und hatte diese kostbaren Blätter fein säuberlich nach Themen sortiert. Ob das wohl Dr. Bernardus gewesen war? Er würde ihn fragen müssen.

Treschko legte die Mappe mit den Entwürfen auf den Grafikschrank und sah sie nach und nach durch. Auf dem Entwurf, zu dem die Beschreibung Bonnards haargenau passte, war handschriftlich vermerkt: »Antwerpen, Trüber, 1632«.

Treschko zitterte regelrecht, als er das las. Offenbar hatte der Mann, der jenes kostbare Tagebuch geschrieben hatte, in dem er gerade las, hier einen eigenhändigen Entwurf hinterlassen, den Entwurf für ein Glasgefäß, das er produzieren wollte. Hatte er es produziert? Für den Hof in Rhenen vielleicht, wo man seine kostbaren Gläser den Eintragungen zufolge offenbar sehr schätzte?

Treschko konnte sein Forscherglück kaum fassen. Er legte das Blatt zur Seite und hob weiter Blätter vorsichtig mit spitzen, behandschuhten Fingern aus der Mappe heraus. Bis dahin hatte er geglaubt, jedes einzelne Blatt aus der Handschriftensammlung zu kennen. Aber diese Entwurfszeichnungen waren ihm bisher entgangen. Erst durch den Zusammenhang mit Trübers Aufzeichnungen erahnte er ihren eigentlichen Wert.

Doch er hatte noch mehr Glück, denn er fand sogar weitere derartige Skizzen. Eine sogar in einer sehr eleganten, sehr schlichten Ausführung, die ihn an das Glas auf dem Gemälde von de Heem erinnerte, das im Besitz des Hauses war.

Auf den ersten Blick unterschied sich dieser Entwurf nur unwesentlich von dem Trübers, den er vorher in der Hand gehabt hatte. Die blauen Schleifen fehlten, die Bonnard sowieso als geschmacklos ablehnte. Offenbar, so vermutete Treschko aufgrund der schriftlichen Angaben auf dem Blatt, war das Glas nicht für Antwerpen, sondern für eine andere Manufaktur bestimmt. Es stand nämlich darauf zu lesen: »Ferrante Morone, 1634 Prainten.«

Frau Steiner räusperte sich und schreckte ihren Chef aus seinen Gedanken auf. Sie stand direkt hinter ihm und schien ihn schon eine ganze Weile beobachtet zu haben.

»Sie werden am Telefon verlangt«, sagte sie knapp.

Dann ging sie wieder, ohne ein versöhnliches Wort oder eine Entschuldigung für die Störung. Treschko folgte ihr und nahm in seinem Büro den Hörer auf.

Am anderen Ende der Leitung war der Redakteur der *Wonnegauer Allgemeinen*. Er wirkte ziemlich freundlich, was den Museumsdirektor einigermaßen beruhigte.

Er fragte ihn nach einigen Details der Ausstellung und danach, wie sie zustande gekommen sei. Treschko erzählte bereitwillig von seiner Reise mit Jana nach Prag, ihrem Studium bei Kundera in der Zeit nach der sanften Revolution und über den Wandel in der Tschechischen Gesellschaft, der sich letztendlich auch in der Kunst bemerkbar gemacht habe.

Der Redakteur hörte aufmerksam zu. Schließlich bedankte er sich bei dem Museumsdirektor und legte auf.

Treschko war guter Laune und wählte die Nummer seines Vorgängers im Amt. Seit der Affäre um die Besitzrechte des Tintoretto-Porträts hatte er ihn nicht mehr gesprochen. Nach wie vor hatte der ehemalige Direktor des Museums damit zu kämpfen, dass ihm der Oberbürgermeister in einem ähnlich gelagerten Fall wie dem von Treschko keine Unterstützung hatte angedeihen lassen. Gegen seinen Nachfolger empfand Dr. Bernardus immer noch eine große Abneigung. Treschko hatte den Platz okkupiert, der für Bernardus über Jahrzehnte hinweg die eigentliche Sinnerfüllung gewesen war. Entsprechend kurz angebunden reagierte Bernardus auf die Fragen, die Treschko stellte.

Treschko versuchte ihn freundlich zu stimmen, indem er ihn lobte und sagte: »Sie haben das wunderbar gemacht mit den Entwurfszeichnungen. Sie haben sie zusammengefasst, sodass sie sehr gut griffbereit sind.«

Auf dieses Lob reagierte der Vorgänger ungewöhnlich sauer. Er wurde sogar richtig böse:

»Einen Scheißdreck habe ich gemacht«, fluchte er barsch. »Das waren alles meine Vorgänger. Durch die Art und Weise, wie sie diese Zeichnungen zusammengebündelt haben, ging jede Kontur der ursprünglichen Sammlungen verloren.

Ursprünglich sind es mehrere Stifter gewesen, die den Bestand des Wormser Museums mit ihren Schenkungen bedachten, aber irgendeiner meiner Vorgänger wird wohl gemeint haben, wie Sie jetzt, es sei nicht wichtig, diese unterschiedlichen Provenienzen auseinanderzuhalten. Wir schmeißen alles zusammen.

Und seither weiß offenbar niemand mehr, woher was gekommen ist. Daraus leiten gewisse Leute Ansprüche ab, die ihnen nicht zustehen. Diese nervige Frau von Ellenberg zum Beispiel hat mir in meiner Zeit am Museum das Leben schwer gemacht, weil sie immer behauptet hat, der große Teil der Sammlung bestände aus Besitztümern ihrer Familie. Und deshalb müsse ich nach ihrer Pfeife tanzen.

Aber ich habe bald herausgefunden, dass das nicht stimmen kann. Mittlerweile weiß das jeder, selbst unser Oberbürgermeister. Nur ein kleiner Bestand stammt aus dem Besitz der Ellenbergs, nämlich der Guardi und wohl auch der Tintoretto.

Das meiste aber stammt aus anderen Quellen, jedoch kann man das heute nicht mehr nachweisen. Denn die unterschiedlichen Stiftungen wurden ja, wie Sie am Beispiel der grafischen Blätter und Handzeichnungen sehen können, miteinander vermischt.«

Treschko wurde plötzlich wütend, wusste doch diese beleidigte Leberwurst tatsächlich viel mehr über die Herkunft der wertvollen Bestände, als die Dokumentation hergab.

Wie hatte er sich abgemüht, mehr über die Herkunft des Tintoretto-Gemäldes zu erfahren. Und jetzt nannte ihm Bernardus so ganz nebenbei sogar die Vorbesitzer. Er musste es doch die ganze Zeit gewusst haben. Bewusst hatte er ihn ins offene Messer laufen lassen. Bei Treschkos Nachfrage, wann die Schenkung der von Ellenbergs erfolgt sei, musste Bernardus wohl klar geworden sein, was er da preisgegeben hatte, und er redete sich heraus. Das wisse er nicht mehr so genau. Die Unterlagen dazu seien ja im Krieg verloren gegangen. Oliver wurde zunehmend ärgerlicher bei diesen allzu offensichtlichen Ausflüchten. Ihm sei erst in jüngster Zeit die Tragweite bewusst geworden, die diese Information für den Prozess gehabt hätte, erklärte Bernardus, und Treschko hätte ja auch ohne seine Hilfe den Prozess gewonnen. Bernardus lachte gehässig dazu. Das reichte Oliver dann doch und er legte ärgerlich den Hörer auf.

Treschko war ziemlich sauer, als er sein Büro verließ, viel früher als geplant, denn er hatte sich für den Tag, der so verheißungsvoll begonnen hatte, noch mehr vorgenommen. Aber das Gespräch mit Dr. Bernardus hatte ihn gründlich verstimmt. Zudem zog ihn die permanent schlechte Laune von Gabriele Steiner runter. So langsam ging ihm seine ehemals hochgeschätzte Mitarbeiterin gewaltig auf die Nerven. Wenn das nicht aufhörte, würde er sich nach einer anderen Kollegin umsehen, die sich nicht so fühlte, wie der heimliche Chef im Hintergrund. Er nahm sich vor, in nächster Zeit ein klärendes Gespräch mit ihr zu führen, an dessen Ende eine Entscheidung stehen würde.

Gemächlich ging er durch den Park und überlegte, was er mit dem angebrochenen Herbsttag anfangen könnte. Jana hatte sich für den Tag offiziell frei genommen. Zu Hause war sie nicht anzutreffen. Vielleicht war sie in ihre Wohnung gegangen.

»Schade«, dachte er, »wäre ein schöner Tag, um rauszufahren.« Die Sonne schien, das Herbstlaub hatte sich schon dunkel gefärbt und im Pfälzer Wald waren unter der Woche auch noch nicht so viele Touristen. Er wählte die Nummer von Janas Handy, aber das war offensichtlich ausgeschalten.

»Komisch«, dachte er. »Das tut sie sonst nie.«

Er stand auf und schaltete die Kaffeemaschine ein. Dann suchte er nach einer Schere. Er wollte einen Artikel aus einer Fachzeitschrift ausschneiden, in der er gerade las. Es ging darin um die Glasproduktion in Prainten, einem Ort in der Oberpfalz, die unter der Herrschaft von Pfalzgraf Wolfgang Wilhelm zu einem Zentrum der Glasproduktion ausgebaut worden war. Leider hatte diese Fabrik nicht lange Bestand gehabt.

Er würde Bonnard danach fragen müssen, hatte also allen Grund, den Artikel aufzuheben. Aber er wusste, wenn er ihn jetzt nicht gleich abheften würde, wäre diese Information verloren.

Deshalb suchte er intensiver und fand auch tatsächlich die Schere unter den Sachen, die Jana für ihre Collagen benutzte. Dort entdeckte er noch etwas: eine Reservierungsbestätigung vom Hotel Domhof.

Die Reservierungsbestätigung war auf einen Herrn Pavel Kossut ausgestellt. Oliver fragte sich, warum Jana diese Bestätigung nicht der Sekretärin gegeben hatte. Scheute sich Jana jetzt sogar, ihre Abrechnungsunterlagen der Steiner zu geben? Wieder begehrte es in Treschko auf. Er bekam ein drückendes Gefühl im Hals. Aber dann las er etwas genauer und wurde bleich.

Laut dieser Reservierungsbestätigung war Pavel seit mehr als einer Woche in Worms und würde noch bis morgen bleiben. »Hat er nicht gesagt, er sei gestern, am Tag der Vernissage angereist?«, ging es Treschko durch den Kopf. Was sollte diese Lüge?

## 7

Anneliese Frey, die Sekretärin des Oberbürgermeisters, holte, wie jeden Montagmorgen, die Post persönlich ab. Es waren meistens zwei bis drei gelbe Kisten, auf denen oben die Zeitungen lagen. Sie fuhr mit dem Fahrstuhl in den zweiten Stock und schob das bequeme Wägelchen, auf das der freundliche Portier die Postkisten gestellt hatte, bis an ihre Bürotür. Dort kramte sie umständlich nach dem Schlüssel in ihrer Handtasche und schloss auf. Sie schob das Wägelchen bis an ihren Schreibtisch und zog den Mantel aus. In den letzten Tagen war es kühler geworden. Ihren Mantel hängte sie in den Schrank. Dann setzte sie sich an ihren großen, ordentlich aufgeräumten Schreibtisch und sortierte die Post.

Natürlich gab es eine Menge Unwichtiges, das sie gleich zur Seite legte. Über die langen Jahre hinweg hatte sie Routine darin gewonnen, Wichtiges von Unwichtigem zu unterscheiden. Sie erledigte diese Aufgabe in kürzester Zeit. Dann wandte sie sich der Zeitungslektüre zu.

Das Erste, was ihr dabei in die Hände fiel, war die *Wonnegauer Allgemeine Zeitung*. Und natürlich stand darin, was sie schon bei der Ausstellungseröffnung geahnt hatte, als sie diesen Redakteur mit seiner zerknitterten Anzugsjacke hinter Treschko sitzen sah: ein furchtbarer Verriss der Kundera-Ausstellung.

So einen Verriss wie diesen hatte sie noch nie gelesen. Meistens waren die Journalisten gegenüber den Ausstellungen in einem so renommierten Museum wie dem städtischen von vornherein positiv eingestellt. Ab und zu gab es launische Nörgeleien von Leuten, die sich besonders profilieren wollten, aber das, was sie jetzt las, war etwas völlig anderes, voller Hass und Böswilligkeit. Ihr Atem stockte.

Die Bilder Kunderas seien pornografisch, hieß es da. Ein sexbesessener Tattergreis, der hier seine unerfüllten Lüste auslebe und offenbar das Geld dazu habe, es zu tun.

Nur schade, dass ihm das Städtische Museum Worms hierzu eine Bühne biete. Aber das sei ja auch kein Wunder, folgerte der Autor dieses Verrisses, denn der Direktor des Museums stünde ja in einem sehr persönlichen Kontakt zu der Kuratorin der Ausstellung, die selbst Tschechin sei und bei dem »Künstler«, das war wirklich in Anführungszeichen geschrieben, studiert habe. Dann ging der Autor auf einzelne Bildwerke ein und beschrieb sie in einer biederen, verklemmten Art, die der aufgeschlossenen Frau

Frey bitter aufstieß und sie an die miefigen Jahre ihrer Teenagerzeit in Worms erinnerte. Schlimm fand sie auch, dass der Autor einige Bemerkungen machte, die Jana in ein sehr schlechtes Licht rückten.

Trotz der Wut, die ihre Freundin Gabriele auf Dr. Treschko hatte und die sie durchaus verstehen konnte, fand sie es dennoch ungerecht, in diesem Bericht zu suggerieren, dass Jana im Rotlichtmilieu gearbeitet hätte. Sie wusste, dass das nicht stimmte, weil sie selbst auch ab und zu der guten Musik wegen in der Bar verkehrte, von der da die Rede war. Ihr kam die Galle hoch und sie griff sofort zum Telefon, um ihre beste Freundin anzurufen, die diesen schändlichen Artikel sicher schon gelesen hatte.

Die Steiner redete sich heraus. Wohl habe sie den Artikel gelesen und auch gewusst, dass ihr Ex gute Verbindungen zu dem Redakteur der *Wonnegauer Allgemeinen* habe. Sie kenne auch Adams Spekulationen über Jana, die jetzt in dem Blatt, das überwiegend aus Anzeigen bestand, zu lesen waren. Sie selbst habe jedoch keine Informationen dazu beigesteuert. Das alles sei ihr sehr peinlich.

Anneliese war gerade noch dabei, ihrer reumütigen Freundin die Beichte abzunehmen, als Oberbürgermeister Kolberg wütend hereinkam. Er hielt ihr das Blatt vor die Nase und zitterte sogar, so schnaubte er vor Zorn. Anneliese verabschiedete sich rasch von der Steiner.

»Ja«, sagte sie mit traurig gesenktem Blick. »Das ist wirklich eine Schande und ist von hinten bis vorne gelogen, weil es nicht stimmt, dass die Frau Stepanova so eine war. Ich weiß, dass sie in diesem Lokal gearbeitet hat. Das ist aber keine Rotlichtbar, wie in der Zeitung steht. Dort gibt es tolle Musik. Ich bin auch manchmal dort. Und von wegen, nicht qualifiziert! Frau Stepanova hat in Prag an der Kunstakademie studiert und in namhaften Galerien ausgestellt. Sie ist also mehr als qualifiziert für den Job im Museum. Wir sollten froh sein, dass sie da überhaupt mitarbeitet«, sagte sie nachdrücklich und hoffte dabei, dass sich aufgrund dieser Information ihr Chef einigermaßen beruhigen würde.

»Aber es stimmt auch, dass Treschko ein Verhältnis mit ihr hat?«, fragte der Oberbürgermeister nach.

Anneliese Frey zuckte mit den Schultern.

Dr. Kolberg drehte sich um und ging in sein Amtszimmer zurück. Er setzte sich in den Sessel, wo er normalerweise saß, wenn er Besucher empfing und machte sich Gedanken.

Natürlich konnte er Treschko verstehen. Er lebte allein, war nicht verheiratet und ging mittlerweile, wie er auch, auf ein Alter zu, wo man einsam wird, wenn man keine Familie hat. Und da kam so eine junge Frau daher, die war doch höchstens fünfunddreißig, und machte ihm Avancen. Schwierig, da zu widerstehen, und auch verständlich, wenn man da schwach wird.

»In welcher pseudomoralischen Welt leben wir seit neuestem?«, ging es dem erfahrenen Mann durch den Kopf. Nein, er würde Treschko deswegen nicht zur Rede stellen. Dieser Schmutz! Es entsprach einfach nicht seinem Stil, darauf zu reagieren. Er würde die Sache nach außen hin auf sich beruhen lassen. Aber dieses Blatt würde keine einzige Anzeige mehr erhalten, weder von der Stadt, noch von einem städtischen Betrieb oder einer anderen Körperschaft, auf die er Einfluss hatte.

8

Treschko war voller Wut, als er den Artikel las. Erfüllte sich doch eine Prophezeiung? Jana hatte ihm Vorwürfe gemacht, weil er sie so in den Mittelpunkt gestellt hatte. Er hätte schweigen sollen. Das war nun die Quittung für seine missglückte Liebeserklärung. Wütend saß er in seinem Büro und am liebsten hätte er Frau Steiner gleich nach Hause geschickt. Die steckte doch mit diesem Adam unter einer Decke. Aber er beherrschte sich. War sie doch ganz kleinlaut gewesen und offenbar auch schuldbewusst, als er vorhin grußlos an ihr vorbeigegangen war.

Er hatte ziemlich viel zu schlucken an diesem Morgen. Diesen Artikel, der ihn wütend machte, die offensichtliche Lüge über Pavels Aufenthaltsdauer und die Ungewissheit, wie der Oberbürgermeister auf das Gerede reagieren würde. Stand er noch hinter ihm? Oder würde er sich auf die Seite derer stellen, die ihn ins offene Messer hatten laufen lassen, wie dieser Dr. Bernardus, der ihm wichtige Hintergrundinformationen über die Geschichte der Sammlung bewusst vorenthalten hatte?

Wenn der Tintoretto tatsächlich eine Schenkung dieser Familie von Ellenberg gewesen war, dann konnte er ja nicht gleichzeitig das Kunstwerk sein, auf dessen Rückerstattung Serena Houseman geklagt hatte. Wie viele schlaflose Nächte wären ihm erspart geblieben, wenn er das alles vorher gewusst hätte?

Als er so, ganz in seine Gedanken versunken, dasaß, klingelte das Telefon und die Steiner, deren Stimme nach wie vor ziemlich kleinlaut klang, stellte Bonnard zu ihm durch.

»Hallo, altes Haus!«, begrüßte ihn der französische Freund und seine Stimme klang dabei sehr viel fröhlicher, als noch vor ein paar Tagen, als sie das letzte Mal miteinander telefoniert hatten. »Ich habe gute Nachrichten für dich.«

Positive Nachrichten? Das war etwas, das Treschko an diesem Morgen gut brauchen konnte.

»Erinnerst du dich an das Glas auf dem Gemälde von Cornelis de Heem, das sich in eurem Besitz befindet? Wir haben ein ähnliches bei uns in der Sammlung und haben es auch auf der Sonderausstellung in Frühjahr gezeigt. Dieses Gefäß, dachte ich damals, entstammt dem Besitz der Oranier. Du erinnerst dich, so steht es sogar so im Katalog.

Den Text habe ich verfasst, aber leider habe ich davor die Angaben, die bei uns im Hause vorhanden sind, nicht nachgeprüft. Das hat jetzt, in meinem Auftrag, unsere neue Praktikantin nachgeholt. Sie ist Niederländerin, sehr hübsch, sage ich dir, und höchst intelligent.«

Treschko hörte wieder das Schwärmen in Bonnards Stimme.

»Wie alt?«, fragte er nur. »32«, antwortete der Kollege begeistert.

»Lass die Finger davon«, riet Treschko ganz entschieden.

Dann wurde das Gespräch wieder sachlich: »Also, dieses Gefäß, das im Gegensatz zu anderen niederländischen Modellen sehr geschmackvoll gearbeitet ist, kam nicht als Gastgeschenk an den französischen Hof, wie der Kollege glaubte, der es vor mehr als hundert Jahren dem *Musée des Arts et Métiers* abgeschwatzt hat, sondern auf andere Weise.

Wir haben das zufällig entdeckt, und zwar aufgrund eines Fachartikels, der irgendwann in den Zwanzigerjahren des letzten Jahrhunderts verfasst worden ist. Darin behauptet der Verfasser, die Zuschreibung des Glases zu einer Antwerpener Manufaktur könne nicht stimmen, weil es diesen Betrieb zu der Zeit, als das Glas, gemäß der im Louvre angegebenen Datierung, geschaffen wurde, gar nicht mehr existiert hat.

Entweder stimme etwas mit der Datierung nicht oder es könne nicht in Antwerpen hergestellt worden sein. Hier nun kommt unsere Praktikantin ins Spiel. Ellen heißt sie übrigens.«

Bonnard unterbrach sich für einen Moment. Jemand fragte ihn etwas. Treschko erkannte eine Frauenstimme, die in ihrem Französisch einen niedlichen holländischen Akzent hatte.

»Ja, also«, fuhr dann Bonnard fort, »um es kurz zu machen, dein Trüber, also der Tagebuchschreiber, von dem du mir erzählt hast, hat die Manufaktur in Antwerpen geleitet und von dort aus wohl auch den Hof von Elisabeth Stuart in Rhenen beliefert, über den der Verfasser in seinem Tagebuch so ausführlich berichtet hat.

Nachdem in England der Bürgerkrieg ausgebrochen war, fehlte Elisabeth ja bekanntermaßen das Geld, um ihr Luxusleben in den Niederlanden fortzuführen.

Darunter hatte auch die Glasproduktion in Antwerpen zu leiden.

Aber Trüber und seine Leute dort waren erfindungsreich genug, um auf diese Krise zu reagieren. Sie konnten die Produktion durch die Verbesserung der Methoden sogar noch weiter ausbauen.

Doch dann scheint etwas passiert zu sein. Vielleicht ist er zu weit gegangen mit seiner Billigproduktion und hat einen alteingesessenen Mitbewerber, der bis dahin stillgehalten hatte, verärgert. Wir wissen aus Polizeiakten, die im Archiv von Antwerpen lagern, dass er offensichtlich ermordet wurde. Trübers Mörder könnten von der Serenissima gedungen worden sein, könnten aber auch auf eigene Rechnung gehandelt haben und wollten es offenbar danach aussehen lassen, dass Venedig dahinter stünde. Jedenfalls sprechen die Indizien, die in den Akten aufgeführt sind, eine ziemlich deutliche Sprache, zu deutlich vielleicht sogar.

Sie belegen, dass Trüber brutal ermordet worden ist. Auf offener Straße erstochen. Das war die Strafe, die an Verrätern vollstreckt wurde, die zum Schaden der Serenissima gehandelt hatten.

Wahrscheinlich hatten die Glasproduzenten im Ausland Schutzgeld zu zahlen, wenn sie nach venezianischem Verfahren produzierten, und Trüber könnte sich da geweigert haben.«

»Wieso kannst du dir so sicher sein, dass die Spur nach Venedig führt?«, wollte Treschko wissen.

»Weil in diesem Falle sogar eine Art Visitenkarte hinterlassen wurde, die genau darauf hindeutet, ein Logo, würde man heute sagen, das in dem polizeilichen Untersuchungsbericht von Antwerpen erwähnt ist – ein ovaler Kreis um die Buchstaben VL.

VL steht für »Vestigia Leonis«, die Spur des Löwen. Dieses Zeichen war dem Toten auf die Brust geritzt worden, sodass auch der Dümmste begriff, woher die Mörder kamen.«

»Hat wohl deine Praktikantin gefunden, diese Akten?«

Bonnard lachte.

»Ja, sie hat in den letzten Tagen ziemlich viel aus dem Keller geholte«, antwortete er nicht ohne Hochachtung für die junge Frau. »Für diese Arbeit musst du uns mehr als einmal zum Essen einladen, wenn du wieder in Paris bist.«

Treschko versprach es.

»Sie hat auch noch etwas überaus Spannendes gefunden, das dich sicher auch interessieren wird, nämlich das Gridolphi-Patent. Nach unserem letzten Gespräch habe ich es von Ellen heraussuchen lassen. Sie hat ein sehr glückliches Händchen im Finden solcher historischen Schätze und geht mit wahrer Leidenschaft daran«, lobte er.

»Gridolphi«, fuhr Bonnard fort, »hatte von der Infantin Isabella am 14. März 1600 das Privileg erhalten, als Einziger in den Niederlanden *cristal à la façon de Venise* produzieren zu dürfen. Und das wollte schon etwas heißen. Das war wie eine Lizenz zum Gelddrucken. Mehr noch«, Bonnard machte eine kunstvolle Pause, um die Spannung weiter zu erhöhen. »Seit 1607 besaß er gemeinsam mit seinem Kompagnon Jean Bruyninck auch das Monopol auf die Einfuhr von venezianischem Glas.

Du kannst dir ja vorstellen«, Bonnard lachte belustigt, »wie der gestaunt hat, als in seiner unmittelbaren Nachbarschaft eine zweite Glasmanufaktur mit derselben Produktpalette eröffnet hat. Und noch dazu eine, die ihre

Produkte für einen weit geringeren Preis anbot als er das konnte. Dein Trüber war schon ein Hund.«

Treschko konnte es sich vorstellen. Und er konnte sich auch denken, dass sich die spanischen Könige im Jahr 1630 für andere Probleme interessierten als für das einmal verliehene Produktionsprivileg auf venezianisches Glas. In Deutschland waren die Truppen in Religionskriege verstrickt und auf den Weltmeeren wurden ihre goldbeladenen Karavellen von englischen, niederländischen oder sarazenischen Piraten gekapert. Herrscher dieses zerfallenden Weltreiches zu sein, war damals nicht gerade ein Traumjob.

In diesem Tohuwabohu mochte Trüber seine Chance gewittert haben. Er war noch jung genug, wieder von vorne zu beginnen, und tat es offenbar auch, wie Treschko jetzt von Pierre Bonnard erfuhr.

»Es müssen nicht unbedingt Venezianer gewesen sein, die Trüber umgebracht haben«, ging es ihm durch den Kopf. Die hatten Anfang des 17. Jahrhunderts vielleicht gar nicht mehr die Kraft oder den Willen dazu. Vielleicht war es der vormals mächtige Konkurrent in Antwerpen, der durch Trübers bessere Technik einfach ins Hintertreffen geraten war.

»Nach dem Tod Trübers kam offenbar auch seine Glasmanufaktur in Schwierigkeiten, denn sie musste zwei Jahre später schließen und die Familie verlor alles, was sie besaß. Die ganzen Besitztümer kamen unter den Hammer und wurden von einem süddeutschen Adligen ersteigert, der sie in sein Schloss in die Kurpfalz brachte. Das ist doch irgendwo bei euch dort unten. Warte«, unterbrach sich Bonnard. »Ich habe sogar den Namen.« Er kramte in seinen Papieren.

»Richtig, hier steht es. Es ging an einen Freiherrn von Niederbrümm, der offenbar im Dienste der Kurpfälzer stand. Wie ich mittlerweile herausbekommen habe, war er ein Gefolgsmann von Pfalzgraf Wolfgang Wilhelm von Pfalz-Neuburg. Für viel wahrscheinlicher also halte ich die These, dass der Mörder in diesen Kreisen zu suchen ist und nicht bei den Venezianern.«

Treschko stimmte ihm zu. »Gute Arbeit, Pierre«, sagte er anerkennend.

»Woran meine Praktikantin jetzt gerade arbeitet, sind Gerichtsakten aus Antwerpen, denn eine Zeit lang sah es so aus, als ob der Magistrat dieses Verbrechen nicht unter den Teppich gekehrt wissen wollte. Es gab offenbar auch Vermutungen über die Hintermänner. Der Magistrat forderte, heute würde man sagen, Amtshilfe von den Venezianern. Es wurden Boten ausgeschickt.«

»Die werden sicherlich nichts erreicht haben, kann ich mir denken«, warf Treschko ein.

»Nein, sicher nicht. Vielleicht auch deshalb, weil der Mörder und dessen Hintermänner wirklich nichts mit Venedig zu tun hatten.

Während die Diplomaten in Venedig um Amtshilfe baten, saßen die vielleicht im Gildenhaus in Antwerpen und ließen es sich gut gehen. Einen Mann haben wir identifiziert, der als Anstifter, vielleicht sogar als Mörder in Betracht käme: Ferrante Morone hieß er.

Er stand damals in Diensten des Gridolphi. Eine Zeit lang stand er sogar unter Verdacht. Diese Spur wurde dann aber, wie es scheint, nicht mehr weiterverfolgt, weil man sich offenbar zu sehr auf die venezianische festgelegt hatte.«

Als Bonnard den Namen Ferrante Morone nannte, klingelten im Kopf von Treschko sämtliche Alarmglocken und er hätte am liebsten vor lauter Euphorie »Bingo« geschrien, wie bei diesem kindlichen Spiel, das in Seniorenheimen so beliebt ist. Der Ärger des Tages, der ihn vor dem Telefonat so beschäftigt hatte, trat jetzt völlig in den Hintergrund. Gegen diese Informationen wirkte der Quatsch in der Zeitung völlig banal. Welche Bedeutung hatte da noch ein neidvoller Schmähartikel dieses unterbelichteten Provinzredakteurs. Und Jana, er würde Jana verzeihen. Sollte sie doch ihren Spaß haben!

»Was diesen Ferrante Morone betrifft, da kann ich dir weiterhelfen«, freute sich der Wormser Museumsdirektor.

»Er ist damals nämlich in Prainten in der Provinz Neuburg, im heutigen Bayern, wieder aufgetaucht. Das ist genau die Provinz, die unter der Herrschaft desjenigen Fürsten stand, in dessen Dienst von Niederbrümm seinerzeit war. Wahrscheinlich war dieser Niederbrümm auf seine Weise ebenfalls ein Nutznießer des Verbrechens. Er kam so an einen reichen Kunstbesitz, den er wahrscheinlich für wenig Geld ersteigern konnte. Dieser Kunstbesitz ist heute zum größten Teil hier. Und ich wundere mich die ganze Zeit, warum Glas hier in der Sammlung einen solch hohen Stellenwert einnimmt. Wahrscheinlich hat Trüber, als es ihm gut gegangen ist, im Sinne seiner Vorfahren, die alle von der Glasproduktion profitierten, Artefakte gesammelt, die die große Bedeutung seines Produktes in der Menschheitsgeschichte hervorheben. Ich kann dir aus dem Stegreif fünf große Gemälde mit exponierten Gläsern nennen. Man ist ja als Kunsthistoriker leicht geneigt, solche Details für bedeutungslos zu halten. Da siehst du mal wieder.«

Treschko blickte auf. Gabriele Steiner hatte sich vor seinem Schreibtisch aufgebaut und gab ihm Zeichen. Der Museumsdirektor sah sie abschätzend an, hielt aber dann doch die Sprechmuschel des altmodischen Telefonapparates zu und wandte sich an seine Sekretärin, die er dabei missmutig ansah.

Der Oberbürgermeister habe schon drei Mal angerufen und wolle Treschko unbedingt sprechen, sagte sie mit schuldbewusster, kleinlauter Stimme. Er solle doch unbedingt bald zurückrufen, denn Kolberg hätte noch dringende Termine und sei dann außer Haus.

»Gut«, sagte er kurz angebunden zu Gabriele Steiner.

»Pierre, ich muss Schluss machen. Später werde ich mir noch einige Zeichnungen im Museum anschauen. Ich glaube, hier gibt es auch noch Dokumente über die Sammlung von Niederbrümm. Ich rufe dich an, wenn ich was Neues habe.«

Er legte auf und wandte sich wieder an Frau Steiner, die immer noch vor seinem Schreibtisch stand.

»Ja, danke«, sagte er, etwas freundlicher als vorher. Und als Gabriele Steiner immer noch unentschlossen dastand, fragte er: »Gibts noch was?«

»Ja«, sagte sie. »Ich möchte mich bei Ihnen entschuldigen.«

Treschko sah sie fragend an. Sie zögerte einen Augenblick.

»Ja«, brachte sie hervor. »Ich wusste doch, was Adam vorhat und habe Sie diesmal nicht vor ihm gewarnt.« Sie stand immer noch da wie ein schuldbewusstes kleines Mädchen und Treschko spürte so etwas wie Mitleid mit ihr.

»Hat er das von Ihnen mit Jana und ihrer angeblichen Verbindung zum Wormser Rotlichtmilieu?«, wollte Treschko wissen und schaute böse.

Frau Steiner erschrak. »Nein, um Gottes Willen. Von mir hat er das nicht. Das hat er sich selbst aus den Fingern gesogen und es dem Zeitungsredakteur gesteckt. Sie wissen, ich bin schon lange mit ihm verfeindet. Wie oft habe ich Sie schon vor ihm gewarnt, nur dieses eine Mal eben nicht.

Und mit Frau Stepanova – ich habe über Frau Stepanova nie ein schlechtes Wort gesagt. Ich mag sie nicht besonders, das muss ich zugeben. Aber ich würde doch nie Interna nach außen tragen, nein, so etwas tue ich nicht«, fügte sie kategorisch hinzu und schien entrüstet darüber, dass Treschko ihr so etwas unterstellte.

Er nickte nur und Gabriele Steiner verstand, dass er jetzt ungestört sein wollte, weil das Gespräch mit dem Oberbürgermeister entscheidend für seine Zukunft in Worms sein würde. Alles hing jetzt davon ab, wie der Oberbürgermeister auf die schlechte Presse reagieren würde.

## 9

Angespannt nahm Treschko den Hörer auf und wählte die Nummer des Stadtoberhauptes. Er wurde von Frau Frey sofort durchgestellt. Sie wusste ja, der Oberbürgermeister erwartete dringend seinen Rückruf.

»Dr. Treschko, ich möchte Sie nicht mit dem Geschwätz behelligen, das in diesem Käseblatt steht. Aber es sind da doch einige Geschichten im Hintergrund, die Sie wissen sollten«, leitete er das Gespräch ein.

»Ich dachte, das sei alles ganz einfach. Die kriegen keine Anzeigen mehr von uns. Da sollen sie mal sehen, wo sie bleiben mit ihrem Käseblatt, das sowieso keiner ernst nimmt in Worms«, schimpfte Dr. Kolberg. »Aber, leider, so einfach läuft das nicht. Scheinbar stehen doch einige einflussreiche Bürger hinter dem Artikel. Sie wissen, wen ich meine.«

»Sie meinen Frau von Ellenberg«, erwiderte Treschko angespannt.

»Ja, genau die, und nicht nur die. Ich habe Sie doch gewarnt bei der Vernissage? Und Sie laufen ihr noch ins offene Messer mit Ihrem Lobgesang auf Frau Stepanova? Darauf haben die doch gewartet. Sie selbst sind für die doch unangreifbar. Mit der Ausstellung, nacktes Fleisch auf Leinwand, mein Gott, darüber regt sich doch heute keiner mehr auf, nicht einmal mehr in der Provinz. Heute haben doch alle Fernsehen und sehen Kultursendungen. Das Fernsehen setzt heute die Maßstäbe. Früher war das anders. Aber mit dieser Skandalisierung ihres Privatlebens und einer angeblichen Vermischung desselben mit ihren Amtspflichten, damit können die Sie packen. Und das versuchen die gerade. Wie gesagt, dieser Matthias Adam ist da bei mir schon vorstellig geworden, genau deswegen. Ich habe ihn hinausgeworfen.«

Treschko bedankte sich bei Kolberg für die Rückendeckung und gab zu, dass das mit der Erwähnung von Frau Stepanova, was übrigens auch nicht in ihrem Sinne gewesen sei, ein Fehler gewesen sei. Die Stimme des Oberbürgermeisters klang nach wie vor sorgenvoll:

»Aber weswegen ich Sie eigentlich behellige, ist nicht dieses Geschwätz. Ich wollte Ihnen noch ein paar Hintergrundinformationen zu den von Ellenbergs geben, die meiner Meinung nach hinter dem Ganzen stecken. Bisher sind sie ja noch nicht offen hervorgetreten, aber das wird sicher noch passieren, aufgrund des Oberwassers, das sie jetzt bekommen haben. Die wollen Sie ja schon lange aus dem Weg räumen und ihren Neffen, diesen unsäglichen Matthias Adam, an Ihre Stelle setzen. Soweit käme es noch.

Aber unterschätzen Sie diese Frau nicht. Die kann Ihnen wirklich gefährlich werden, weil sie über die Stiftung Einfluss auf das Museum hat und der Stadt selbst sehr viele finanzielle Mittel zukommen ließ, wofür ihr alle möglichen Institutionen, vom Krankenhaus bis zur Universität, vom Sozialdienst bis zu den Kulturinstitutionen, dankbar sind. Wenn die hinter diesem Artikel steckt, dann haben wir wirklich ein Problem. Und ich glaube, dass sie dahintersteckt, denn sonst würde die Chefredaktion auf meine Intervention anders reagieren. Die wissen nämlich, dass ich hinter Ihnen stehe. An den Reaktionen in der Chefredaktion spüre ich genau, wie hier der Hase läuft. Nächstes Jahr sind Wahlen und die Herren wissen genau, ich brauche jede Stimme. Das nutzen sie aus, erstens, indem sie den Artikel abdrucken, zweitens, indem mir der Chefredakteur ziemlich pampig kam, als ich ihn deswegen zur Rede stellte. Wir hätten ja Pressefreiheit, hat er gemeint, warum ich mich da als Politiker überhaupt einmische?

So eine Unverschämtheit. Was da geschrieben wurde, hat mit Pressefreiheit nichts zu tun, habe ich ihm gesagt. Es sei eine Beleidigung, die durch die Pressefreiheit nicht gedeckt sei.

Er knallte daraufhin den Hörer auf. Sie glauben ja gar nicht, was ich heute Morgen schon alles durchgemacht habe wegen dieser Geschichte. Dauernd rufen hier Stadträte an und wollen wissen, was an der Geschichte dran sei. Das schlägt ganz schöne Wellen, wobei sich die von Ellenberg und auch Dr. Bernardus, Ihr Vorgänger, bisher ziemlich bedeckt gehalten haben. Haben Sie in letzter Zeit mit Dr. Bernardus geredet?«

»Ja, letzte Woche. Ich habe erst bei diesem Gespräch erfahren, dass der Grundstock der Sammlung aus mehreren Stiftungen besteht, wovon nur eine die Ellenberg'sche ist. Irgendwann wurden diese Bestände einfach zusammengeworfen, sodass heute niemand mehr die Herkunft der Kunstwerke überprüfen kann, was aber sehr wichtig ist, wenn es um solche Fragen wie Provenienz geht. Jetzt ist alles so ein Mischmasch. Das ist alles sehr ärgerlich.«

Der Oberbürgermeister brummte missmutig in die Sprechmuschel.

»Sehen Sie, das ist es ja eben. Daraus schöpfen die Ellenbergs ihren Einfluss. Sie behaupten einfach, der größte Teil der Sammlung stamme von ihnen, und deshalb hätten sie auch bei der Kulturpolitik der Stadt ein Wörtchen mitzureden. So lange ich das Gegenteil nicht beweisen kann, bin ich da ziemlich in der Bredouille.«

»Ja, aber dass der größte Teil aus der Sammlung von denen stammt, kann doch nicht stimmen«, widersprach Treschko. »Wie ich jetzt erfahren habe, hatten die Niederbrümms doch ebenfalls viel gestiftet. Und die Niederbrümms, gibt es da noch Nachfahren? Im Museumsarchiv gibt es zwar einige Urkunden, wo dieser Name erwähnt ist, aber offenbar sind diese Stifter bzw. deren Nachfahren hier nicht so präsent wie die Ellenbergs.«

»Den Namen höre ich jetzt von Ihnen zum ersten Mal in diesem Zusammenhang. Bisher war er mir nur bekannt, weil diese Adelsfamilie ein Schlösschen in der Nähe von Worms besaß, das sie irgendwann im 19. Jahrhundert verkaufen musste. Das ist das Schloss mit dem schönen Park draußen in Herrnsheim.

Ob bei dem Verkauf damals auch Kunstschätze ins Museum kamen, müssen Sie herausfinden. Sie sind da der Experte. Das Schloss gehört jedenfalls der Stadt und steht heute leer. Vor einigen Jahren gab es mal eine Künstlerinitiative, die im Park regelmäßig Skulpturenausstellungen veranstaltete.«

Treschko überlegte kurz:

»Wieso kann Frau von Ellenberg behaupten, dass der Tintoretto von ihr gestiftet wurde?«, wollte Treschko wissen. »Und wieso rückt sie erst jetzt damit heraus und nicht schon vor einem Jahr?. Dass Frau Houseman das Bild zurückhaben wollte, stand doch in allen Zeitungen.«

Der Oberbürgermeister lachte amüsiert, als wäre gerade ein Knoten geplatzt.

»Natürlich, das wusste jeder, dass der Tintoretto den Ellenbergs gehört. Da gab es sogar eine Sage drum, die mir schon mein Großvater erzählt hat. Irgendetwas muss mit diesem Gemälde mal passiert sein, denn es wurde behauptet, es hätte sich durch Luft und Lichteinwirkung verändert und sei grauer und älter geworden.«

Treschko wunderte sich. »Restauriert wurde das Gemälde ja offenbar nicht«, ging es ihm durch den Kopf. Das wäre ihm oder dem Restaurator bei ihren Untersuchungen sicherlich aufgefallen.

»Dieser Tintoretto ist möglicherweise gar nicht echt«, merkte Kolberg an. »Mir geht das schon die ganze Zeit durch den Kopf. Beim Prozess wollte ich es nicht sagen, weil ich dachte, das wird dann noch peinlicher, aber jetzt sage ich es Ihnen: Der alte Ellenberg hat mir nämlich mal erzählt, dass der Tintoretto im Museum gar nicht von dem Meister selbst gemalt worden sei. Er sei viel später entstanden, zwar nach Entwurfszeichnungen Tintorettos, aber eben nicht von ihm selbst. In dieser Geschichte, dass der Tintoretto grauer und älter geworden sei, sah der alte Ellenberg eine Strafe Gottes für ihre Lügerei. Er war eben doch ein gläubiger Mensch, im Gegensatz zu seinem Sohn, der ein Nazi war. Dieser Spross der Familie war sogar in der Gauleitung.

Aber davon redet heute keiner mehr, höchstens noch hinter vorgehaltener Hand. Und auch ich verbrenne mir an diesem Thema nicht den Mund. Was die alles gestiftet haben in den Jahren seit dem Krieg, nicht nur die Kunstsammlung und für den Museumsneubau, nein, auch die Hochschule hat ganz schön von dem Vermögen der Ellenbergs profitiert. Sie haben viel Gutes getan und tun es hoffentlich weiterhin. Das ist in der Stadt allgemein bekannt. Mit denen will ich mich nicht anlegen. Ich sagte es bereits. Im nächsten Jahr sind die Wahlen.«

Treschko verstand Kolberg gut. Er wusste, dass die nächste Amtszeit, es wäre seine dritte, an einem seidenen Faden hing. Die Opposition hatte sich bereits positioniert. Eine fähige Frau von der anderen Rheinseite hatte sich gefunden, um gegen den bisherigen Amtsinhaber, dessen Stern im Sinken begriffen war, anzutreten. Auf den Plakaten wirkte die Konkurrentin sehr sympathisch. Eine dynamische Frau, etwa vierzig. Sie verstand etwas von der Verwaltung und war sogar bereits Bürgermeisterin, allerdings in einer kleineren südhessischen Gemeinde. Kolberg würde es schwer haben und, wenn er wirklich die Wahl verlor, auch Treschko. Er würde als ein Unterstützer Kolbergs seinen Posten räumen müssen und an seine Stelle würde wohl Matthias Adam rücken. »Gabriele Steiner wird sich freuen«, ging es Oliver durch den Kopf.

»Wie sind denn die Ellenbergs zu ihrem Vermögen gekommen?«, wollte Oliver wissen.

»Ursprünglich waren das einfache Leute«, antwortete der Oberbürgermeister.

»Glasbläser halt aus der Oberpfalz, die sich später in der Kurpfalz niedergelassen haben. Ich glaube nicht, dass ihre Vorfahren in Venedig Porträts haben anfertigen lassen, obwohl einige tatsächlich von dort stammten, wie mir der Alte versichert hat. Morone hätten sie geheißen. In der Oberpfalz haben sie dann den Namen Ellenberg angenommen, ein kleiner Ort bei Prainten, wo sie lebten. Leider lebt der alte Ellenberg nicht mehr. Er war ein wahres historisches Lexikon und hat auch den historischen Verein unserer Stadt gegründet.

Also«, fasste der Oberbürgermeister, auf die ursprüngliche Frage Treschkos zurückkommend, zusammen:

»Wenn das Gemälde, um das es die ganze Zeit ging, dasjenige der Ellenbergs ist, dann ist es mit Sicherheit kein Originalwerk von Tintoretto. Wir hätten es somit ohne Bedenken Frau Houseman überlassen können.«

»Es ist ein Original«, versicherte Treschko entschieden. »Ich habe es im Rahmen der Vorbereitungen zu der immer noch geplanten Tintoretto-Ausstellung sehr genau untersuchen lassen. Die Leinwand ist alt, die Farbe ebenso und die Originalrahmung, die ja noch vorhanden ist, stammt aus dem 18. Jahrhundert, keineswegs aus dem 19. Also kann es sich bei dem Gemälde keineswegs um das Werk handeln, das sie da beschreiben.

»Hm«, brummte Kolberg. Der Museumsdirektor hörte, wie Kolbergs Sekretärin einen Besucher ankündigte. Den Namen verstand er nicht, aber es musste wohl eine sehr wichtige Person sein. Und tatsächlich reagierte der Oberbürgermeister entsprechend.

»Dr. Treschko«, entschuldigte er sich, »es tut mir leid, aber ich muss jetzt leider unser Gespräch beenden. Halten Sie mich auf dem Laufenden, wenn Sie etwas Neues erfahren. Wie läuft die Ausstellung Kundera?«

»Also, ich kann schon feststellen«, antwortete Treschko etwas erleichtert, »es kommen ziemlich viele Besucher, die sich unsere Skandalausstellung anschauen.

In den letzten Tagen hatten wir ungefähr dreimal so viele Besucher wie gewöhnlich, und heute waren sogar doppelt so viele wie gestern da. Das zumindest hat der Artikel in der *Wonnegauer Allgemeinen* bewirkt. Er hat die Neugier geweckt.«

Der Oberbürgermeister lachte.

»Weiter so, Treschko«, sagte er und legte den Telefonhörer auf.

## 10

Als Oliver an diesem Abend nach Hause kam, war es schon ziemlich dunkel. Schon von Weitem sah er in seiner Wohnung Licht. Jana war also zu Hause. Sieben Tage hatte sie sich nicht gemeldet, war nicht ans Telefon gegangen und hatte auch auf seine Rückrufbitten nicht reagiert.

Das war an sich schon sehr ungewöhnlich. Er hatte die Entfremdung zwischen ihnen auch schon vorher bemerkt, schon seit dem Tag in der Glasfabrik von Signor Daniele. Und erst recht an dem Abend, als sie zusammen mit Pavel im *Schwejk* an der Moldau waren. Er hatte gespürt, wie diese Entfremdung von Tag zu Tag stärker wurde und fühlte sich dennoch nicht in der Lage, dem etwas entgegenzusetzen. Trotz ihrer engen Zusammenarbeit im Museum fühlte Oliver sich von einer wachsenden Kälte erdrückt.

Hierin lag sicher auch ein Grund, warum er bei seiner Festansprache ihre Verdienste so hervorgehoben hatte. Er wollte ihr unbedingt etwas Nettes sagen, öffentlich, vor allen Leuten, denn er glaubte, die Verheimlichung seiner Zuneigung zu ihr sei der Grund für die zunehmende Entfremdung. Ja, er hatte sogar ins Auge gefasst, ihr so bald wie möglich einen Heiratsantrag zu machen.

Als er die Wohnungstür aufschloss, traf er Jana im Wohnzimmer an. Sie war gerade dabei, die Zeichensachen in ihre Reisetasche zu packen. Treschko schaute sie fragend an.

»Hast du heute Zeitung gelesen?«, fragte sie mit verbittertem Gesicht. Treschko nickte stumm.

»Ich werde weggehen aus Worms«, sagte sie nur. »Ich gehe zurück nach Tschechien und werde neu anfangen. Das Angebot von Daniele nehme ich an.«

Dann machte sie eine Pause und presste ihre Lippen zusammen.

»Unsere Bar ist übrigens keine Rotlichtbar. So etwas zu behaupten ist einfach infam«, stieß sie hervor. Mit einem lauten Geräusch ging der Reißverschluss der Reisetasche zu, in die sie ihre Malutensilien gepackt hatte.

Treschko schaute sie traurig an.

»Was schaust du so wie ein geprügelter Hund, Treschko. Ich verlange von dir ja nicht, dass du dich hinter mich stellst. Lass mich einfach in Ruhe abreisen. Die Ausstellung ist ja jetzt eröffnet.«

»Ist Pavel noch da?«, wollte Treschko wissen.

»Nein, er ist vorhin abgefahren. Ich habe ihn noch zum Bahnhof gebracht. Mit dem Zug um 17 Uhr nach Frankfurt und von dort weiter nach Prag.«

»Nach Český Krumlov?«, fragte Treschko unnötigerweise.

»Nein, nach Prag!«, antwortete Jana bestimmt.

»Wir haben gesagt, dass wir einander gehen lassen, wenn es so weit ist, Oliver.«

Treschko nickte stumm.

»Ja, das haben wir gesagt«, bestätigte er.

Sie ging zur Wohnungstür. Er hielt sie ihr auf. Sie schaltete das Licht im Flur an und blickte sich noch einmal nach ihm um. Sie sagten nichts. Treschko hörte, wie unten die Haustür zuschlug.

Für einen Augenblick erinnerte er sich an die Anfänge, an das Fass Bier, das sie im Keller der Bar anschloss, an ihre geschickten Hände, die das Bier zapften, an ihr Lachen und an den lockeren Umgang mit den Gästen des Lokals. Er erinnerte sich an ihre Unsicherheit in Paris, an den lustigen Abend im *Polly Magoo* und an ihr wiedergewonnenes Selbstvertrauen in Prag. Treschko drehte sich um und ging in die Wohnung zurück. Er wischte sich eine Träne aus dem Auge.

## 11

Samstags ging Oliver gewöhnlich auf dem Markt. Er mochte die frischen Lebensmittel dort und Kochen hatte etwas Tröstliches für ihn in diesen Tagen. Das *Ambiente* hatte er seit der letzten Ausstellungseröffnung nicht mehr besucht. Zu viele schöne Erinnerungen, die jetzt, mit ihrem bittersüßen Schein, sein Gefühlsleben doch sehr aufwühlen würden.

Es war jetzt über drei Wochen her, seit Jana ihn verlassen hatte, und in diesen drei Wochen war er abends selten ausgegangen. Offizielle Termine nahm er nur ungerne wahr. Er verkroch sich lieber bei sich zu Hause, trank viel Wein, den er sich in einem Weinladen in der Kämmererstraße besorgte. Keine Flasche davon kostete unter 30 Euro. Ab und zu telefonierte er abends mit seiner

Mutter und tagsüber manchmal mit Pierre, der über der Suche nach Belegen und Artefakten zur Glasproduktion in Antwerpen seinen Kummer über Madeleine vergessen zu haben schien. Außerdem heiterte ihn seine niederländische Praktikantin offenbar ziemlich auf.

Oliver ging mit seinen vollgepackten Einkaufstaschen durch die Kämmererstraße. Kurz vor dem Einkaufszentrum stand eine diskutierende Gruppe, die Flugblätter verteilte. Zunächst dachte Treschko an den Oberbürgermeister-Wahlkampf und daran, dass Kolberg die Wahl wahrscheinlich verlieren würde. Schon jetzt hatte der Wahlkampf begonnen, obwohl es bis zur Wahl noch mehrere Monate waren. Die Gegner Kolbergs machten Druck.

Erst im Näherkommen bemerkt Oliver, dass dieser Infostand nichts mit den Wahlen zu tun hatte. Es waren die gleichen jungen Leute, die dort standen und Flugblätter verteilten, die vor zwei Jahren dafür gesorgt hatten, dass die *Mohrengrotte* in *Herkulesgrotte* umbenannt werden musste, ein antifaschistisches, antirassistisches Bündnis, wie sich die Gruppe nannte.

Sie gingen Treschko ziemlich auf die Nerven, weil sie hinter allem und jedem verborgene faschistische Überzeugungen vermuteten. Der Museumsdirektor fand das ausgesprochen hysterisch und ging diesen selbsternannten Antifaschisten lieber aus dem Weg, wenn er konnte. Aber das konnte er eben nicht immer. Manchmal kreuzten sie bei Veranstaltungen im Museum auf, bei historischen Vorträgen zum Beispiel, wo sie ihre Mission darin sahen, die Geschichte gerade zu rücken und die Dozenten aus dem Konzept zu bringen.

Da standen sie also und verteilten Flugblätter. Am liebsten wäre Treschko auch jetzt wieder rasch vorbeigegangen, aber eine der Frauen erkannte ihn und grüßte ihn freundlich. Sie streckte ihm ein Flugblatt entgegen. Darauf stand in großen Lettern zu lesen: »Wormser Alltag im Nationalsozialismus«.

Treschko nahm den Flyer natürlich entgegen, was hätte er auch anderes tun sollen. »Mit solchen aggressiven jungen Leuten sucht man besser die Verständigung«, dachte er.

Oliver bedankte sich sogar dafür und warf einen Blick auf die Fotos, die darauf abgedruckt waren. Eines davon zeigte ein Kaufhaus mit einer wunderschönen Jugendstilfassade. Er wusste, dass das genau das Kaufhaus war, vor dessen Nachfolgebau sie jetzt standen. Das ursprüngliche Gebäude, also das auf dem Foto, war, wie fast alle Gebäude in Worms, durch die alliierten Bomber gegen Ende des Krieges dem Erdboden gleichgemacht worden. Bei den wenigen Gebäuden, die 1945 noch standen, besorgte die amerikanische Artillerie den Rest. Als die Amerikaner im Frühjahr 1945 an den Rhein kamen, war die Stadt ein einziger Trümmerhaufen.

In den 50er-Jahren wurde dann an der Stelle des alten Kaufhauses ein gesichtsloser Nachkriegsbau errichtet, der dann später zu einem modernen Einkaufscenter ausgebaut worden war.

Das Foto auf dem Flyer zeigte das schmucke Gebäude, wie es in den 40er-Jahren ausgesehen hatte. Genau genommen am 24. April 1943. Die Fassade war mit Fahnen geschmückt. Fast aus jedem Fenster hing ein Hakenkreuzbanner. Davor standen Männer in Naziuniformen und Polizisten, die versuchten, eine Menschenmenge unter Kontrolle zu bekommen, die in das Kaufhaus hineinwollten, denn wie Treschko dem Text neben dem Foto entnahm, eröffnete an diesem Tag dort eine Verkaufsausstellung für »arisiertes Volksvermögen«, wie das damals wohl genannt worden war. Treschko las:

»In der Nazizeit wurden hier Haushaltsgegenstände, Möbel und auch Kunstschätze, die die Nazis den Juden entrissen hatten, verramscht. Die Nothelfers, denen das Gebäude seit 1941 gehörte, hatten als einzige eine Lizenz, Wertgegenstände, die den Juden abgenommen worden waren, zu verkaufen. Einen Teil des Erlöses führten sie an die staatlichen Stellen ab, den Großteil behielten sie aber selber.

Die Verkaufsware kam nicht nur direkt aus Worms und Umgebung, wo es bis 1938 eine große jüdische Gemeinde gegeben hatte, sondern auch aus Rotterdam. Dorthin waren viele Juden geflohen, die dann durch den Einmarsch der Nazis in den Niederlanden überrascht wurden. Sie mussten ihr ganzes Hab und Gut zurücklassen, wenn sie weiterwollten. Das wurde dann alles nach Worms zurücktransportiert und dort verhökert. Kurz gesagt, die Leute, die das damals organisiert hatten, wurden dabei stinkreich und sind es auch heute noch.«

Nun kam die junge Frau auf Treschko zu und sprach in an:

»Wir eröffnen heute Abend in der Gedenkstätte in Osthofen eine Ausstellung, wo wir Dokumente zeigen, wie die Wormser Bürger in der Nazizeit gelebt haben. Diese Ausstellung hat schon im Vorfeld für Aufregung gesorgt und es gab ein langes Hin und Her, bis sie endlich zustande kam. Wir wollten sie ja nicht irgendwo zeigen, sondern in der Gedenkstätte Osthofen. Dr. Weber, der Leiter, stellte sich dann auch, nach anfänglicher Skepsis, hinter uns. Auch er musste erst überzeugt werden, dass das stimmt, was wir sagen. Das ist uns schließlich auch gelungen, denn wir haben viel Material, auch Kontenbücher und andere Buchhaltungsunterlagen des Kaufhauses Nothelfer gefunden. Heute gehört das Kaufhaus ja einem großen Konzern. Die Nothelfers haben das Gebäude samt Grundstück in den 60er-Jahren verkauft und sich weitgehend aus der Öffentlichkeit zurückgezogen.

Als der Deal mit dem Kaufhauskonzern zustande kam, lebte der alte Nothelfer noch. Er hat damals sicherlich Millionen dafür bekommen. So ein Grundstück mitten in der Stadt!

Unsere Dokumente können Sie ab heute in der Ausstellung sehen, auch viele Fotos über den Alltag im Nationalsozialismus in Worms. Anfangs war es ziemlich schwierig, an Material zu kommen, aber nachdem sich Dr. Weber dann endlich auf unsere Seite gestellt hat, wurde es leichter. Leute kamen und brachten uns historische Dokumente. Sogar ein ehemaliger Pressefotograf hat sein Archiv für uns geöffnet.

Da kamen Fotos zum Vorschein, sage ich Ihnen, Sie werden staunen. Nur das Stadtarchiv mauert bis heute. Die lassen uns nicht rein, dabei haben die doch sicherlich auch eine Menge Dokumente aus dieser Zeit. Aber sie behaupten einfach, dass sie nichts hätten. Wir glauben das nicht. Herr Adam hat ja bekanntermaßen grundsätzlich etwas gegen uns, seit wir ihm mit der *Mohrengrotte*

Dampf gemacht haben. Das ist sicherlich auch einer von jenen klammheimlichen Kryptofaschisten.«

Obwohl Treschko die jungen Leute eigentlich nervig fand, diese Einschätzung über den Kollegen fand er so ganz daneben nicht.

»Kommen Sie auch, Herr Dr. Treschko«, sagte die freundliche junge Frau. »Ich würde mich freuen und die Ausstellung ist sicher sehr interessant für Sie.« Die junge Frau lächelte ihn gewinnend an. Ihre schönen blauen Augen strahlten, doch leider konnten sie nicht weiterreden, denn die Gruppe junger Antifaschisten wurde von Polizisten umstellt.

»Räumen Sie die Straße«, wurden sie in aggressivem Ton aufgefordert. »Sie haben keine Genehmigung dafür, hier eine Versammlung abzuhalten und Flugblätter zu verteilen. Räumen Sie sofort die Straße, sonst müssen wir Gewaltmittel einsetzen.«

Die junge Frau steckte die verbliebenen Flyer in ihre Umhängetasche, an der ein kleiner Teddybär hing, der ein winziges rotes Halstuch trug. Sie hätte seine Tochter sein können, ging es Treschko durch den Kopf.

»Ich würde mich freuen, wenn Sie kämen, Dr. Treschko. Wir brauchen ganz viel Unterstützung«, rief sie ihm im Weggehen zu. Treschko nahm seine Einkaufstaschen wieder auf und ging weiter in Richtung Seminariumsgasse.

## 12

Osthofen lag ein Stück draußen. Treschko war mehrmals dort gewesen, irgendwelche offiziellen Anlässe, wo er hatte dabei sein müssen. Er sah es immer als seine Pflicht an hinzugehen, wenn Gedenkfeiern waren. Der Abend war ziemlich neblig und die Fahrt von Worms aus recht anstrengend. Er hasste das Autofahren bei solchem Dunst, außerdem wurde es schon sehr früh dunkel um diese Jahreszeit und die Straßenmarkierung war kaum noch zu sehen.

Die Gedenkstätte, mehrere Lagerbaracken des ehemaligen KZs, lag in der Nähe eines Bahnübergangs. Der Parkplatz war zugeparkt, als Treschko kurz vor acht dort eintraf.

Anna Seghers hatte ihren Roman *Das siebte Kreuz* hier spielen lassen. Allerdings hieß der Ort bei ihr nicht Osthofen, sondern Westhofen.

Sie hatte es sich erzählen lassen, die Geschichte von dem geflohenen Widerstandskämpfer und der Hoffnung der zurückgebliebenen Lagerinsassen, dass er durchkommen möge, der sehnsüchtige Wunsch, dass sich einer durchschlägt zu den Linien der Antifaschisten in einem Land, das nur noch faschistisch zu sein schien.

Seine eigene Familientradition fiel ihm ein und ihm wurde schlecht. Sein Großvater, preußischer Offizier, der Schwur auf Adolf Hitler, der Blitzsieg über Frankreich und dann die Ernüchterung an der sowjetischen Front, als es plötzlich nicht mehr weiterging mit dem Siegen.

»Was wäre aus Hitler geworden, hätte das Offizierskorps ihm nicht gleich nach der Machtergreifung die ewige Gefolgschaft geschworen?«, dachte Treschko, als er durch die Eingangstür der Gedenkstätte trat.

Wie er es zunächst nicht erwartet, aber dann, aufgrund der Anzahl der Fahrzeuge auf dem Parkplatz, vermutet hatte, waren zahlreiche Interessenten gekommen, nicht nur junge Leute, sondern auch Wormser Bürger, die er vom Förderkreis des Museums her kannte. Es mussten einige Hundert sein, die sich um die Bilder und die Dokumente drängten. Dr. Weber begrüßte Treschko freundlich. Sie duzten sich. »Schön, Oliver, dass du auch gekommen bist. Es gibt hier ja einiges zu entdecken, über das du staunen wirst, weil es auch dein Haus betrifft.«

Oliver erschrak und suchte dann erst einmal eine Garderobe für seinen Mantel und seinen Hut. Als er wieder zurückkam, erkannte er die nette junge Frau vom Vormittag. Sie stand neben Dr. Weber und drehte sich um.

»Darf ich dir vorstellen, Oliver«, sagte der Hausherr zuvorkommend, »das ist Marion Schmidt. Sie leitet den Arbeitskreis, der diese Ausstellung hier zusammengetragen hat.«

Treschko gab ihr freundlich die Hand.

»Ihnen ist doch hoffentlich nichts passiert heute Vormittag?«

»Nein«, erwiderte sie, »es ging glimpflicher ab als sonst. Diesmal haben sie uns nur abgedrängt und nicht, wie sonst üblich, vorläufig festgenommen und in ihr miefiges Revier gebracht, stundenlang festgehalten und unsere Personalien aufgenommen.

Meine Fingerabdrücke haben die doch schon mindestens fünfmal, obwohl ich mir noch nie etwas habe zu Schulden kommen lassen und auch einem ordentlichen

Beruf nachgehe. Ich bin Krankenschwester in Pfeddersheim.«

Die junge Frau mit ihren blonden Locken und ihrem etwas zu großen Parka, der ihr locker von der Schulter hing, sah nun wirklich nicht wie eine Schwerverbrecherin aus. Sie wirkte selbstbewusst und engagiert. Ihm war sie bei einem Vortrag über das besagte Denkmal im Park aufgefallen, das jetzt *Herkules* hieß. Die Veranstaltung, bei der Pro und Kontra der Namensgebung erörtert worden waren, hatte im Städtischen Museum stattgefunden und der Referent wehrte sich damals vehement, an dem historischen Namen der *Mohrengrotte* etwas zu ändern.

Der Namen zeige eben die Denkweise der damaligen Zeit und man solle die nicht durch den Zerrspiegel der Gegenwart verändern, war seine Meinung.

Dem widersprach die junge Frau damals entschieden. Sie führte an, man hätte den kolonial unterdrückten Völkern Abbitte zu leisten, genau wie den Juden, die man beraubt und aus Deutschland vertrieben habe. Deshalb wehre sie sich gegen diesen Namen. Es stünde uns nicht an, die kolonial unterdrückten Völker durch fortgesetzte Demütigung weiter zu diskreditieren.

In diesem Moment, als sich Oliver die erste Begegnung mit der jungen Frau, die sich ihm schlicht als Marion vorgestellt hatte, ins Gedächtnis rief, räusperte sich Dr. Weber. Er stand bereits am Rednerpult und wollte endlich anfangen.

Treschko schaute schuldbewusst. Auch Marion bemerkte, dass sich die Aufmerksamkeit des Auditoriums ihnen zugewandt hatte. Zusammen mit Oliver schlich sie zu den wenigen freien Stühlen in der hinteren Reihe.

Nach Treschko waren noch viele gekommen und so langsam wurden die Sitzplätze knapp.

»Können wir nun endlich anfangen, Herr Kollege?«, wandte sich der Redner an Treschko, der in diesem Moment am liebsten in der Erde versunken wäre.

»Ich möchte Sie herzlich zu unserer Ausstellung *Enteignet, beraubt und wieder gut gemacht* begrüßen«, begann der Hausherr mit seiner Rede, »ein sehr provozierender Titel.«

Weber räusperte sich.

»Vorausschicken muss ich, dass diese Ausstellung, die uns mit schmerzhaften Details aus unserer jüngeren Geschichte konfrontiert, nicht ohne das entschiedene Engagement eines Arbeitskreises junger, aktiver Mitbürgerinnen und Mitbürger zustanden gekommen wäre, die mir, auch das will ich offen eingestehen, eine Zeit lang ziemlich auf die Nerven gegangen sind.«

Weber wollte gerade ausholen und über die Entwicklung der Bekanntschaft zwischen ihm und dem besagten Arbeitskreis erzählen, da hielt er plötzlich inne. Die Tür des großen Vortragsaals hatte sich geöffnet und der Oberbürgermeister von Worms betrat den Saal.

»Entschuldigen Sie«, murmelte Kolberg halblaut, »ich hatte noch einen anderen Termin.«

Kolberg setzte sich auf den freien Platz neben Treschko.

Dr. Weber grüßte das Stadtoberhaupt mit einem Lächeln. Dann fuhr er mit seiner Rede fort.

»Als nach und nach das Ausstellungsmaterial hier angeliefert wurde, all die Fotos, die Dokumente, und ich mir eingestehen musste: Das war damals der Alltag, das war völlig normal, dass man seine Nachbarn ans Messer der Gestapo lieferte und ihr Hab und Gut dann im Kaufhaus Nothelfer für einen Appel und ein Ei mit nach Hause nehmen konnte, da wurde ich richtig krank. Ohne die Hilfe jener jungen Leute hätte ich es gar nicht geschafft, diese Ausstellung aufzubauen, denn sie zeigt in einer unverschämt offenen Weise die Banalität des Bösen. Zeigt wie gewissermaßen aufgrund staatlicher Anordnung, die Gemeinheit zur Bürgerpflicht geworden war.«

Die Besucher applaudierten und manche der Älteren, die diese Zeit noch miterlebt hatten, waren den Tränen nahe. Als Weber zum Ende gekommen war, erhob sich Treschko von seinem Stuhl und ging durch die Ausstellung.

Es waren wirklich beeindruckende Dokumenten, die da zusammengetragen waren, Zeitungsausschnitte, die ganz unverblümt von der Vertreibung einer jahrhundertelang in Worms ansässigen Bevölkerungsgruppe berichteten, von Menschen, die sich seit Generationen so assimiliert hatten, dass es in der Lebensweise kaum mehr Unterschiede zwischen ihnen und der mehrheitlich christlichen Einwohnerschaft der Stadt gab. Das Erschreckende an alledem war die Alltäglichkeit, die verwaltungsmäßige Routine, mit der deren Entwürdigung und Enteignung quasi von Amts wegen betrieben wurde, die Banalität des Bösen.

Dieses Zitat von Hannah Arendt, auf das Dr. Weber in seiner Einführung mehrfach zu sprechen gekommen war, wurde in diesen alltäglich wirkenden Zeitungsmeldungen offensichtlich. Das Böse offenbarte sich hier als Verwaltungsakt. Ein Verwaltungsakt, der sich in der Nachkriegszeit, auch das zeigte die Ausstellung, auf genau dieselbe zynische Art und Weise fortgesetzt hatte. Da wurde gefeilscht um Rückzahlungen und um die sogenannte Wiedergutmachung.

Da wurden abscheuliche Dinge im Nachhinein für rechtens erklärt, weil es ja die entsprechenden Belege gab, die die Rechtmäßigkeit des Geschehens bestätigten. Viele der Opfer waren während der jahrelangen Prozesse verstorben, und manche Erben aus der nachfolgenden Generation in Amerika oder in Israel hatten offenbar das Interesse daran verloren, sich mit deutschen Verwaltungsrichtern über die Fragen von Recht und Unrecht zu streiten.

So war langsam Gras über die Sache gewachsen. Das war gut für gewisse Leute, die auf ihre eigene Art und Weise Wiedergutmachung leisteten, indem sie sich als Spender und Wohltäter gerierten, sodass man ihnen noch dankbar sein musste.

Genau hier, an dieser Stelle, trug die Ausstellung die Grasnarbe ab und zeigte, wie es war in dem Jahrzehnt der braunen Diktatur in Worms, zeigte das hakenkreuzbeflaggte Kaufhaus, an dessen Eingangstür ein Schild hing mit der Aufschrift »Verkaufsstelle für arisiertes Volksvermögen«.

Treschko vertiefte sich in die Fotografien, sah darauf Menschen in den Verkaufsräumen stöbern, sah gierige Blicke auf wunderschöne Jugendstilmöbel und grapschende Finger an geschmackvollen Abendkleidern, hörte das Feilschen um einen noch günstigeren Preis, fühlte sich angewidert von jener Schnäppchenjagd, die über Leichen ging.

Und dann hielt sein Blick plötzlich inne. Auf einem Foto hatte er einen alten Bekannten wiederentdeckt, das Gemälde von Tintoretto. Da stand es, deutlich und klar zu erkennen, an ein Rokoko-Schränkchen gelehnt. Es stand da, als wäre es schon aussortiert und stünde zum Abholen bereit.

»Ist das nicht widerlich?«, fragte eine weibliche Stimme.

Überrascht drehte sich Treschko um und erblickte Marion.

»Ja, es ist widerlich«, stimmte er zu. »Aber sagen Sie«, fragte er, »gibt es Dokumente über die Verkäufe? Weber sagte doch, es seien auch Buchhaltungsbelege zu den Verkäufen gefunden worden.«

Marion nickte.

»Ja, aber wir konnten nicht alles ausstellen. Es gibt noch eine ganze Menge Kartons, die jetzt hier im Lager stehen. Dort gibt es unzählige Dokumente zu den Verkäufen. Alles ist sauber belegt. Die gezahlten Summen, der Käufer, der es erworben hat, nur zur Herkunft finden sie nichts. Es steht nur, dass es sich um arisierten jüdischen Besitz handelt. Da dürfte es für die vormaligen Besitzer schwer sein, Rückgabeforderungen zu stellen.«

»Mich würde konkret die Herkunft jenes Gemäldes interessieren – hier, sehen Sie.«

Treschko zeigte auf das Tintoretto-Porträt auf dem Foto und Marion sah es sich genau an.

»Hm«, brummte sie. »Das dürfte schwierig sein. Wie gesagt, es sind noch eine ganze Menge Dokumente zu den Verkäufen da und wir hatten einfach noch keine Zeit, uns näher damit zu beschäftigen. Wenn Sie uns dabei unterstützen könnten, wären wir Ihnen sehr dankbar. Vielleicht haben Sie ja gerade einen Praktikanten, der nichts zu tun hat, oder Ihre Kuratorin, die hat doch im Moment keine Beschäftigung nach dieser skandalösen Ausstellung.«

Treschko ärgerte sich einen Moment über Marions Stichelei. Natürlich wusste sie von seinen Schwierigkeiten. Sie las ja Zeitung. Aber er drängte diese Gedanken rasch zu Seite.

»Gabriele Steiner wäre die Richtige«, ging es ihm durch den Kopf.

»Sie kennt den Tratsch in Worms. Damit könnte sie sich jetzt nützlich machen. Das wäre wenigstens eine kleine Wiedergutmachung für den Verrat, den sie an mir begangen hat.«

## 13

Gabriele Steiner legte den prallgefüllten Aktenordner auf den Schreibtisch ihres Chefs. Sie hatte es ihm vorher angekündigt, denn wie Treschko vorausgesehen hatte, nutzte das Insiderwissen der Wormserin bei der Durchforschung der Aktenberge sehr. Anfangs hatte sie ihn beleidigt angesehen, als er sie mit einem bestimmenden Ton in der Stimme bat, nach Osthofen zu fahren und dort eine Zeit lang im Archiv auszuhelfen. Sie empfand das tatsächlich als Strafe und fürchtete sogar, endgültig dorthin versetzt zu werden. Das wäre für sie das Schlimmste gewesen – von ihrem privilegierten Job im Museum, mitten in der Stadt, nach Osthofen in die Pampa versetzt zu werden. Den weiteren Verlauf ihrer Karriere hatte sie sich anders vorgestellt und sie bedauerte schon, ihrem Chef gegenüber so milde Töne angeschlagen zu haben.

»Es ist ja nur für kurze Zeit«, tröstete er sie. »Ich bin auf Ihre profunde Kenntnis angewiesen, denn ich suche ja immer noch nach dem Porträt und habe da bei der Ausstellung in Osthofen eine heiße Spur gefunden, die ich aber nur mit Ihrer Hilfe weiterverfolgen kann. Vielleicht befindet sich das Bild sogar noch hier bei uns in Worms. Aber ohne Ihre Hilfe werde ich es wahrscheinlich nie finden.«

Gabriele Steiner fühlte sich gebauchpinselt und setzte sich sofort in ihr Auto.

Dr. Weber begrüßte die Verstärkung ausgesprochen freundlich und räumte ihr in seinem eigenen Büro einen Platz ein, wo sie die Aktenordner durchstöbern konnte, was sie nach anfänglichem Sträuben auch mit großer Leidenschaft tat. Denn sie entdeckte darin allerhand Ungereimtes über Personen, die sie als Kind gekannte hatte und die damals als gute Bürger galten, die Worms mit ihrem Elan nach dem Krieg wieder aufgebaut hatten. Was sie davor getan hatten, wurde, wie sie jetzt las, verschwiegen oder schöngefärbt. Nach und nach erkannte sie die Bedeutung ihrer neuen Aufgabe und entwickelte sogar einigen Ehrgeiz dabei, rasch voranzukommen. Sie arbeitete Tag und Nacht und fand schließlich schon innerhalb der ersten Woche den entscheidenden Hinweis.

Antonius Blank hieß der Käufer des Bildes, das auf dem Foto der Ausstellung *Enteignet, beraubt und wieder gut gemacht* zu sehen war. Dieser Mann hatte das Bild erworben.

»Ob er gewusst hat, dass es sich dabei um das Werk eines hoch angesehenen venezianischen Meisters handelt?«, ging es Gabriele Steiner durch den Kopf.

»Knappe 300 Reichsmark hat er dafür ausgegeben. Das war damals viel Geld«, erklärte die Steiner ihrem Chef. »Aber für einen Tintoretto war das auch damals schon ein Schnäppchenpreis.«

»Wenn der Käufer gewusst hat, dass es ein Tintoretto-Gemälde war«, entgegnete der Museumsdirektor. »Wie wurde dieses Bild denn in den Büchern geführt?«, wollte er genau wissen, denn aus ihrem verschmitzten Lächeln erkannte er, dass sie noch was in petto hatte.

»Es stand drin: ›Bärtiger Mann, vermutlich Jude, aus jüdischem Privatbesitz.‹ Datierung mit Fragezeichen. Genau so stand es drin, aber der Käufer wird sicher mehr über das Bild gewusst haben als dastand, sonst hätte er es wohl nicht gekauft.

Die Wormser rümpfen heute schon die Nase, wenn sie ein Bild kaufen sollen, das über 200 Euro kostet und erst recht damals, noch dazu das Porträt eines Juden. Da gehörte damals schon ziemlich viel Mut dazu, ein solches Bild zu kaufen. Man musste ja damit rechnen, dass das bekannt werden würde und man dann vielleicht als Judenfreund dastünde.«

Treschko nickte bedächtig. Die Argumente seiner Sekretärin leuchteten ihm ein, aber er sollte noch mehr staunen.

»Das hat mich alles sehr stutzig gemacht. Und Sie kennen mich ja, Chef. Wenn mich eine Sache interessiert, forsche ich nach, bis ich herausfinde, was dahintersteckt.

So war es dann auch in diesem Falle. Und ich habe in der Zwischenzeit auch herausbekommen, wer dieser Mann war, der das Bild gekauft hat, und bin aus allen Wolken gefallen: Dr. Antonius Blank.«

Treschko blickte fragend. Gabriele Steiner wartete noch einen Augenblick, bevor sie die Katze aus dem Sack ließ.

»Dr. Blank leitete unser Museum zwischen 1930 und 1933. Er wurde von den Nazis gleich nach deren Machtergreifung abgesetzt, weil er sich politisch gegen sie gestellt hat. Außerdem war er mit den Hausmanns bestens befreundet, wie ich mittlerweile erfahren habe. Er verkehrte mit ihnen noch, als sämtliche Wormser um sie einen großen Bogen machten. Soweit ich weiß, war Blank sogar kurze Zeit im Lager, weil man ihn regimefeindlicher Umtriebe verdächtigte.«

Innerlich zog Treschko vor seiner Mitarbeiterin den Hut. 27 ordentlich getippte Seiten umfasste ihr Dossier, in dem sie ihre Spurensuche zusammengefasst hatte. Stolz legte sie es ihm auf den Tisch. Er nickte dankbar. Eine brennende Frage stand jetzt noch offen und Treschko stellte sie sofort: »Gibt es denn noch Nachfahren von Dr. Antonius Blank?«

Gabriele Steiner lächelte. Sie hatte auf diese Frage gewartet.

»Ja, es gibt eine Tochter. Sie lebt in Mannheim. Am Ende meines Dossiers steht ihre Adresse.«

Sofort schlug der Museumsdirektor die Seite auf. Tatsächlich, eine Anschrift in der Mannheimer Mollstraße. Die musste irgendwo in der Oststadt sein, die Treschko noch aus seinen Studententagen kannte. Er hatte da einmal eine Wohngemeinschaft besucht. Junge Kunsthistoriker, die meisten von ihnen waren an der Kunsthalle Mannheim beschäftigt.

»Wir fahren da sofort hin«, entschied er. Treschko wollte den Hörer aufnehmen und die Mannheimer Telefonnummer wählen, die im Dossier stand. Gabriele Steiner lächelte.

»Ich habe uns schon angekündigt. Die Dame erwartet uns.«

Nach dreimaligem Klingeln hörte er die Stimme einer älteren Dame. Sie meldete sich mit einem Namen, den Oliver zunächst nicht verstand. Dann brachte er sein Anliegen vor.

»Ja, Dr. Treschko. Ihre Assistentin hat mich bereits informiert. Sie können gerne zu mir kommen, wann immer Sie wollen.«

»Können wir auch gleich kommen?«, insistierte Treschko.

»Sie können auch gleich kommen, Dr. Treschko. Ich bin eine alte Frau und habe nicht mehr so viele Termine.«

Knapp eine Stunde später, Oliver war noch kurz im Museumsarchiv gewesen und hatte nach Informationen über seinen Vorgänger geforscht, fuhren sie die Augustaanlage entlang und suchten nach der Mollstraße, die sie auch bald fanden. Das Haus von Frau Blank – sie hatte entweder nie geheiratet oder ihren Mädchennamen behalten, lag fast am Luisenpark. Merkwürdigerweise sah dieses Haus einem Gebäude ziemlich ähnlich, das Treschko von Worms her kannte. Es lag unweit des Museums in der Krimhildenstraße.

»Ja, das Haus der Hausmanns und unseres, die sahen sich schon ziemlich ähnlich. Mein Vater und Jacob Hausmann bevorzugten denselben Architekten. Ich erinnere mich noch sehr gut an das Haus der Hausmanns. Als Kind war ich oft dort. Ed Hausmann war meine erste große Liebe, muss ich gestehen. Ich weiß nicht, was aus ihm geworden ist. Beide Häuser gingen im Krieg ja in Flammen auf. In Worms stand doch nichts mehr nach den Bombenangriffen. Die Villa der Hausmanns wurde allerdings wieder aufgebaut, fast genau so, wie sie vor dem Krieg war. Unsere nicht. Wir hatten nicht so viel Geld wie die Nothelfers, die das Anwesen der Hausmanns in der Nazizeit übernommen hatten.«

Treschko suchte möglichst rasch eine Antwort auf die brennende Frage zu finden, die ihn derzeit am meisten beschäftigte. Ungeduldig bohrte er: »Wieso hat Ihr Vater dieses Bild gekauft? Was war ihm so wichtig daran?«

Frau Blank lächelte. »Das hing mit seiner Freundschaft zu Jacob Hausmann zusammen. Er wollte nicht, dass auch noch dieses wertvolle Porträt, das mein Vater ja für Jacob versteckt hatte, in die Hände raffgieriger Nazis fiel. Das aus dem Kaufhaus war ja nicht viel wert. 300 Mark für einen echten Tintoretto, das wäre auch damals schon ein Schnäppchenpreis gewesen.«

Die Dame lächelte listig. »Kommen Sie, ich zeige Ihnen das Bild.«

Sie erhob sich aus dem Sessel und führte die Besucher die Treppe hinauf. Dort war ein kleiner Salon, in dem mehrere herausragende Gemälde hingen. Treschko glaubte einen Veronese zu erkennen und ein Porträt, das von Giovanni Bellini stammen mochte.

»Vaters Venezianer«, lächelte die Hausherrin stolz. Und da hing er auch, der unbekannte Mann aus dem 16. Jahrhundert, in dem Treschko mittlerweile keinen anderen als Albogast Nachtrueb vermutete.

Das Gemälde hier in Mannheim, der ›falsche‹ Tintoretto, sah fast so aus wie das Originalporträt im Wormser Museum, das tatsächlich vom Meister und seiner Tochter stammte. Es entsprach eher dem Stil Tintorettos, wie ihn Treschko durch seine Vergleiche kennengelernt hatte. Staunend blieb er vor dem Porträt stehen und vergaß alles um sich herum.

»Sehen Sie«, sagte die Dame fachkundig, »die Abweichungen vom Wormser Bild fielen damals kaum jemandem auf. Als mein Vater noch Museumsdirektor war, kam Isaak Hausmann zu ihm und hat ihn gebeten, sein wertvolles, wahrscheinlich echtes Tintoretto-Gemälde gegen das weniger wertvolle im Museum, das eine Dauerleihgabe der von Ellenbergs war, zu tauschen.«

Treschko sah sie fragend an.

»Mit diesem Austausch wollte Isaak vermeiden, dass das Gemälde in die Hände der Nothelfers fiel. Die waren vor 1933 schon Nazis. In der Nazizeit haben die sich dann auch tatsächlich sehr viel unter den Nagel gerissen. Vor allem wertvolle Grundstücke und eben auch Kunstbesitz, den sie dann großzügig als Dauerleihgaben an diverse Museen, unter anderem auch an das Ihrige, gegeben haben.

Natürlich konnte da Nothelfer selbst nicht als der edle Spender auftreten, das tat dann seine Schwägerin, die von Ellenberg.«

Nun schauten Gabriele und Treschko Frau Blank noch fragender an.

»Die war so eine Repräsentierdame, genau wie heute ihre Tochter Patrizia, die ich ab und zu mal bei Konzerten treffe. So ganz war unsere Beziehung zu Worms ja nie abgerissen.

Dass die Nazis mit den Juden ›aufräumen‹ würden, war von Anfang an klar. Auch mein Vater bekam diesen Hass zu spüren. Judenfreund nannten Sie ihn. Er habe die jüdischen Kunsthändler reich gemacht und ihnen das hart erarbeitete Geld des deutschen Volkes für ihren Schund, für ihre entartete Kunst, in den Rachen geworfen. Konkret ging es dabei um einen Chagall, den mein Vater für Worms gekauft hatte und der jetzt im Kunsthaus Zürich hängt. Der hatte damals schon viel Geld gekostet. Aber machen Sie das mal einem biederen Bürger klar, dass große Kunst manchmal viel Geld kostet.«

»Ihr Vater hat in Worms große Ausstellungen gemacht«, erinnerte sich Treschko, der, nachdem ihm Gabriele Steiner von ihrer Entdeckung erzählt hatte, auch gleich im Archiv nachschaute. Viel fand er nicht mehr, aber eine Chagall-Ausstellung um 1932 herum war erwähnt.

»Ja, er hatte sogar Picasso nach Worms geholt. Das war 1930. All das hat man ihm dann zum Vorwurf gemacht und ihn schließlich 1933 endgültig vom Dienst suspendiert. Oh, ich bin unhöflich, ich habe unten den Kaffeetisch schon vorbereitet. Der Kaffee müsste auch schon durch die Maschine gelaufen sein. Wollen wir wieder nach unten gehen?«

Den beiden Museumsleuten war jetzt nicht so sehr nach Kaffee zu Mute. Sie interessierte viel mehr, wie es weitergegangen war mit dem Porträt und Museumsdirektor Antonius Blank, über den Treschko doch erst jetzt einige bruchstückhafte Hinweise im Archiv gefunden hatte. Frau Blank konnte das natürlich sehr gut verstehen.

»Sie haben es also ausgetauscht, Hausmanns echtes Porträt gegen diese Kopie aus dem 19. Jahrhundert, auf die die Ellenbergs ja so stolz waren, weil es sich dabei angeblich um ihren Vorfahren, den Albogast Nachtrueb handelte. Alles erlogen. Der ›Tintoretto‹ der von Ellenbergs wurde Anfang des 19. Jahrhunderts nach Skizzen des Meisters angefertigt. Mein Vater hatte sogar die Skizzen gefunden und dokumentiert, wie das Bild entstanden ist. Hausmanns echtes Bild stammt tatsächlich aus dem 16. Jahrhundert und wurde noch dazu von Marietta, Tintorettos Tochter, überarbeitet. Auch das hatte mein Vater entdeckt. Wollen Sie nicht doch einen Kaffee?«

Beide winkten lächelnd ab.

»Na ja, kurz und gut. Isaak nahm die Ellenberg-Kopie mit nach Hause und hängte sie bei sich ins Wohnzimmer. Er hat sie sogar fotografieren lassen, um zu dokumentieren, dass das sein Bild sei. Das im Museum sei eben ein anderes. Die geringen Unterschiede fielen offenbar auch den Ellenbergs nicht so auf. Es sei nachgedunkelt, hieß es da. Der Porträtierte sei vorzeitig gealtert, hieß es in einer Hetzschrift, weil er sich so über die Ankaufspolitik meines Vaters gegrämt hätte. Vater ist daran zerbrochen und auch die Freundschaft zu den Hausmanns ging kaputt. Nach dem Tod Isaaks, der 1933 starb, war ja Jacob das Familienoberhaupt. Und Jacob paktierte, wie mein Vater meinte, offenbar mit den Nothelfers, um sein Vermögen doch noch zu retten. Man konnte sich damals ja nicht vorstellen, wie gigantisch der Naziterror noch werden würde. Vor 1938, also dem Jahr, als die Hausmanns nach Amerika gingen, waren mein Vater und Jacob miteinander total verfeindet. Mein Vater war da ziemlich konsequent.«

»Deshalb hat er wahrscheinlich auch nicht versucht, nach dem Krieg mit den Hausmanns wieder Kontakt aufzunehmen?«, folgerte Oliver.

»Ja, er konnte da ziemlich stur sein. Er war eben sehr verbittert. Ab und zu fuhr er nach Worms, weil er doch ziemlich an der Stadt hing, in der er vor 1933 seine großen beruflichen Erfolge hatte. Und auf einer dieser Fahrten muss er wohl das vormalige Ellenberg-Porträt entdeckt haben, das da 1943 im Kaufhaus der Nothelfers verramscht wurde. 300 Mark war ein guter Preis, aber eben nicht für einen echten Tintoretto, was das Porträt ja auch nicht war.«

»Eine Frage bleibt da jetzt aber noch offen«, wandte Oliver ein.

»Wieso hat ihr Vater, wo er doch genau wusste, dass es sich hier um keinen echten Tintoretto handelt, das Bild 1960 in die Ausstellung nach Rom gegeben?«

Frau Blank lachte.

»Das war eben seine Art, Rache zu nehmen. Er wollte die Geschichte mit dem Bildertausch auffliegen lassen. Dabei war es ihm egal, ob die Sache nach seinem Tod herauskäme oder früher. Wie gesagt, er war schon ziemlich verbittert. In Worms schmähte man ihn, auch nach dem Krieg noch. Es waren ja nach wie vor dieselben Leute, die in der Stadt das Sagen hatten. Die hatten sich ja gegenseitig entnazifiziert, wie das damals hieß. In diesem Untersuchungsausschuss saßen doch auch nur Mitläufer, klar, den Gauleiter Ellenberg konnte man da nicht hineinsetzen, der war zu bekannt, aber seinen Geschäftsführer. Der bescheinigte dem Chef dann auch die demokratische Gesinnung. Er habe nur mitgemacht, weil alle mitmachten, und prompt bekam der vormalige Gauleiter auch den Mitläuferstatus. Wollen Sie nicht doch noch einen Kaffee?«

Jetzt nickten beide. Sie gingen die Treppe hinunter und setzten sich an den festlich gedeckten Kaffeetisch.

»Den Kuchen habe ich selbst gebacken. Nach einem Rezept meiner Großmutter. Ich hoffe, er schmeckt Ihnen.«

# Worms-Verlag

## Ihr Spezialist für Nibelungen, Regionalia und Judaica

Hermann Schlösser (Hrsg.)

### Wormser Fundstücke

Ein literarisches Lesebuch

264 Seiten, gebunden · 4 Schwarzweiß-Abb.
**ISBN** 978-3-944380-16-2
**PREIS** 22,00 €

»Wormser Fundstücke« – das sind ausgewählte Reiseberichte, Briefe, Gedichte, Erzählungen, Essays aus fünf Jahrhunderten, die sich auf unterschiedliche Weise mit der Stadt Worms befassen. Im Kreuzpunkt der Blicke von Einheimischen und Fremden entsteht ein buntes, vielgestaltiges Bild der Stadt. Ein ausführlicher Kommentar gibt Auskunft über die jeweiligen Verfasser und über den jeweils besonderen Worms-Bezug.

Christel Müller

### Bei 's Kroppe unnerm Kanapee

Mundart-Geschichten und -Gedichte
mit 40 Schwarzweiß-Illustrationen
von Gerd und Rosemarie Pallasch

112 Seiten, gebunden
40 Schwarzweiß-Abbildungen
**ISBN** 978-3-936118-59-9
**PREIS** 9,80 €

*De Wormser hatt un hot noch heit*
*e ganz besondres Wese*
*wie der so is? – Wer's wisse will,*
*kann's in dem Büchlein lese!*

www.worms-verlag.de

Johan Breuker (Ill.), Ulrike Schäfer (Text)

## Heiliger Sand zu Worms

Ältester Jüdischer Friedhof Europas

44 Seiten, Broschur
16 Schwarzweiß-Zeichnungen
**ISBN** 978-3-936118-97-1
**PREIS** 7,50 €

Die Broschüre zeigt sechzehn Zeichnungen des Alten Jüdischen Friedhofs »Heiliger Sand« in Worms von Johan Breuker. Ergänzt werden sie mit einer Abhandlung über die tausendjährige Geschichte des Heiligen Sandes von der Wormser Journalistin Ulrike Schäfer.

Helmut Orpel, Olaf Mückain (Hrsg.)

## Victor Safonkin

Katalog zur Ausstellung im Museum Heylshof

108 Seiten, gebunden
47 Farb- und 26 Schwarzweiß-Abbildungen
**ISBN** 978-3-936118-65-0
**PREIS** 29,95 €

Safonkins Ölbilder leben von der Kraft der Farbe und sprechen unmittelbar die Gefühle der Betrachtenden an. Die Bildthemen umkreisen archaische Mythen, die wie die Sagen des klassischen Altertums, die Artus-Legende oder das Nibelungenlied Konstanten des menschlichen Daseins verhandeln.